「横浜」をつくった男

易聖・高島嘉右衛門の生涯

『大予言者の秘密』改題

高木彬《あき》光《みつ》

光文社

目次

プロローグ

この原稿の筆をとり出す数日前、私はひさしぶりに横浜を訪ねてみた。易聖《えきせい》、高島嘉右衛門《たかしまかえもん》の足跡を追うためである。

まず外人墓地のそばにある「山手十番館」の資料館を訪ね、その「自伝」に眼を通し、次に事業家時代の彼の旧居の跡といわれる「馬車道《ばしゃみち》十番館」に立ちよって模造のガス灯に明治初年の横浜の面影をしのび、高島町の駅から横浜駅まで歩き、東口にそびえているスカイビルの十階にある回転式のレストランに入って、眼前にパノラマのように展開される横浜港の景色を俯瞰《ふかん》しながら、冷たいビールに喉《のど》をうるおし、いろいろなことを考えつづけた。

今年——昭和五十四年に私は数え年六十になった。来年は還暦、六十一歳となれば、私の父の死んだ年にあたる。

もちろん、親と子供とが同じ年に死ぬという理屈はない。しかし、ここまで生きのびると寿命のことを考え出すのも人情だろう。特に私は最近ずっと病気がちだし、これだけ歩いてもかなり疲れを感じるのだ。いったいこれからあと何年生きられるのだろう？

父の死因は癌《がん》だった。当時奥州《おうしゅう》外ケ浜《そとがはま》と呼ばれていた青森市に、九州秋月《あきつき》で代々黒田《くろだ》家支藩の藩医をつとめていた私の五代前の先祖、高木啓太郎《たかぎけいたろう》が移り住んで、医家を開業して以来代々の医業だったが、当時、昭和十二年ごろの医学では、自分が医者であってもこの病はどうすることも出来なかったろう。

もちろん現代の医学でも、精確な死期の予言は出来ない。占いにたよるしか方法はなかろうが、自分の死期を正確に占いあてたという例は私も一つしか知らない。

それが高島嘉右衛門の後世に残る名占《めいせん》なのだ……

私は前に、私の信頼している占い師二人に私が何歳まで生きられるか、真剣にたずねてみたことがある。

その一人、新宿《しんじゅく》の「荒城の月」という占い喫茶の南条徹水師《なんじょうてっすいし》は私の手相を調べて、漫画家の田河水泡《たがわすいほう》氏の手に瓜《うり》二つのように似ていると言いきった。私の子供のころ「のらくろ」で天下に名前を知られた田河氏は、私より二十三年年上でいまでもご健在のようである。とすれば私もあと二十年以上生きられるのだろうか？

もう一人の占い師は七十五までは保証しますと言いきった。あとは私の養生次第だというのである。どちらもあと十年は仕事が出来ると断言してくれたのだが……

寿命が七十五か八十を越えられるか、それはたいした問題ではない。子供のころにはたいへんな虚弱児童で何度も死にそこなった私が、四十年あまりも小説を書きつづけ、あと数年以上の余生を楽しめたら、もって満足すべきだろう。

そういうことを考えながら、私はちょうどそのとき正面にまわって来た嘉右衛門の終焉《しゅうえん》の地——高島台を見つめた。今日の予定ではここも訪ねてみるつもりだったが、疲れがひどいので、次の機会にということにしたのだった。

とにかく、どのような占いの名人でも、自分自身、あるいは自分のごく近い身内の寿命を占うとなると、どうしても私情が入りこんで正確な判断が出来なくなるものである。私の父も、私が相当重い病気にかかると、かならずほかの医者にかけたものだが、それと同じような人情の自然と言えるだろう。

コップ一杯のビールを飲んでいる間に、床《ゆか》は自然にゆるやかにまわって、明治初年までは海中にあったはずの横浜駅が正面に見えはじめてきた。

ミナト・ヨコハマ——

その名前は全世界に広く知れわたっているし、小学生以上の日本人なら知らない者もないだろう。しかし、この地名が日本歴史にあらわれたのはそれほど古いことではない。

たとえば天保《てんぽう》年間には、奥州外ケ浜は当時米が一粒もとれなかった蝦夷《えぞ》地、北海道への米の移出港としてにぎわっていた。しかし、当時の横浜は、東海道五十三次《つぎ》からちょっとそれた淋《さび》しい漁村にすぎなかった。

嘉永《かえい》六年、一八五三年の六月三日、ペルリ提督のひきいる黒船四隻は、現在の東京湾、当時の呼称では江戸湾頭に姿を見せる。そして三浦《みうら》半島久里浜《くりはま》で浦賀奉行《うらがぶぎょう》の戸田氏栄《とだうじよし》と会見して、和親貿易の開始を要求した。

その再来は翌一八五四年、軍艦七隻から成る艦隊だった。この黒船の群れは神奈川本牧《ほんもく》沖に碇《いかり》をおろし、ボートを出して湾内の測量をはじめたが、日本側はこの無言の強圧に対してほとんどなすすべを知らなかった。

結局、当時は淋しい一漁村にすぎなかった横浜に仮の応接館が急造され、林韑《はやしひかる》、井戸覚弘《いどさとひろ》の二人が幕府の代表としてペルリとここで会見し、何度かの談判をくりかえした後で三月三日、日米和親条約十二条に調印する。

横浜という地名が日本の歴史にあらわれたのはこれが最初だといえるだろう。

ただ、このとき日本が米国に門戸《もんこ》を開いたのは下田《しもだ》と箱館《はこだて》と二つの港にすぎなかった。横浜が貿易港として公認されたのはさらにその五年後、安政《あんせい》六年六月のことだった。

それはともあれ、この横浜条約調印以来、日本は長い鎖国の時代を終わった。それ以来長い間横浜港は近代日本の表玄関として、たいへんな成長を続けたのだ。

いまこの店の窓からは、三菱《みつびし》重工業横浜造船所の巨大な構造物《ドック》が見えている。現在造船業は不況のどん底にあるらしいが、少なくとも窓から眺《なが》められる範囲では、開港直後の横浜の面影はどこにもない。

ただし歴史というものは、地名に跡を残すものだ。この海岸近くには、明治の初年、高島町、嘉右衛門町という二つの町が誕生した。後者は後日の町名改正で現在の地図から消えてしまったが、前者は東横線の一駅、それに国鉄の貨物駅高島駅として、この横浜駅と桜木町《さくらぎちよう》駅の間にいまでも名前をとどめている。

この二つの町名の由来ははっきりしていて疑問の余地はない。

明治の易聖といわれた呑象《どんしよう》、高島嘉右衛門の名前が二つに分けられて、そのまま町名となったのだ。

というと、読者諸君の間からはこういう反問が出るかもしれない。

易聖といわれるような名人でも、結局は一人の占い師だったのでしょう。その人物がどうして近代横浜市の中心部に自分の名前を残したのです？

しごくごもっともな質問である。しかし、この物語をお読みになれば、そういう疑問はかならず氷解《ひようかい》するだろう。

高島嘉右衛門は天保三年、一八三二年の十一月三日、江戸京橋《きょうばし》三十間堀《けんぼり》町に生まれている。そして大正三年、一九一四年の十月十七日未明、八十三歳の天寿を全《まっと》うして、横浜高島台の自宅で高齢のため巨木が倒れるような最期をとげたのだった。

その死の三月前、七月のある暑い日のことである。人相を学んで水野南北《みずのなんぼく》以来の大名人といわれた桜井大路《さくらいおおじ》は、嘉右衛門の病床を訪れて、このような問答をつづけたという。

「いよいよ、東京停車場《ていしゃば》も年内には開業の予定ということですな。汐留《しおどめ》の新橋停車場《しんばしステンショ》から横浜まで蒸汽車が開通したのはたしか明治五年の九月十三日、政府に先んじてその鉄道を計画なさった先生としては、さだめて感慨無量でございましょうな」

この年、嘉右衛門を撮影した最後の写真はいまでも残されている。市販の暦にのっている壮年期の貴公子然とした彼の風貌《ふうぼう》にくらべれば、別人かと思われるぐらいにやせ衰えた老人の顔だが、八十三という年を考えれば、それもしかたのないことだろう。

それでもこの瞬間だけは、その眼にもふしぎな光が閃《ひらめ》いた。

「さよう。日本全土を鉄道の網でおおいつくすということは、明治二年に私が初めて計画したことでした。この夢が実現し、東京に中央停車場が完成したら、その日のうちに死んでも悔いはないと、そのときは思いつめたものです。しかしこれは一個人としては、とうていなし得ない大事業でした。幸いその年イギリスから帰国した井上勝《いのうえまさる》君が一生を賭《か》けてこのことにあたってくれたので、私の夢も実現しましたが……東京停車場の落成祝いにはとうぜん私も呼ばれるでしょうが、とうてい出席は出来ますまい。三越《みつこし》呉服店の新築披露《ひろう》は九月二十九日と聞いていますが、これさえ出席は出来ないのです。まあ、この家からも汽車の通行は眼下に見おろせます。私が若いころ埋めたてた土地の上に建設された線路を走って……それもこれもいまとなっては、空《むな》しい老人の思い出です。高島町の駅に東京駅発の蒸汽車が通るのは、あの世から見物しましょうか」

「何をおっしゃいます」

桜井大路は声を高めてはげました。

「先生は少なくとも米寿《べいじゅ》までは長生きなさいます——と、私は鑑定いたしますが」

嘉右衛門は微笑しながら切り返した。

「あなたほどの人相骨相の達人が、心にもないことをいわれるとは、私もいささか驚きました。私自身の余命についてはとっくに悟《さと》り切っております。正直なことをおっしゃっていただきたいものですな」

桜井大路はこのとき全身に冷や汗がふき出したと後日述懐しているが、彼にしても名人といわれた占い師、嘉右衛門の考え方は一瞬にして悟ったのだ。

「直接、相手に向かってその死期を告げるな——とは占い師のおきてでございます。そのようなことは先生は百もご承知のはず、それをおしきってのおたずねとならば、私も正直に申し上げましょう。あと三か月、十月中旬までのご寿命とご鑑定いたします」

「よきかな言《げん》や」

嘉右衛門は大きな吐息をもらして言った。

「失礼ですが、あなたは私の死後、占いの道では日本一の名人とうたわれましょう。恐縮ですがそこの違い棚《だな》の上の手文庫をとってくださいませんか？」

その手文庫から嘉右衛門は一つの位牌《いはい》をとり出した。その上には彼自身の筆で、

「大正三年十月十七日没　享年八十三歳」

と書きしるしてあった。桜井大路もそのときは嘉右衛門の枕頭《ちんとう》に身を投げて、男泣きに号泣したという。

嘉右衛門の通夜に訪れた彼は遺族にこの逸話を告げ、ふたたび涙を浮かべて言った。

「まことに故先生は、易聖と呼ばれるにふさわしい大名人、私ごときが一生修業を続けても、その足もとにも及びますまい」

大正五年七月十三日の「中央新聞」に出ているこの占断は嘉右衛門の最後の名占として知られている。それに劣らぬ名占はこれからこの物語にいくつもあらわれる。

そして私はあえて言う。

高島嘉右衛門の一生を追うことは、そのまま明治時代史の重要な一面の裏の真実を追求することに通じるはずなのだ……

第一章　父の余慶《よけい》、子に及ぶ

高島嘉右衛門の父は薬師寺嘉兵衛《やくしじかへえ》という。正確な生年月日は調べ切れないが、現在の茨城県新治《にいはり》郡牛渡村の庄屋《しょうや》、薬師寺平兵衛《へいべえ》の次男として生まれたことは記録にも残っている。

ところが当時の農家の次男三男は、生まれながらに冷や飯食いの宿命を負わされているのだし、庄屋の子供といってもその例外ではなかった。まあ、どこかの養子に行くつもりならとうぜん相手もあったろうが、嘉兵衛がそういう安易な道を捨て、二十一歳のとき江戸に飛び出し、京橋三十間堀町の材木商兼普請《ふしん》請負業遠州《えんしゅう》屋《や》徳三郎《とくさぶろう》の店で手代奉公をはじめたのは旺盛《おうせい》な独立精神のあらわれだったろうが、この精神はとうぜんその子にもうけつがれたのだった……

もちろん彼の手代時代の業績については、ほとんど何も知られていない。しかし、彼が奉公しだしてから、この店の成績はおおいに上がり、その手柄で彼ものれん分けをしてもらい、同じ三十間堀町の町内に、遠州屋嘉兵衛という店を出すことを許されたというのだから、その才能も精励努力ぶりも人一倍だったことは容易に想像される。

そして前にも述べたように、嘉右衛門は父親が分家してから十五年後、父の四十八歳の年、天保三年十一月三日に生まれ、清三郎《せいざぶろう》と名づけられたのだった。

彼がまだ乳離れもしなかった天保四年の夏、遠州屋にはたいへんな事件が起こった。もちろん本人はそのことを知る由《よし》もないが、この事件は嘉右衛門の後半生にふしぎな影響を及ぼしてくる。だがそれは後日の話なのだ……

この年七月二十三日の早朝、遠州屋の店へ三人の武士が訪ねて来た。嘉兵衛が出入りを許されて特に信用されている盛岡南部《なんぶ》藩の勘定《かんじょう》奉行斗賀沢権右衛門《とがさわごんえもん》、江戸御留守居《おるすい》役瀬山命助《やくせやまめいすけ》、用人照井小兵衛《ようにんてるいこへえ》という藩中でもたいへんな顔ぶれだった。

番頭からこのことを聞いたときには嘉兵衛も首をかしげた。とりあえず奥の座敷へ案内させ、自分も衣服をあらためたうえ、その前に坐《すわ》って挨拶《あいさつ》した。

「御用とあらばお呼びのあり次第、いつ何時でもお屋敷へ参上いたしますのに、みなさまおそろいで早朝からのお出ましとは、いかなる仔細《しさい》でございましょうか」

と聞きながら、嘉兵衛は三人の顔を見つめた。誰《だれ》もほとんど生色がない。よほどの大事件が起こったはずだと一瞬に嘉兵衛は直感した。

「実は昨夜おそく、国元から早飛脚がまいってのう。七日間昼夜通しの急使なのだ」

まず瀬山命助が重い口を開いた。

「それでは、もしやお殿様に？」

南部藩主大膳大夫《だいぜんのだいぶ》はいま在国のはずだった。強壮な体質には違いないが、たとえば卒中の発作でも起こし、そのまま急死でもしたのかと一瞬彼は思ったのだが、次の瞬間には、いやそれならば、自分のような一介の出入り商人に家臣三人がそろって知らせに来ることもあるまい、と思いなおした。

しかし、彼の反問は相手の耳には入らなかったらしい。

「いや、この江戸にしても去年今年は夏とも思えぬ涼しさだったが、盛岡はまるで冬の襲来だというのだ。去る十五日の中元には綿入れを着なければ寒さもしのげなかったとか、朝からは付近一面に雪かと思われる霜がおり、田畑の作物はたちまち全滅したという……」

命助の声はふるえていた。たしかに現在の新暦でいうなら八月半ば、酷暑の時期に霜がおりては大飢饉《ききん》の発生は必至なのだ。南部藩の領民約六十万人は時とともに生死の土《ど》壇場《たんば》に追いこまれるだろう。家臣たちが色を失うのも無理はない。

「盛岡がそのような状態なら、仙台、秋田、津軽《つがる》などの隣藩も大同小異の惨状を呈していることは疑いない。近国より救いを求める望みはない。だが、いかにしてでも六十万の民の餓死を救いたいが、江戸表において何らかの妙案はあるまいかと、殿よりご直筆《じきひつ》のご書面なのだ……ご家老方とともにわれら三人そろって暁方《あけがた》まで思案相談をくりかえし、思いついたはそのほうのこと、そのほうならば機転機略、衆人を抜いていることはわれらのそろって認めるところ、どうかよい思案を立ててはくれまいか」

「と申されても……これはたいへんな難問でございますな」

嘉兵衛もさすがに腕を組んで思案をつづけ、やがて天啓のような一つの案を思いついた。

「非常の場合でございます。非常の策を用いなければなりますまい。成否は申しあげかねますが、ひとつ私なりに全力をつくして動いてみることにいたしますから、今日一日お屋敷でお待ちくださいませ」

「一日といわず何日でも……ただし急いでたのんだぞ」

三人ともに両手をついて、まさに哀願という恰好《かっこう》だった。

この三人を送り出した嘉兵衛はすぐ駕籠《かご》を呼び、その足で鍋島《なべしま》藩の江戸屋敷へかけつけた。

当時の鍋島藩主直正《なおまさ》は天保元年に藩主の位をついでまだ四年にしかならなかったが、

藩政の改革を着々実行に移し、産業の興隆につとめ、
「九州に鍋島あり、鍋島に閑叟《かんそう》公あり」
とそろそろ名君の名をうたわれはじめていた。閑叟というのはその号だが、後日の彼は反射炉を築いて銃砲の製造につとめ、九州きっての雄藩を建設した。明治維新後はさすがに老いて、たいした働きもしなかったが、直接天下を動かすほどの大運にはめぐまれなかったにせよやはり幕末の名君の一人だったことは間違いない。

当時の商家の分家は、主家の顧客を分けてもらうことを許されず、新たに自分の力で商路を開拓しなければならなかったということだが、嘉兵衛は分家して以来、南部、鍋島の両家に食いこんで深く信用されていたのだった。

このとき、直正は江戸出府中だったが、もちろん一介の出入り商人にすぎない嘉兵衛にはめったに直々《じきじき》のお目通りは出来ない。彼は始終顔をあわせている用人、成富助左衛門《なるとみすけざえもん》に会って今朝聞いた南部藩の窮状を伝えた。

「さようか……この時期に霜がおりるとは、わが藩などではとうてい考えられないことだが、なるほど南部盛岡あたりでは数十年に一度や二度、そのようなこともあるであろう。南部侯が深くお心を痛められるのもごもっとも、拙者《せっしゃ》も心からご同情申しあげる」

助左衛門は溜息《ためいき》をついて言った。

「ありがたきおおせにございます。そのお言葉をうかがったら、むこうのお三方も涙を流して喜ばれましょう。つきましてはこのさいお言葉だけではなく、そのお情けを形にあらわしてはいただけませんか」

「情けを形にあらわすとは？」

助左衛門もそのときは眼をみはった。

「ご当家のお殿様には常日ごろから、諸侯たるものは一国一藩のことだけではなく、日《ひ》の本《もと》の国全体に眼をくばらねばならぬ。諸外国の船がわが国の近海に相次いで姿をあらわすようになってきては、いずれわが国も一丸となって、外夷《がいい》にあたらなければならなくなるだろう。そのようなことを申しておいでとうけたまわりましたが、それはまことでございますか」

「いかにも……それが？」

「それならばおねがいいたします。南部の民も肥前《ひぜん》鍋島の民も、同じ日の本の民に変わりはございますまい。万一、鍋島ご領地内に凶作飢饉のようなことが起これば、お国元、江戸表のお役人方は一人のこらず死力をつくして領民の救恤《きゅうじゅつ》にあたられましょう。南部藩のご家来衆はいまそのような立場に追いこまれておるのでございます」

助左衛門は膝《ひざ》をたたいた。

「なるほど、情けを形にあらわすとは——当家在庫の余剰米を一時南部藩へご融通申しあげろということか」

「はい、ありがたき仏の教えにも、飢えたる者には百万言の説法よりまず一椀《わん》の粥《かゆ》を与えよとありまする。これが実行されましたなら、ご当家のご領民はいわずもがな、南部藩のご領民も声をそろえて、鍋島様はこの世の神か仏か、よくもここまで日ごろのお言葉をご実行されたと感泣いたすでございましょう」

両腕を組んでその言葉を聞いていた助左衛門はやがて何度かうなずいた。

「嘉兵衛、そのほうはよくもこれほど理路整然とわれらの泣きどころをついて来たな。いかにも理屈はそのとおり、しかしこれほどの大事となればとうていわし一人のはからいというわけにはいかぬ。殿にもお話し申しあげ、ご重役方のご意見もうかがって、そのうえではっきり是非の返答をいたそう。このままでしばらく待ってもらいたい」

そういって座を立った助左衛門は、半刻——一時間ほどして帰って来て、

「嘉兵衛、喜ぶがよかろうぞ」

と最初の一言を投げかけた。

「はい、ありがたきお言葉にございます」

嘉兵衛は両手をついて感涙にむせんだ。

「まあ、手をあげられよ……いま殿様にそのほうの話をおとりつぎしたところ、殿様には南部藩は二十万石の家領といってもたえず冷害に悩まされ、豊作の年は少ないと聞いている。お気の毒にな——と申されて、すぐ帳面をおとりよせになり、国元の米の在庫の数量をおたしかめなされたのだ」

「はい……」

「それで殿様の申されるには、盛岡付近の降霜は、ともかくご領地も広いことゆえ、全体としては豊作の年の三分作ぐらいは望めるのではないかなということだった。ご家中《かちゅう》ご一同も思わぬ気候異変にいささかおあわてなされておられるものとお見うけするが——とのお言葉だった」

「そのへんの微妙な事情は、手前からは何ともご説明いたしかねます」

「それで殿様のおっしゃるには、南部藩ご領内農民の主食は稗《ひえ》、粟《あわ》、楢《なら》または橡《とち》の実、それに日の子とかいう海草かと聞いている。いずれにしても寒冷に強い草本海草ゆえ、全滅ということもないであろう。そこに二十万石の三分作として六万石——そこへ当家から国元在庫の米三万石をお貸しいたせば、少なくともご領内の餓死者は出ることもあるまいとのおおせだったが」

さすがの嘉兵衛もぎくりとした。大名といえば、江戸の市中では世間知らずの代名詞とさえいわれるくらいなのに、よくも九州の地にあって、東北南部地方の農民の主食まで知りぬいていると思ったのだった。たしかにこれなら鍋島家はじまって以来の名君とうたわれているのもとうぜんだろう。

「いや、まことにおそれ入りました。手前としても緊急のおとりつぎでございます。南部の事情をくわしく調べてまいるひまもございませんでしたが、お殿様が隣国の事情ならばともかくも、遠くはなれた東北の藩の内情をそこまでご存じとは……ただただおそれいるだけでございます」

「ところで、このお言葉を拙者と同時にうけたまわったご重職のおっしゃるには、その降霜の報はおそらく早飛脚で大坂へも伝わって行くであろう。となれば、数日内に米価が暴騰するのは火を見るよりも明らかなこと、当家としてはその米相場の成り行きを見さだめ、そのうえでお蔵米の処分を考えるのがとうぜんだが、せっかくの殿様のお指図ゆえ、本日中にも南部藩のご家中のお方と会談いたし、江戸の明日の相場で三万石をおゆずりしようということだったが、それにもご異存はござるまいな」

「はい……手前も商人のはしくれでございます。殿様のお言葉に従われ、眼に見えているとうぜんの利鞘《りざや》を見のがされるとは——さすがに『葉隠《はがくれ》』の教えを継承なさるご家中、商人根性などは微塵《みじん》もございませんなと手前も心から感服つかまつりました」

「いや、ご重職ともなれば、三十五万七千石の藩政をとりしきられる以上、最小限の商人心、算用も必要だと言っておられる」

助左衛門も苦笑した。

「それで国元より米を積んだ便船の出航と同時に総代金をいただきたいということだが、その条件は同意いただけような？」

「とうぜんのことでございましょう。命にかけてお約束いたします」

嘉兵衛はきっぱり言いきった。

この至難な交渉をここまでまとめあげた嘉兵衛は、すぐに駕籠をとばして南部藩の上屋敷へかけつけた。

「なるほど、これだけのわずかな時間で、よくもみごとに話をととのえてくれたのう」

三人の顔には、やっと人間らしい生色がもどってきた。

ところが嘉兵衛が代金の支払い条件の話を持ち出したとたんに、斗賀沢権右衛門はまた顔色を変えた。

「ちょっと待て、わしも勘定奉行として当藩の財政は誰よりもよく知っている。米三万石の代金となればとうぜん十万両を越えるだろう。だがそれだけの現金はとうてい工面《くめん》出来かねる」

嘉兵衛もそのときはぎくりとした。

「手前としては鍋島家へ命にかけて――とお約束してまいりました。とにかく米の現物をおさえることが先決問題と考えまして代金のことは念頭になかったのでございますが、たとえ証文なしの口約束にせよ、自分の言葉を命がけで忠実に守りぬくのは商人の道でございます。いまさら約束を変更《へんがえ》することは私には出来かねます。そして東北大凶作の報が、江戸大坂へ伝わるのはおそらく数日のうち、そうなれば三万石の米の値段はいったいどのくらいになりましょうか」

「それはわしにもわかっている。しかし、ない袖《そで》はふれないのだ……」

しばらく重い沈黙がつづいた。その沈黙を破ったのは嘉兵衛だった。

「それではこの米が入手出来ず、ご領内に数十万人の餓死者が出たといたしましょうか。お殿様がせっかくご自筆のご書状で、江戸表まで窮状をお知らせになり、しかるべき策を講ずるように――とのご厳命があったのに、この好機を見のがしたのかとお怒りなさいましたなら、あなたさまがたはどのようにしておわびをなさるおつもりでございます？」

「うむ……そのときはわれら三人、腹をかっさばくほかには道もあるまいな」

三人の悲痛な顔を見まわして嘉兵衛は鋭く言いきった。

「なるほど、戦国時代の乱世ならば殿様のご馬前に骸《むくろ》をさらすのはとうぜんしごくなる武士の道、太平の世に無数の餓死者を出さぬため、お腹を召されることもまたそれに劣らぬお手柄に違いありますまい。人間ほんとうに命をかけ、至誠をもって事にあたれば、たいていのことは成就《じょうじゅ》するものでございます。とにかくこれよりお使いを出し、鍋島ご家中のお方と今日中にご会談なさいませ。公平に見まして、先方のお話は完全に情理そなわって、非のうちどころもございません。そのお席では先方の条件はすべておのみになり、お手元不如意《ふにょい》のことはおくびにも出されますな。とにかく交渉をおまとめになり、その後は次のご思案となさるのがしかるべきかと存じます」

三人としては、嘉兵衛の進言にしたがわないわけにはいかなかった。

当時、諸藩の間の交渉には深川《ふかがわ》の一流料亭《りょうてい》が用いられ、まず酒席で懇親の情を温め、その後茶席で要件を処理するのが習慣になっていたというが、その夜両家の責任者は深川の尾花屋《おばなや》で会見し、根本的な合意に達したのだった。

もちろん、一度の会談でかたづくような問題ではない。その後も数回にわたって、細部にわたる折衝がくりかえされたのだが、その間にも大坂の米相場は「天井知らず」といわれたほどの上昇をつづけていた。それなのに、鍋島家のほうでは「武士の一言」をまもって七月二十四日の相場に一文も上のせしなかったという。……江戸での交渉はこれでめでたく落着《らくちゃく》したが、空証文《から》では飢えはしのげない。九州から奥州南部まで三万石の米の現物を回送するということは、当時としてはやはりたいへんなことだった。途中で船が難破する恐れもないとは言いきれない。鍋島藩としては船の出航と同時に米代金の支払いを条件としたのもとうぜんだったろうし、その代金の工面がつかないとなってくれれば、わざわざ九州まで出かけて行き、現物ひきとりの実務にあたる責任者を希望する人間がいるはずはない。

この大役は手前には荷が重すぎます。——

口に出した逃げ口上はともかくとして、その内心の思いはみな同じ言葉につきたろう。

留守居役の瀬山命助からこの話を聞いた嘉兵衛は大きくうなずいた。

「なるほど、米そのものの収集は鍋島藩にお任せするとしても、船なり船頭舟子《かこ》たちの選択手配ともなれば、失礼ながらお侍《さむらい》さまには荷が重うございましょうな。よろしゅうございます……乗りかかった舟という言葉もございますし、このお役目は手前がおひきうけいたしましょう。ただし、その間一時的に手前を南部藩江戸詰勘定奉行ということにしていただきましょうか。この肩書はお役目達成のうえは即刻返上いたしますが、ただの商人遠州屋嘉兵衛としてはこの大役はつとまりかねます」

これもとうぜんの要求だった。こうして彼は南部藩勘定奉行、遠山《とおやま》嘉兵衛と一時的に名前をかえ、南部藩江戸詰の侍たちと自分の店の手代たちから選《え》りすぐった十数名の供をつれ、しかるべき格式の仕度を整えて江戸を出発したのだった……

当時としては、ひと月に近い旅である。しかも気軽な物見遊山《ものみゆさん》の旅ではなく個人的な利益を目的とした商売上の旅行でもない。多勢の供をひきつれているとはいっても、それまで経験もなかった侍姿に身を仮装してのことなのだ。嘉兵衛としてもこの道中のあいだは気の休まることもなかったろう。

途中、京都に一泊した彼は、日ごろ信仰している北野天満宮《きたのてんまんぐう》に参詣《さんけい》し、使命の無事達成を祈願した。

「八百万《やおよろず》　神の恵みの宝船
　救ひたまへや　大洋《わだつみ》の原」

これはそのとき、彼が短冊《たんざく》にしるして社頭にささげた自作の歌である。船積みまでは無事に完了したとしても、その米が全部奥州盛岡までとどくかどうか、その点に関しては彼にしてもたいへんな不安があったのだ。……

旅を続けて一行は九州太宰府《だざいふ》に一泊することとなった。いうまでもなく、この土地は奈良時代から西都として繁栄を誇ったところだし、菅原道真《すがわらのみちざね》が無限の恨みを残して世を去った配所でもある。彼はここでも天満宮に参詣し、使命の成功を祈願した。

その夜、嘉兵衛はふしぎな夢を見た。

子供のころから何度かおまいりした鹿島《かしま》神宮の神域を思い出させるような深い森、その中を眼に見えぬ力にひかれるような足どりで歩きまわっているうちに、ぱっと視界が開け、空地《あきち》の中に立っている一宇《う》の祠《ほこら》が眼にとまった。はてどのような神様が祭られているのかと思いながら近づいてみたが、祭神はわからない。正面の狐格子《きつねごうし》にはいくつかの絵馬が奉納されており、中に一枚の短冊がまじっていたが、それを手にして嘉兵衛は愕然《がくぜん》とした。

「八百万　神の恵みの宝船
　救ひたまふぞ　大洋の原」

自分の歌とは多少言葉が違っている。しかし、全部の文字は、夢がさめてもはっきり頭に残っていたのだった。

とたんに眼ざめた嘉兵衛はすぐに、身を清め、衣服をあらためて早朝の天満宮に参詣し、霊夢のお礼を言上し、肥前三十五万七千石鍋島城下への旅を続けた。

肥前鍋島——現在の佐賀県佐賀市である。

すでに江戸表から早飛脚の急使も到着していることだし、嘉兵衛はここではごく丁《てい》重《ちょう》に迎えられた。

城下には五十騎の家臣が出迎え、宿舎は脇本陣《わきほんじん》と定められ、毎日二人の家臣が交替で宿舎まで出向いて接待役をつとめると知らされて、嘉兵衛はいよいよ緊張した。

その翌日、城代《じょうだい》家老《がろう》井上三郎兵衛《いのうえさぶろうべえ》その他の重職たちに挨拶《あいさつ》をすませた嘉兵衛は、その日からすぐ活動を開始した。

当時の船は最大のものでも千五百石《こく》積みの帆船である。三万石の米を運ぶには数十艘《そう》が必要となる。廻船問屋との交渉がまず第一の急務なのだが、それにともなう諸問題を嘉兵衛は次々に神速とさえいわれたあざやかさでさばいていった。

「人品骨柄《こつがら》いやしからず、おそらくご先祖のどこかで南部藩公の血をひかれる名門の出とお見うけしたが、その算用もまた恐るべし。さすがはこれだけの主命をうけて、当家へご使者にまいられただけのお方である……」

彼の到着後十日目に、井上三郎兵衛は係の者からそれまでの仕事の進め方の報告を聞き、こう感嘆したということだ。そのことはとうぜん江戸表へも報告され、鍋島直正の耳にも入ったに違いない。

そのようにして数十日の日は過ぎた。最後の一艘、千二百石の竜神丸《りゅうじんまる》が伊万里《いまり》港で積荷を終わり、玄界灘《げんかいなだ》へ向かったときにはさすがの嘉兵衛もがっくりとして、二日間床をはなれることも出来なかったというのである。

「自分はこれで人力のかぎりをつくした。あとは神助にたよるまで」

江戸からともなって来た南部藩士の一人に彼はこう語ったという。

生来頑健《がんけん》な体質だけに疲れもたちまち回復した。床ばらいしたのは三日目だったが、その後には最大の難問がひかえていた。いうまでもなく十一万両という米代金の支払いである。……

係の家臣からその催促を受けた嘉兵衛は、平然と何気ない調子で答えた。

「はて、その代金のお支払いは江戸表にてとのことでございましたが、ご当家江戸お屋敷よりのご書状にはそう書いてはございませんでしたかな?」

とぼけたと言えばそれまでの話だが、後日嘉兵衛はそのときの心境を述懐して、

「たとえいっさいの責任をとって腹を切るとしても、この米が無事に奥州へ到着したという知らせを聞いてからにしたかったのだ」

ともらしたという。

もちろんこれは係の下役人などが解決できる問題ではなかった。何度かなまず問答がくりかえされ、後は鍋島城内での重職会議に持ちこまれた。

なにしろ江戸まで事情を問いあわすにしても、ひと月以上はかかることだ。それにし

ても、早飛脚の急使で――という意見もかなり強かったのだが、最後に井上三郎兵衛は重臣一同をおさえて言いきった。

「書面の書き違いということは、万一、万々一にせよないとはいえまい。人間はまず人間を信じてかかるべきではないか。わしは嘉兵衛殿に会ったとき、信ずるに足るべきお方とお見うけした。後日殿からお叱《しか》りおとがめがあったときには、わしがいっさいの責めを負う。このお話はそのままのむがよかろうぞ」

その数日後、肩の重荷をおろした嘉兵衛たちは鍋島城下を離れたが、そのときにも五十騎の侍が、次の宿場《しゅくば》の轟《とどろき》まで丁重に礼をつくして送りとどけた。

嘉兵衛たちが陸路江戸まで帰り着いたころには、南部から「宝船」到着の知らせが続々ととどいていた。ことに最後の一艘、竜神丸は下関《しものせき》から瀬戸《せと》内海に入り、紀州灘《きしゅうなだ》を通って伊豆《いず》の大島へ近づいたとき、突然の大嵐《おおあらし》にあい、辛うじて羽生《はぶ》の港で難をさけたが、その直後に航行していた二十何艘かの船は一艘残らず難破して海の藻屑《もくず》と消えたという。

その話を聞いた嘉兵衛は慄然《りつぜん》としながら、あの夢を思い出し、やはり神助があったのかとつぶやかずにはおられなかった。

それはともかく、三万石の米はほとんど一粒のこさず石巻《いしのまき》港に安着した。あとは北《きた》上川《かみ》の河船に積みかえて盛岡までの運搬だが、これにはたいした問題はない。

これは後日の話だが、この年の飢饉《ききん》で、秋田藩では二十万人に近い餓死者が出たという。それに反して、南部藩ではほとんど犠牲《ぎせい》者を出さなかったが、それはこの嘉兵衛一人の力によったものだといっても過言ではない。

江戸に帰り着いた嘉兵衛にしても、将来のことは予想も出来なかった。しかし、竜神丸の話を聞いたときには、これで無数の民は餓死から救われるはずだという確信は持てたのだった。

南部藩江戸屋敷でこの事実をたしかめると、彼はすぐその足で鍋島藩の屋敷を訪ねた。用人成富助左衛門に面接して、彼は丁重にお礼を述べた。

「おかげさまにてこの大役も首尾ようつとめおおせました。三万石の米も一俵残らず無事に石巻まで到着した由にございます。南部藩六十万の領民も鍋島様のご仁慈に感泣いたしておりますとか。手前よりも厚く厚くお礼を申しあげます」

「それはまことに結構であった。だが、国元よりの書状によれば、その代金は江戸表にて決済とのこと、それでは約束がまったく違う。はてなと首をひねったが、そのほうほどの人物がわしの面前であそこまで言いきり、南部藩ご重職との間に正式なお話もとりかわしてのこと、これには何かの食い違いまたは深い仔細《しさい》があろうかと考えながら、そのほうの帰りを待っていたのだが」

助左衛門の顔には明らかに困惑の色がみなぎっていた。

「はい、そのことにつきましては、手前の口より直接申しあげなければと存じまして、書面もしたためませなんだが、しばらくお耳をお貸しくださいまし」

「うむ、聞こう」

「正米三万石の代金十一万両と申されても、たいへんな大金でございます。いま南部家のご金蔵にはその一割もございません。しかるべき利息を付して長期の年賦払いという条件に切りかえていただけませんか」

「な、な、何という話だ！」

助左衛門もこのときは飛び上がらんばかりの驚き方だった。

「そのほうは、あのとき何と申したのだ？　その代金は国元で引替え払いと申したではないか」

「はい、そのように申しあげなければ、このお話はまとまらなかったでございましょう。手前としても一生一度、二度とつけない嘘《うそ》でございました。お国元での働きにしても一世一代の大芝居、それも数十万人の人の命を救うためでございます」

「うむ……」

「南部藩ご重職のお三方、いやご家中のどなたにも何の責任もございません。このおわびには商人ながら遠州屋嘉兵衛、切腹してお目にかけますから、なにとぞ私一人の命とひきかえに、いま申しあげた条件をおのみいただきたいとつつしんでおねがい申しあげます」

「うむ、うむ……うむ……」

言葉を忘れたように助左衛門は、しばらくうなりつづけるだけだったが、やがてかすかに眉《まゆ》をひそめて言った。

「そのほうの気持ちはわからないでもないが……もちろんわし一人で即答できる問題ではない。殿に申しあげて御意《ぎょい》をうかがうが、しばらくここで待つがよい」

「はい……」

「ただ念のため申しておくが、ここまで来ては早まるなよ。わしが帰ってまいるまで、この座敷なり庭先なりを血で汚してくれるなよ……それではくれぐれも早まるなよ」

嘉兵衛のかたい決意を人相から見てとったのか、助左衛門はしつこいぐらいだめをおし、急ぎ足で座敷を出て行った。

それから後の半刻——約一時間の時間も、生死を達観した嘉兵衛にはそれほど長くも感じられなかった。

座敷へもどった助左衛門の顔からはまだ憂色が消えてはいない。

「嘉兵衛、そのほうは鼠小僧次郎吉《ねずみこぞうじろきち》という大泥坊の名前を知っているか？　諸大名家にしのびいり、多大の金品をうばい去った怪盗だが」

思いがけない質問だった。

「はい、名前ぐらいは存じております」

「彼は今年の八月十九日、三十六歳を一期《いちご》としてお仕置《しおき》にあったのだ……それでは次にたずねるが、河内山宗俊《こうちやまそうしゅん》、片岡直次郎《かたおかなおじろう》、この二人の名前は知っているか」

「はい、それを知らずに何といたしましょうか。河内山のほうは先年獄死し、直次郎のほうもいまはご牢内《ろうない》で死罪を待つ身と聞いておりますが」

「うん、それを承知ならあとは言うまでもあるまいが、その河内山宗俊の一世一代の大芝居のことも知っておろうな。上野一品親王様《こうずけいっぽん》のご使僧、凌雲院大僧正《りょううんいんだいそうじょう》浄海《じょうかい》と偽って雲州《うんしゅう》松江侯のお屋敷へのりこみ、松江侯のお眼にかなった侍女を無傷のまま無事親元へつれもどしただけでなく、正体を見やぶられてから、さらに開き直って多額の金を出雲家からゆすりとった大悪人、殿にはそのほうをそれ以上の男だとおおせあった。処分は後刻決定するが、生前に一眼だけでもその人相を見ておきたいとのおおせなるぞ。さあ、お手討ちを覚悟のうえで御前に参上するがよい」

「かしこまりました」

嘉兵衛は清々《すがすが》しい声で答えた。

助左衛門といま二人、若い武士たちに囲まれて彼は庭先につれ出された。表御殿の前の庭、白砂の上に坐らされ、しばらく待っていると、

「殿、ご出座！」

という声が聞こえてきた。

廊下を曲がってあらわれた直正は座敷へ入らず、正面の縁側に立ったまま、

「嘉兵衛、直答《じきとう》許す。頭をあげい！」

と鋭い一喝《かつ》をあびせかけた。

嘉兵衛は静かに顔をあげた。

「そのほうはいったい何のためにこのようなことをたくらみ、当家に多大の損害を与えた？」

「南部藩六十万領民を餓死から救うためでございます」

「この夏処刑された鼠小僧も、諸家から盗み出した金品の一部を窮民にほどこして、義賊をきどっていたという。そのほうの行為はそれと同じだとは思わぬか？」

「ご当家には何の申しわけもございませんが、あの米は一合たりとも私《わたくし》してはおりま

ならば、そのほうの行為に対しては誰《だれ》にもましてそれはよい。


「それはよい。しかし、その罪に対するつぐないの覚悟は出来ておるか」

「はい、もとより命は捨てる覚悟、殿のお刀の錆《さび》ともなれば幸せに存じます」

「わし自身は斬《き》らぬが……三之助《さんのすけ》！」

嘉兵衛を護衛して来た若侍の一人が白砂の上にひれふした。

「この井上三之助は城代家老、三郎兵衛の甥《おい》にあたる。そのほうの行為に対しては誰《だれ》にもまして憎んでいて、自分から斬り手を志願して出たのだが、最後に何か言いたいことでもあるか」

「はい、手前自身はもうどうなってもかまいませんが、ほかのお方には何の罪もございません。ご家老井上様はじめ南部藩のお三方、手前の命にかえまして、ぜひお許しを
――とこれが最後のお願いでございます」

「そのような指図など受けはせぬ」

そういうやりとりの間に、三之助はすばやく袴《はかま》の股《もも》だちをとり襷《たすき》がけとなっていた。

「西は右手じゃ。坐りなおせ」

坐りなおした嘉兵衛は眼をとじて、

「南無阿弥陀仏《なむあみだぶつ》、南無阿弥陀……」

と念仏をとなえはじめた。

一瞬、首すじの後ろに冷たい感触があった。しかし何の痛さも感じられない。

「南無……」

「あっぱれ！」

愕然《がくぜん》として眼を開いた嘉兵衛はあたりを見まわしたが、縁側の直正の顔にはいまは微笑さえ浮かんでいる。助左衛門もにこやかにうなずいていた。そして三之助のほうは、刀を鞘《さや》におさめ、襷をはずすところだった。

「これは、これは、どうしたことでございますか？」

嘉兵衛はわけがわからなかったが、直正はさらに何度かうなずいて、

「商人には惜しい男だ。わしも家来にそのほうのような男を持ちたいぞ」

「いったい何を……」

「最初から斬らせるつもりはなかった。最悪の場合でもみねうちのうえ、不浄門から死体と称して送り出してやるつもりであったが……人は最期のきわにのぞめばかならず真情を吐露するとか、首の座にのぞんで誰にも責任を押しつけず、かえって他人の命ごいをする心意気にはわしも感服いたしたぞ」

「それでは……罪をお許しくださいますか？」

「鼠小僧や河内山――そのような悪人どもの名前を持ち出したのも、そのほうの真の心情をたしかめるため、そのほうに一点の私利私欲がなかったことはいまわしがこの眼で見とどけた」

「殿様！」

「国元よりの報告では、幸い佐賀は今年大豊作、一割以上の増収は望めるだろうということだった。三十五万七千石にくらべて三万石は一割足らず、今年平年作だったと考えれば天から与えられた余剰分――それで六十万人の命が救われればこれほど嬉《うれ》しいことはない。そのほうのおかげでわしも思わぬ善根をほどこしたぞ」

「殿様！」

「国元の三郎兵衛にも書面をつかわし、よくぞやったとほめておいた。この三万石にしたところで、無償でさしあげてもよいのだが、それでは大膳大夫殿のお顔もたつまい。長期年賦の支払いもたしかに承知いたしたぞ」

「…………」

「そのほうにはまだまだ話を聞きたいこともあるが、あいにく今日はこれから大事な客人がある。いずれ日をあらためてということにしよう。まあ、南部藩お屋敷でも何人かのお方が、そのほうの安否を気づかって居たたまれぬような思いであろう」

「…………」

「南部藩ご家来衆によろしゅう」

ゆっくり廊下を去って行く直正の後ろ姿を見送った嘉兵衛は、白砂の上に身を投げて男泣きに泣いた。

「嘉兵衛殿、嘉兵衛殿」

後ろから助左衛門が声をかけた。

「文字どおり寿命の縮まる思いをさせて悪かったが、どうか許してもらいたい。殿にはあれで案外芝居気がおありでな。嘉兵衛という男は武士にも劣らぬ大人物と思うが、ひとつこちらも芝居を打って、その心底を見とどけようかとのおおせ――それでこのようなことになったのだが、悪く思ってくれるなよ」

「それはとんでもないおおせ……たしかにお殿様は鍋島家はじまって以来のご名君、もしもお家に何かの事件が起こり、手前がお役にたつようなことがあれば、粉骨砕身、今度以上の働きをいたしましょう」

嘉兵衛はふたたび砂上に泣きくずれた。

嘉兵衛はすぐに南部の屋敷へかけもどったが、それを出迎えた三人の重役はすでに水色の死装束《しにしょうぞく》に着かえていた。

「嘉兵衛！　そのほうは！」

「ご門前からここまで無事に自分の足で歩いてまいりました。幽霊でない証拠でございます」

「それでは……それでは……なるほど、鍋島様お屋敷までは参りながら、肝心の問題は切り出しかね、その件は後日にと申して帰って来たのだな」

「それではまるで子供の使いではございませんか？　お殿様にもお目通りのうえ、そのお口から直々《じきじき》に米代金長期の年賦払いの件、いかにも承知いたした——とありがたいお言葉をたまわってまいりました」

「なに、なに、何だと！」

たしかにこのときの状況では、奇蹟《きせき》といいたいような成功なのだ。三人が顔を見あわせて呆然《ぼうぜん》自失というような表情に変わったのもとうぜんのことだろう。

一息いれて嘉兵衛は今日の一部始終を語りつづけたが、三人は途中で涙を流し、瀬山命助などは大声で泣き出していた。

「何ともありがたいお言葉……われら三人、孫子の代に至るまで、肥前鍋島の方角へは足をむけては寝られはせぬ……」

「おそらくそのほうのことゆえ、生きては帰れまいと思っていた。鍋島ご家中からも、出入り商人一人の命でこれだけのことがかたづくかと、とうぜんきわまるご追及があるものとわれらも覚悟しておった。このうえさらに三人が切腹してお目にかけたなら、鍋島様のお怒りもやわらぐであろう。そうなれば、両家の間の確執も未然におさまるだろうと思っていたのだったが」

「そのほうのことに対しては、殿にさしあげるべき遺書の中にも讃美の言葉を連ねておいた。そして、嘉兵衛万一のおりには、幼少ながらその子清三郎を士分におとりたてねがいたい、それがせめてもの供養《くよう》であり、南部藩としても最小限度の恩返しと存じますと、くわしく書き残しておいたのだが」

三人ともにまだ興奮もさめやらないような言葉だったが、嘉兵衛はその前に手をついて言った。

「ありがたいお言葉でございますが、もはやその必要もございますまい。あとはみなさまにお任せいたします。今夜にも鍋島様側とのお話を再開なされ、正式な証文のお書きかえをねがいます。なおかりにお許しいただきました勘定奉行の肩書は、ただいまこの場で正式にご返上つかまつります……」

この事件は、幕末列藩史の中でもほかに例を見ないような美談として、「南部藩史」、「鍋島藩史」など公式の記録にも残っている。この直後、南部藩が嘉兵衛に八十石の家《か》禄《ろく》を与え、永代《えいたい》士分待遇という資格を授けたのは、この大功績に対してはむしろ過小といいたいほどのお返しだったろう。

そして嘉兵衛もこのことは一生忘れることもなかったようだ。高島呑象伝に残る文章を多少現代文化して紹介しよう。

「……わが父在世中、かねて余に語るにこの事を以てし、わが鍋島侯より受けたる恩沢は宏大《こうだい》にして、われ一代にてはとうてい報ゆることあたわず。思えばまことに遺憾のきわみなり。汝《なんじ》すべからくわが志をつぎ、身命をなげうっても侯のために大いにつくすべしと、余もまた父の意志をつぎ、常に心にかけて忘るることもなし……」

東洋運命学の教えでは、

「積善の家にはかならず余慶あり。積悪の家にはかならず余殃《よおう》あり」

と言っている。人の善行悪行は、本人の代にはあらわれなくても、子孫の代にかならずお返しがやってくる――とすなおに解釈していいだろうが、たしかにこのときの嘉兵衛のはなれわざは、至誠そのまま天に通じ、数十万の人命を救った義挙と言ってもよい。

後日、その子高島嘉右衛門が、「その予言神に通ず」とか「人か神か」とたたえられ、明治の易聖とうたわれたのも、その父嘉兵衛のこの逸話の余慶だったと解釈できる。

第二章　氷塞《ひょうさい》の試練

高島嘉右衛門、幼名清三郎は幼年のころにはたいへん虚弱な体質で、四歳のころまでひとりで歩行も出来なかったといわれている。

はたしてこの子が丈夫に成長するかと心配した嘉兵衛夫婦は、生後満一年半を経過した天保五年五月、節句の前に当時日本一といわれた占い師、水野南北をまねいてその将来をたずねた。

南北はこのとき七十八歳だった。この年十一月十一日、老衰のため世を去るのだが、死の一月前ぐらいまでは実際の年齢より二十も若く見えるぐらいの元気さで、気軽に出歩いていたという。

占いといっても、東洋古来の占法はほとんど二つ、筮竹算木《ぜいちくさんぎ》を使う易占と、たとえば人相や手相のような相学に分かれ、彼はその相学の名人として知られていたのだが、易占のほうにも人なみ以上の素養と実力があったのは、とうぜんのことと言えるだろう。

だからこの依頼があったときにも、最初はいやな顔をしたという。

「生まれてまだ満二歳にもならぬ子供では、人相手相、どちらにしても、何とも判定は出来かねるな」

使者に立った遠州屋の番頭に、彼は最初こうつぶやいた。

「しかしな。名君といわれる鍋島のお殿様が『この男ならわが家臣に欲しいものだ』とおおせられたという嘉兵衛殿なら、わしも後学のため一度お目にかかりたいと思っていた。まあご両親の人相を拝見すれば、お子さまの将来にもある程度のことは予言も出来るであろう。一つおうかがいいたそうか」

とにかく番頭としてはいちおう目的を達したわけだから何の否《いな》やもなかったのだが、翌日遠州屋を訪ねた南北は、嘉兵衛夫婦の挨拶を受け、乳母《うば》に抱かれてあらわれた清三郎を見てとたんに顔色を変えた。

「これは……このお子は!」

ひくく叫んだ南北は、あらためて嘉兵衛夫婦の手相を見なおし、次に赤子の手相を調べ、とたんに下座に直って頭を下げた。

「先生！　どうなさったのでございます？」

権門にこびることを恥として、清貧を守りつづけたこの老名人の思いがけない行動に

驚いた嘉兵衛は眼を丸くしてたずねたが、しばらくして手を上げた南北は、

「遠州屋殿、貴殿はよいお子様を持たれたものだ。これこそ百万人に一人といわれる九天九地の相……」

と溜息《ためいき》をついた。

「九天九地の相と申されますと？」

「上っては天上の神仏となり、誤れば地獄の餓鬼《がき》となる。いや、このお子様なら最悪の事態はまったく心配ない。おそらく一生何度かは、命もあわやこれまでかという最後の土壇場《どたんば》まで追いつめられることもおありだろうが、ふしぎな神仏のお加護によって、その窮地は無事に切りぬけられる。いや、禍《わざわい》を転じて福に変えたかと、ご自分でも舌をまかれることもおありだろう」

「それでは無事に成長いたしましょうか？」

「それは申すまでもないことだ。人なみすぐれたご長命、八十まではこの南北が名前にかけて保証しよう」

「それで安心いたしました。いや、子供の無事な成長を願いますのは、人間誰しもの親心でございますが、それでは商人の道を歩ませてもいちおうの成功はいたしましょうか」

「その道に進まれるなら、万両分限《ぶげん》になられることは何の造作《ぞうさ》もないだろう。しかし、このお子様はそれを喜ばれないだろうな」

「それでは……」

「たとえば位《くらい》人臣をきわめられるといってもあえて過言ではない。しかし、この道もこのお方は笑って見すごされるだろう」

「………」

「それ以上のことはいまのわしには、何とも申しようがない。ただし百万千万の人間の将来の幸福を招来する天下稀《まれ》なる貴相のお方と、わしは命をかけて申しあげる。ああ、わしには余命いくばくもなく、それをこの眼で見とどけられないのが残念でなりませぬな」

お世辞というものは一生言ったことがないといわれる南北にしては、これは生涯《しょうがい》はじめての最高の讃辞だったろう。そのときの嘉兵衛夫婦にはもちろんその意味はわからなかったし、その日の鑑定の謝礼一両に対する返礼として翌日南北からとどけられた「南北法」十巻、「相法《そうほう》修身録」四巻、「相法秘伝」一巻などの自著の価値さえわからなかった。

「将来どの道に進まれるにしても、人を動かすにはまず人の真価を知らねばなりますまいが、それには相学は絶対の武器、このお子様のご成長の暁には、ぜひご熟読ねがいたい」

という意味の南北自筆のそえ手紙の意味のほうはどうやらわかったような気もしたが。

とうぜんのことには違いないが、子供のころの嘉右衛門については、この南北の観相以外、何の逸話も伝わっていない。

虚弱児だったに違いないが、年とともにだんだん知恵ものびはじめ、五歳のころからは寺子屋に通い出した。

もちろん、当時のことだから、習字、読書それに算盤《そろばん》などが必須《ひっす》課目だったが、嘉右衛門――当時の清三郎にとって、こういう勉強は物の数ではなかった。

特に群をぬいてすぐれていたのは、その記憶力と理解力だった。

経書《けいしょ》の素読――暗誦《あんしょう》というのは、当時の教育の常道というべきものだったが、清三郎はどんな難解な文章でも、三度声を出して通読すれば完全におぼえこんでしまい、あとは自由自在に暗誦出来たというのである。解釈にしても、師の説明は一字一句おぼえこみ、忘れることもなかったという。

もちろん当時のことだし、しかも子供のことだから、その説明の真意なり人生における応用までは理解は出来なかったろうが。

清三郎はときどき、父につれられて普請《ふしん》の現場も訪れた。大工や棟梁《とうりよう》たちの会話にも耳をすましていて、ときどき大人を困らせるような質問をしたが、その問いもたしかに核心をついていて、人々は顔を見あわせて返事に困ったものだった。

十四歳のころからは、鍋島家の家臣、力武弥右衛門《りきたけやえもん》にかわいがられて、海外事情について教えを受けた。もちろんペルリの来航以前のことだから、長崎出島《でじま》のオランダ人を通して入って来た旧知識には違いなかったが、それでも当時の清三郎にとっては最新の知識に違いなかったろう。

——地球は丸い球体だ。

——海のむこうにはいくつもの外国があり、わが国よりはるかに文明も進んでいる。

——その国の人間は、黒船という甲鉄で造った船に乗っている。その船は石炭という地中から掘り出す炭をたき、煙突から黒煙を吐き出して、大海を自由に走りまわるのだ。

——その外国人というのは誰も背が高く、色は白く、高い鼻と青い眼と赤い髪の毛を持っている。女も子供も同様だ。

——彼らの銃器、大砲はわが国のものよりはるかにすぐれている。その威力にくらべれば、わが国の鉄砲などは、かかしの弓矢のようなものだ。いやこれは大きな声では話せぬがと、蘭人《らんじん》が耳うちしてくれたことなのだ。

こういう打明け話を清三郎はむさぼるように聞いた。

十四歳のころには、清三郎は父親に工事の見積もりを命じられた。鍋島家奥方の居室の請負工事である。もちろんこの年の少年には荷の勝ちすぎた仕事だが、嘉兵衛としてはそれを承知で、自分の子供の能力を試験してみたかったのだろう。

清三郎もこの命令にはまいってしまったが、生来の負けじ魂がとたんに爆発したのだろう。

それから何日かかって図面をひき、仕様書を作り、石材木材などの見積もりを立て、職人たちを集めて相談したあげく、三千四百両という予算を割り出した。

その書類に眼を通した嘉兵衛は一言も言わなかった。そのまま黙って鍋島家へ提出したのだが、入札ではみごとに合格した。

そのときの二番札は三千五百両、その差はわずか百両にすぎなかったのである。

嘉兵衛はべつに清三郎をほめることもなかった。とうぜんのことだといわんばかりに、ただうなずいてみせただけだったが、それでも人には、

「こうなれば、私のほうはいつ死んでも思いのこすことはありませんな。きっと私の志をついで、江戸一番の請負師になってくれましょう」

と語りつづけていたそうである。

さらに三年の月日がたって、嘉兵衛は南部藩から領内の境沢《さかいざわ》鉱山の開発を委任された。

「そのほうを男と見こんでのたのみだが、わが藩は東北寒冷の地にあって、年々冷害に悩んでいる。天保四年の飢饉のおりにはそのほうにも命がけの働きをしてもらったが、その後も平年作以上の年はほとんどなかった。それで殿様のおっしゃるには、天候に関するかぎりは人力でどうにも左右は出来ないが、地中の宝に関するかぎりは人間の力で掘り出せる。幸い領内には尾去沢《おさるざわ》、境沢などいくつかの鉱山もあり、これを開発するならば、南部一藩のみならず天下国家のためにもおおいに役だつことは間違いない。そのほうひとつ境沢の開発に一肌《ひとはだ》ぬいではくれないか」

南部藩江戸屋敷御留守居役に新しく就任した井沢彦兵衛《いざわひこべえ》にこうくどかれて、さすがの嘉兵衛もしばらく返答に迷った。

だが、天下国家のため——という一言は、彼にとっては最高の泣きどころだった。

とりあえず、現地を視察しましたうえでと答えると、彼はすぐに仕度を整えて盛岡へ旅だった。往復実に三か月、もちろんこの旅は江戸と盛岡の間の道中だけではなく、領内各鉱山の視察見学も含まれていたのだったが、江戸へもどって来たときには、さすがに疲れきった顔だった。

「旅はいかがでございましたか」

心配して問いつめた清三郎に、

「ひどい、ひどい所だったな。南部盛岡までの道中は東海道にくらべても、まあまあという感じだが、一度宮古《みやこ》街道へ入ってからは道中そのものが登山だな。まあ、たとえてみれば大山《おおやま》参りを何度となくくりかえすといった感じだろう」

「盛岡から境沢までは、たしか四十里あまりと聞いておりますが」

「うむ、最初の三十里あまりはまだいい。断崖《だんがい》絶壁の間を縫う道だが、歩いて歩けぬ道ではない。ただ東海岸へ出てからふたたび山へ入る。それから五里ほどの山道は、まさに羊腸《ようちょう》たる険路、箱根《はこね》七里余の山道などとうていくらべようもない。江戸の近くにあのような険路はあるまいと思ったな」

「それで、鉱山そのものは？」

「うむ、それが宝の山なのだ……わしも鉱山のほうには何の知識もないが、全山鉄の塊りではないかと思われる感じだった。山の斜面の土を採り、水で洗った後にはいっぱいの砂鉄が残る。これをたたらつきのふいごを使い、炉で焼きかためれば、良質きわまる銑鉄となる。名産南部鉄瓶《てつびん》の原料はこれかとわしも感心した」

「なるほど、さようでございますか」

「それに加えて、付近には鉄に似た重さの石がごろごろしている。鉄片を近づければたちまち吸引してかんたんにはひき離せない。おそらく鉄の鉱石だろう。こういう石が何千年何万年かの風雪によって微塵《みじん》に砕かれたもの、それが砂鉄と見きわめたが」

「それでは、その石を人力によって粉砕すれば、鉄が採れるのでございますな。いや、初めから炉に入れ火で熔《と》かすなら同じこと、粉砕の手間もはぶけましょう」

「たしかに理屈はそのとおりだ。わしが宝の山と呼んだわけもわかるであろう」

「それではどうして躊躇《ちゅうちょ》なさいます?」

「現地がな、人の住めるようなところではないからなのだ」

嘉兵衛は吐き出すような口調で言った。

「とにかく食料いっさいは現地では調達出来ないのだ。現地で鉄を造っても、それをそのまま山中に置いては宝の持ちぐされ、だからこの鉄を牛馬の背に積み、近くの海港まで運び、帰りに米麦その他の食料を運んでくると考えよう。これ以外には道もないが、なんとその往復は六十里、中一日の休みをいれて、七日はたっぷりかかるのだぞ」

「………」

「それに雪だ。なんといっても深山幽谷《ゆうこく》、十一月から四月まで、ほとんど半年の間は深い雪におおわれ、人馬の通行も思うにまかせないということだ。人間は雪をさけるための家を建て冬ごもりも出来ようが、食料が絶えてはどうにもならぬ。半年以上の食料をたくわえる――数人程度のことなら、何とでも方法はあるだろうが、一つの鉱山を経営するには千人近い人数が必要になるだろう。これだけの人間の半年分の食料をたえず確保することは、容易なわざではないのだぞ」

「…………」

「それに鉱山というものは、ふつうの商売のように短期間に成功の望める仕事ではない。十年、二十年という年月をついやし、初めて花を咲かせられるものなのだ。おそらくこの山に手をつけても、成果はお前の代になる……そう思いながらわしは江戸へ帰って来た。そういうわけでこのご返事は万事お前にまかせるとしよう。わしはあの山に骨を埋めてもよいとは思っているが、お前がその志をついでくれるかどうかは、お前自身がきめること、よく考えて返事をせい」

「私が……私がきめなければいけないのでございますか？」

清三郎も愕然《がくぜん》とした。たしかに彼はこのとき十七歳、十四のときに工事請負の入札に成功したといっても、あのときはまわりに老練な棟梁たちもそろっており、万事につけて知恵も借りられたのだ。

今度の場合はそれとは違う。父はともかく、自分のほうは現地の山を見ていない。話を聞いてもたいへんな難所だということはわかるが、実感として迫ってくるものは何もなかった。その場で即答できる問題ではない。三日の猶予を乞《こ》うのがせい一杯のことだった。

その晩、一人になってから彼は必死に思案をつづけた。

——何といってもたいへんな山らしい、自分たちには鉱山の経験などはまったくない。そんな新しい事業に手を出さなくても、江戸ではりっぱにやって行けるのに、なにも苦労して危ない橋を渡らなくてもいいではないか。

——力武様は言っていたな。外国人は甲鉄で造った黒船で自由に海を走りまわると。いずれそういう黒船は江戸の近海にも姿をあらわすだろう。そのときはこちらも木造船ではだめだ。甲鉄船で対抗しなければならないが、それには原料の鉄が要《い》る。鉄の鉱山を開発することは、一身一家のためだけではなく、天下国家の利益にも通じるのではなかろうか。

——父のことだ。ぜんぜん商売にならないと思えば、自分の一存でことわるだろう。とにかくいままでほかの人間が開発し、経営をつづけてきた山なのだ。何とか経営方法を変え、新しい力を導入すれば、成功の望みはあるのではなかろうか。

――父は商人には珍しいくらい、自分の利益より天下国家の公益を先に考える男だ。その父が山中に骨を埋めてもよいと言い出したのはよくよくのことだろう。この大事業は一代では成功できないと思いつめているのだろう。そんなら父の志をついで、自分の代で完成させるのは子の道ではないか。

いろいろと考えつづけても、なかなか決心はつかなかった。

彼はそのとき、乳母から聞かされた水野南北のことを思い出した。南北は自分の相は、

「百万人に一人の九天九地の相」

と断言したという。そして、何万何十万かの人間を幸福にみちびく運命を持っているとも予言したという。

もちろん、彼はそのころまだ易占の道には常識程度の知識しかなかった。しかし、人智では容易に決しがたい問題は、神示をうけてそれによって決断するほかはないと、彼はそのとき思いつめた。

当時有名な占い師は、浅草《あさくさ》の朝元斎《ちようげんさい》・山口三枝《やまぐちさんし》という老人だった。彼は翌朝駕籠《かご》を飛ばして、この老人の家を訪ねた。

白い長い鬚《ひげ》をしごきながら、三枝は天眼鏡をとり出して、彼の人相手相をしらべた。

「三十歳までには万両分限《ぶげん》になられるな。ただその後がたいへんだ。その金を手にした

とたんにたいへんな災厄《さいやく》がやってくる。この厄は人間の力ではまぬがれがたい。あなたの寿命もおそらくそこで尽きるだろう」

「先生にお言葉を返すようですが、私が生まれて間もなく、故水野南北先生は私の相をごらんになり、八十以上の長寿は間違いない——と言われたと聞いておりますが」

そう言われても、三枝はべつに怒りもしなかった。

「天寿はおそらくそうであろう。この地紋が掌の外側にまで伸びているのはたしかに八十以上の長命を保証しているが、相というものは始終変わって定まらない。おそらく南北先生のころには、地紋を横に断ち切るこの邪線が出ていなかったのではないかな？」

清三郎もそういわれて、自分の手をあらため直したが、地紋——今日でいう生命線の上のほうには、傷かと思われるほど深い横線が刻みこまれていたのだった。

「とにかくこれは人災をあらわすものなのだ……それで天寿が絶えてしまう。そう解釈するほかはなかろうな」

「それが宿命といわれますなら、どうにもいたしかたありますまい」

彼は笑った。まだ年も若い彼には十数年先の人災のことなど気にもならなかった。むしろ万両分限というその一言のほうに希望をいだいたのだ。

「まあ、このうえは人助けのために全力をつくされることだな。至誠はかならず神に通じる。そういう善根を積まれるなら、あるいは神仏の御利益《ごりやく》によって、人災の大難をある程度小難ですませられるようになるかもしれぬ」

「わかりました……」

彼はゆっくり頭を下げた。たしかに鉱山事業となれば、直接間接に多くの人を助けることになる。全力をあげて突進しようと彼はそのとき腹をきめたのだった。

「実は南部、境沢という僻地《へきち》の鉱山開発の話がございまして、それでおたずねに上がったのでございますが、そのほうは……」

「待て、そのような個々の件については、人相手相いずれにもあらわれぬ。易占にたよるほかはないが、一占立てて進ぜよう」

三度、筮竹《ぜいちく》を割りさばいた三枝は、算木《さんぎ》を見つめて眉《まゆ》をひそめた。

「䷦。『水山蹇《すいざんけん》』——四大難卦《なんけ》の一つだな」

「はい……」

「一口に言えば足の弱い者の山越えだ。まあ、あなたは若く足も丈夫なようだから、そうたとえては失礼だが、足がなえてしまうほど険阻《けんそ》な山と解釈すれば、易理は通じるのではなかろうか。また外卦の『水』は、雪、氷とも解釈出来る。おそらくは半年雪の消えないようなところであろうな」

「話にはそう聞いております」

「卦辞にも『蹇は西南に利《よろ》しく東北に利《よろ》しからず』とある。『其《そ》の道窮《きわ》まるなり』ともある。みすみす苦労を背負いこむという感じだな。いちおうよしたほうがよかろうということにはなるが、ただこの二爻《こう》だからな」

「どういうことになりますか」

「王臣蹇蹇《けんけん》、躬《み》の故《ゆえ》に非《あら》ず――これが二爻変の教えなのだ。王の臣たるものは、どんな艱難《かんなん》辛苦でも身を粉にする思いでつとめあげねばならぬ。けっして一身のためではない――まあ訳せばそういうことになろうか」

「それではどうすればようございますか」

「とにかくたいへんな難事業だ。利口な人間だったら最初から手は出すまい。しかし、骨身を削り、自分一個の利益のことなど忘れて事にあたるならば、いずれは道も開けるだろう。まあ若いころの苦労は買ってもしろということがあるが、あなたのこの山での苦労は結局万両分限への道に通じるようになるのではなかろうかな」

この一言で清三郎の決心はきまった。三枝にあつくお礼を述べて家にもどると、彼は、

「この鉱山の開発は、親子二代がかりでやりとげましょう」

と決意を述べた。

父の嘉兵衛も涙を流して喜んだ。

「いまだから言うが、わしは山霊、山神にとりつかれたのかもしれないな。山にいたころにはあまりの険阻に驚き、とても仕事にはなるまいなと見切りをつけていた。しかし、山をおりて江戸へ帰る道中では毎晩あの山の夢を見る。しかも山中には仙人《せんにん》のような白髪白髯《はくぜん》の老人が杖《つえ》をついて立っていて、わしを手まねきしているのだ。しまいにはわしもこの山を開けという天命が下っているのではないかと思いはじめたが、江戸で生まれ江戸で育ったお前にまで山の暮らしを強制することはとてもわしには出来かねる。お前がこの話をことわれば、わしはこの店をお前にまかせ、わしだけで山を開くつもりだった……」

嘉兵衛は初めて心に秘めた決意を打ち明けたのだった。

彼はそれから南部藩江戸屋敷へ出頭して、鉱山開発の件を正式に請け負った。商売人らしく計画も緻密《ちみつ》だった。

江戸の店は娘婿にあたる利兵衛《りへえ》にまかせることにし、来春からは優秀な手代たち数人を現場へ呼びよせることにして、まず親子二人で先発したのは、弘化《こうか》四年九月のことだった。

現地へ着くと間もなく雪が降る。その以前にいちおう山を見せておき、冬の間は雪の少ない室羽鉱山で鉱山業の実地見習いをして過ごそうという計画だった。

現地の山も青年の清三郎にとっては、それほどの難所とも思えなかった。一冬を過ごした室羽鉱山の生活にもそれなりの楽しさはあった。これなら何とかやって行けると、彼は若い心に希望の燭《ひ》をともした。

春の到来とともに、周到な計画は実行に移された。正月を江戸で過ごした手代たちは、松がとれると同時に江戸を出立、まず盛岡までやって来て食料資材などの買い付けにあたった。雪どけとともにそういう物資は、次々に現地へ送りこまれた。現地で集められた人夫たちは、廃屋となっていた人夫小屋、鉱山所などの修理につとめ、足りない建物は新築して、八百人の人間が一年冬ごもり出来るだけの体制を整えた。その間三か月、嘉兵衛親子は一日も休みなく陣頭に立って指揮をとった。

小屋の完成と同時に操業も開始された。今日で言えば原始的な露天掘りである。

山の流水を利用して、途中の比較的平坦な場所に五か所の沈澱池が作られた。山の斜面をおおっている砂鉄まじりの土砂は、まず急な流れに運ばれてこの沈澱池に入って来る。かるい土砂は堰《せき》の上から流水とともに流れ去るが、重い砂鉄分だけは自然と底に沈み、堆積《たいせき》して集められるという仕掛けなのだ。

何日かおきに一つの沈澱池が閉めきられ、その上ずみの水が捨てられ、砂鉄分の多い沈澱の泥がかき出される。さらにその泥を乾燥し、磁石で鉄分だけをとり出し、それを山中に造った百個の炉で熔《と》かして、銑鉄錬鉄を造っていく。製品は牛馬に積んで、宮古や盛岡に売りさばき、帰りには必要な物資を積んで帰って来る。

当時の鉱山経営をかんたんに言えばこういうことになるだろう。しかし実際にやってみると、不測の事態は次々に起こる。最初の一年は悪戦苦闘の連続で、算盤がとれるどころの話ではなかった。

ところが幸いこの年は何十年に一度というような暖冬で、降雪も少なく積雪量もわずかだった。曲がりなりにもどうにか仕事は続けられ、覚悟していた冬ごもりによる損害も最小限度ですんだのだった。

この天佑神助と言えるような暖冬に気をよくした親子は、春の訪れとともにふたたび全力をあげた。山の中での仕事にもなれ、細かな点までいちいち指図する必要もなくなった。

ほっと一息ついた親子は、まだ春の新芽の出ない山々をはいまわるようにして調べて行った。そして数か所に、嘉兵衛が前に採取した鉄石の露頭を発見した。

鉱山用語ではこれをヤケという。この露頭を発見したとき、嘉兵衛は涙を浮かべていた。

「ありがたい……ありがたい話だな。山の背の表面にあらわれている砂鉄の量にはかぎりがある。いずれ何年かのうちには採りつくすだろうと思っていたが……」

「たしかに、私のいまの感じでは五年がせい一杯かと思いますが」

「それからはこの鉄石が物をいう。わしの聞いている話では、金銀銅などの山では、まずこのヤケの発見が大事だという。そういう金属は二層三層になって深く地中を走っており、何かの理由でその鉱脈が地面に顔を見せたのがこういうヤケだということだ。鉄の鉱脈にしたところで理屈は同じだろう。このヤケから鉱脈に沿って、坑道を掘り進めて行けば、どこかで太い本脈に突きあたるのではないかな。その鉱脈から鉱石を掘り出して鉄を採って行けば、十年、二十年、五十年この山の寿命も続くだろう」

「たしかにごもっともではございます。しかし山で働く人間の数にもかぎりがあり、この試《ため》し掘りをするために貴重な人手もさききれません。このことは、仕事の出来なくなる冬場までお待ちくださいませんか」

「うむ、そうしよう」

嘉兵衛は案外すなおにうなずいたが、清三郎はその姿にはっきり老いの影を感じた。

自分にとってはやさしい父だが、仕事のことに関しては人間が違ったように頑固《がんこ》になって、めったに他人の言葉は聞きいれない。親子の仲でもその点はまったく同じことなのだ。その父がこんなにすなおに自分の言葉に従うとはと思うと、清三郎も何だか淋《さび》しくなった。

その年も一年、戦場のようなあわただしさが続いた。仕事はいちおう順調に進んだのだが、何といっても山で働く人間にはあらくれ者だけがそろっている。

徳川家康《とくがわいえやす》の定めた『御山師心得』にも、

「山で働く人間には、その過去を問うてはいけない。たとえ死罪にあたるような罪を犯してきた者であっても、山掘りの技術を教えこんで、分相応の働きをさせるがよい」

という意味の文章が残っている。全部が全部とは言えないまでも、八百人の人夫の中にはとうぜんそういう無頼《ぶらい》の徒もまじっていたのだし、ほかに何の楽しみもない山中で少しでも懐《ふとこ》ろがあたたまってくれれば、自然に退屈の虫がさわいで博奕《ばくち》もやり出す。喧《けん》嘩《か》口論も付きものだ。この年は仕事以外にそういう人間関係で清三郎はたいへんな苦労をさせられたのだった。

しかし、こういう試練のおかげで、彼は人使いが上手になった。観相の感覚も自然と身についてきた。そういう意味で、この一年も彼にとってはたいへん有意義な年だったと言えないこともない。

その年の冬も近くなったある日、彼は思いついて、一つの炉であの鉄石を焼いてみた。

たしかに熔ける。熔けるのだが、あくのようにねばっこい鉱渣《こうさ》が生じてどうにもならない。たちまちふいごの風穴がふさがり、炉壁にへばりついて、仕事が出来なくなってしまう。何度実験してみても、ただ燃料を食うばかり、鉄はとれても炉がこわれて修理のほうがたいへんなのだ。

清三郎は、はっきり嘉兵衛にそのことを告げ、冬の坑道採掘はこのさい見送ろうと言いきった。

「そうか。そういう石だったのか。それでは見送るしかあるまいな」

嘉兵衛の言葉にも力がなかった。

これを機会に清三郎は前から気にしていた問題を持ち出した。

「去年と違って今年は寒く、雪の到来も近そうでございます。まあ、この地方としてはこれが本来の姿でございましょうが、何といっても父上はお年のこと、冬の間ぐらいは山を降りられたほうがよろしゅうございませんか」

「といって、どこへ行くというのだ。この山の仕事が日の目を見るまではめったに江戸へは帰れぬが」

「それで私は考えました。室羽鉱山でしたなら、海にも近く雪も少なく交通も便利でございます。かりにお病気になられても、まだしも医者もおりまする。せめてあそこで一冬をお過ごしなさってはいかがでございましょう」

「うむ……室羽とここならいくらも離れていないな。それではそうさせてもらおうか」

その答えには力がなかった。清三郎は暗然として眼をそらした。


三度目の冬——この山にやって来てからの二度目の冬、親子は別れ別れに過ごした。

そして春になってからも、嘉兵衛はしばらく山へ帰って来なかった。

「どうも体の調子が思わしくない。いましばらくここで休ませてもらいたい」

手紙にはそういう意味の言葉が書かれていた。もちろん、親孝行な清三郎には異存のあるわけはなかった。

それでもその年五月には、嘉兵衛は山へもどって来た。

「お前のおかげでえらく元気になった。これならもう一人でも大丈夫と言いたいくらいだ。まあ、お前にも留守中たいへん苦労をさせたが、ひとつこのさい骨休めをかねて、釜石《かまいし》まで行って来てくれないか。あの土地にはたいへんな占いの名人がいると聞いたが、ひとつこの山の事業の将来をたしかめて来てくれないか」

どうしても言葉に弱気がつきまとう。元気になったように見えても、まだほんとうの体ではないな——と清三郎は直感した。

後のことは気になったが、親の言葉にはさからえなかった。まあ、数日の旅なら何ということもなかろうと思った彼は腹心の手代に後事を託し、釜石までの旅に出かけた。

途中、仙人峠にさしかかり、土地のはたご屋で昼食をとっていたとき、商売が山師だと聞いた店の主人は、

「それでは一つ、この石を見てもらえませんか。鉄を含んでおることはわかりますがな」

と言って、自分たちがさんざん手こずった鉄石と同じ鉱石を持ち出してきた。

「いったいこれはどのへんでとれたのだ?」

念のためたずねてみると、

「このへんの山にはごろごろしておりますがな。一山つかみどりでございますよ」

という返事だった。

「そうか。まったく残念だが、うちの山にもこういう石があってな。ためしに炉で熔かしてみたが、どうにもならぬ。まあ、将来処理の仕方によっては、鉄の原料となるかもしれぬが、わしの力ではひきうけかねる。時節を待つがよかろうぞ」

と言ったとき、どこかで耳なれない鳥の声がした。一声鋭く鳴いて次に七声、そして三度目に六声鳴いてたちまち聞こえなくなった。

「ご亭主《ていしゅ》、あれは何という鳥だな」

「さて、何鳥でございましょうか。私もこれが初めてでございますが」

「この土地に長年暮らしておられるお前さんが初めてとは――ふしぎなこともあるものだ」

清三郎はふとこのとき、これはなにかの啓示ではないかと思った。子供のころに四書五経《きょう》の素読をさんざんやらされたことだから、『易経《えききょう》』の文句もいちおうはうろおぼえながら頭に入っている。
一、七、六、
鳴き声の数を卦《け》におきかえてみると、

䷙『山天大畜《さんてんだいちく》』、上九――何《いずくん》ぞ天の衢《みち》なる。亨《とお》る……道大いに行なわるるなり。

という言葉が浮かんできた。

これはたいした山ではないか。この啓示が真実だとすれば――

彼は咄嗟《とっさ》に判断した。しかし当時の彼はまだ、易占というものを完全には信じきれなかった。だいいち彼は現在、境沢鉱山で悪戦苦闘の最中だった。ほかに割《さ》くべき余力もない。またこの鉄石は採掘そのものはかんたんでも、その後の処理が出来ないのだ。

山天大畜という卦は、山に大量の鉱石がかくされているとも考えられ、またそれをとり出すためには、おおいに力をたくわえてかかれ——という啓示だとも解釈出来る。

「なるほどな。しばらく時を待つとするか」

店の亭主が去った後、彼は小声で自分に言い聞かせるようにつぶやいた。


これは後日の話だが、明治の初め、彼は明治政府の高官たちの前で、これを昔ばなしとして披露《ひろう》した。

「たしかに私の見ましたところ、あれはたいへんな鉱山ですな。私はほかのことで忙しく、もう一度鉱山事業にのり出す気もありませんが、ひとつ政府の力であのあたりを調査なさってはいかがです。あれからすでに二十余年、文明開化も日ましに進んでおりますし、当時では熔錬《ようれん》困難だった鉱石もいまなら何とでも処理できるのではありますまいか。まあ、大きく考えましても、日本の国は当時にくらべて国力も格段に充実してきたといえるでしょうし、このくらいのことは実行不可能ではありますまい」

当時の工部省は、鉄の輸入が年々巨額に達することに頭を痛めつづけている状態だった。鉄を国産化出来る可能性があると聞いては絶対聞きのがせないのだった。

時をおかず、工部省おかかえの地質学、鉱山学など専門の外国人が現地釜石に急行する。そして二か月の調査をつづけた結果、

「おおいに有望」

という報告がもたらされた。

意を決した政府は、大橋山《おおはしやま》と釜石の間に全長約八キロの鉄道を敷設する。釜石に熔鉱《ようこう》炉《ろ》を築き、北海道のコークスで製鉄事業を開始する。後には釜石鉱山の鉱石だけでは間にあわなくなり、世界各地からの鉄鉱石を精錬する「日鉄釜石」に発展して行く大工場の誕生は、実に高島嘉右衛門のこのときの一言、さかのぼっては、鳥の鳴き声の啓示の解釈に端を発していたのだった。


せっかく釜石まで出かけて行ったのに、目ざす相手の名人占い師には会えなかった。わずか十日ほど前に、わしも天寿が来たようだ。みなの者に見苦しい死顔は見せたくない――と書置を残し、身のまわりのものを塵《ちり》一つないほど整理して、突然姿を消してしまったというのである。

最初はあまり気も進まなかったのに、ここまでやって来て会えないとなると、清三郎は残念でたまらなかった。

白雲道人《はくうんどうじん》という名前で、年は八十を越えていることはたしかだが、正確な年は誰も知らなかった。生国も素姓《すじょう》もわからない。ただ、十年ほど前にこの土地へやって来て、町のはずれに近い青野《あおの》というところに一宇《う》の庵《いおり》を結び、近くの農家の婆《ばあ》さんに身のまわりの世話をたのんだということがわかっただけだった。清三郎は、その婆さんを訪ねてみたが、こっちもいいかげんもうろくしており、話にしてもさっぱり要領を得なかった。

しかしこの老婆は、道人がいずれは帰って来るものと信じて、毎日の掃除は怠らないということだった。

老婆にたのみこんで、彼はこの庵の中を見せてもらった。机の上には一枚の短冊《たんざく》が残っている。書置のほうはそれぞれ宛名《あてな》の主に渡したが、これにはなんとも宛名が書いていないので、そのままに残しておいたということだった。その短冊を手にとって、清三郎は慄然《りつぜん》としながらあたりを見まわした。

「山中勿求道　虚空《こくう》則《すなわち》無限」

山中道を求むるなかれ、虚空すなわち限り無し——おそらくそういう読み方をするのだろう。どのような古典に出てくる文章なのか知れないが、清三郎は未知の達人が自分にあてて書きのこした教えのように思われてならなかった。

それから清三郎は釜石に二泊し、ほかの易者たちのところも訪ねてみた。誰も凡庸《ぼんよう》な香具師《やし》のような感じだった。占いも平凡そのもので、彼の心の琴線にふれるようなことは一言もいってはくれなかった。

父のこと山のことも気になるので、彼はまた境沢へひっかえした。

「そうか。数日違いで会えなかったか。ご縁がなかったものとあきらめよう」

空《うつ》ろな声に清三郎は父の寿命がもう長くないことを感じていた。

はたして五日後、嘉兵衛は突然卒中の発作を起こして倒れた。今日でいう脳出血、幸い命に別状はなく、数日安静にして寝ているうちにどうにか体は動かせる程度に回復したが、まだ左半身にはかるいしびれが残っている。舌ももつれて、口も思うようにはきけないのだ。

もちろん、この山中に医者はない。第二の発作が起こったならとたんに命とりになる。清三郎は口をすっぱくして江戸へ帰ることをすすめた。

「たしかに、わしがこのまま山におっては、足手まといになるだけかのう」

剛気で売った嘉兵衛もいまは完全に弱気になっていたのだった。

心きいた手代を一人供につけ、嘉兵衛は山駕籠《やまかご》にのせ、清三郎は五里の山路《やまみち》を送って牛転峠で別れを惜しむことにした。

これから後はゆるやかな坂道を下るだけ、本街道に出たならば、その後は比較的楽な道の連続なのである。ふつうの道中の倍の日数がかかってもいい。通し駕籠といっても病人の体にはさぞこたえるだろう。くれぐれも無理のないように——と、手代にもよく言いふくめていたのだった。

「お父上、これでお別れいたします」

峠の茶屋でわずかの休みをとった後で、清三郎は父の手を握りしめて言った。

「行くか。これが今生《こんじょう》の別れかな」

嘉兵衛の眼にも涙が浮かんだ。突然何か思いつめたように、言葉の調子も強くなった。

「わしは江戸へは帰らぬぞ。手数をかけたが、ここからもう一度、山へつれもどってもらいたい」

「父上、なにをおっしゃいます？」

「そなたはまだ若年だ。そしてこの事業は最初予想したより数倍数十倍の難行《なんぎょう》苦行《くぎょう》だ。お前一人にまかせて山を去るのはまことに不安でならぬ。思えばわしは最初この山へ骨を埋めるつもりで仕事を始めたのだ。一時の病いで気弱となり、その初一念を忘れ去ったのは何とも不覚、ただこのあたりでそのことに気づいたのがまだしものことであろう」

「父上、それはなりませぬ。江戸へお帰りのうえ、しかるべき名医にかかって治療なされ、全快なさったうえでふたたび山へお帰りいただくというお約束ではございませんか。

そのおめでたいお帰りの日までは、不肖なりともこの清三郎、誓って仕事を守り通します」

「だと言って……」

「親子は異体といっても一心、私が山にとどまるかぎり、父上は山を捨てて去られたことにはなりませぬ。幸いこれまでの山ごもりで、仕事のほうも人づかいのこつも充分に身につきました。父上のご思案の七分《ぶ》ぐらいの働きは一人で出来ましょう。後の三分はこれから私が自分一人で磨《みが》きをかけてまいります」

「む……」

高血圧症の病人はどうしても感情の起伏が激しくなる。いったん激した嘉兵衛の興奮もしだいにおさまり、また別の弱気があらわれたようだった。

「それでは山へ帰るとはいうまい。そのかわり、お前もわしといっしょに江戸へ帰ってくれんか」

「なにを、なにをおっしゃいます」

「江戸の利兵衛のやり口がこのごろ不安になってきたのだ。書面もこのごろはめっきり少なくなってきたし、来てもかんたんでそっけない。もっと詳しく商売の様子を知らせろと催促しても肝心のところが欠けている。まあこの山が万一失敗に終わっても、南部様からのお下渡し金もあることだから、わが家の損害もかるくすむ。ところが江戸の店での損害がかさんだなら、これは完全に命とりだ。幹が腐って枝葉が繁《しげ》ろうわけはない。まして花が咲き実を結ぶということが考えられるか」

清三郎もぎくりとした。その点に関する不安は父にいわれるまでもなく、彼自身の心を去らないことだった。しかし彼としては、この瞬間に父に同調することなどはとうてい出来ることではなかった。

「何をおっしゃいます。俗にたよりのないのはいいたよりと申すではございませんか」

彼は無理に笑ってみせたのだった。

「万一、多少の心配がありましても、父上が江戸においでになり、後見役をおつとめなされば、それこそかんたんにおちつきましょう。ただ二人でこの山を去ったとなれば、山の者たちはたちまち動揺いたします。手代どもでその後のおさえがきかないことは眼に見えております。とにかくいったん開発に着手し、ようやく将来の見込みも立ちかけてきたこの事業を、中途で投げ出しては男の恥でございましょう。何としてでも私は山へ残り、いちおうの成果を見なければ江戸へは帰りたくても帰れません」

それからしばらく、そういう問答がくりかえされた。そして嘉兵衛はついに折れた。

「楠公父子《なんこうふし》、桜井《さくらい》の駅の故実も思い出されるのう……ではくれぐれもたのんだぞ」

その一言を後に残して、嘉兵衛は駕籠の人となった。

この世で再会できるかどうかと思い、清三郎は涙を浮かべながら、駕籠が見えなくなるまで峠に立ちつくし、それから五里の山道を走るようにして山へもどった。


しかし、その後も事業は思うようにいかなかった。もともと鉱山の開発というのは、莫大《ばくだい》な資本投資を必要とする仕事である。南部藩から、年間に五千両ずつの補助はあったが、それでは足らずに、遠州屋の私財を投じて赤字を埋めていたのだった。ただ、逼迫《ひっぱく》した南部藩の財政はそういう長期投資を許さなくなった。補助金も今年をもって打ちきりという内示があったときには、清三郎も溜息《ためいき》をつきながら撤収作戦に移る覚悟をきめたのだった。

たしかに見込み違いだった。しかし、山肌の土から鉄分を採取するだけでは仕事にも限界がある。山肌も至るところで、下の岩盤を露出しはじめたのだし、坑道を掘って鉱脈にぶつかっても、鉱石が熔錬不能となれば、事業成功の見込みはない。

それに加えて、江戸の嘉兵衛からは第三の悲報がもたらされた。江戸の店をまかせた婿の利兵衛が放蕩三昧《ほうとうざんまい》にふけり、事業をおろそかにしているだけではなく、ほうぼうに不義理な借金を重ねていることが発覚した。遠州屋の運命にかかわる大事件のことだから、日夜頭をいためているが、自分は病気で思うように動けない、一日も早くもどって来て、店の再建に努力してもらいたいという趣旨の手紙だった。

「ことすでにここに至る。やんぬるかな」

後日彼はこのときの心境をこう書き残しているのだが、こうして三つの悪条件が重なっては選択に迷っている余地もなかった。

清三郎もさすがに転進を考えずにはいられなかった。江戸の店さえ健在なら、山の仕事は何とか続けられるのだが、その幹が倒れてしまっては枝に花が咲くわけはない。未練は残るがこのへんが切り上げどきだと悟ったのである……。

しかし、一口に転進といっても、その残務整理はたいへんだった。すべて仕事を始めるときには勢いもあり人も集まり、事も自然に運ぶものだが、退却のときにはまず人間が去って行く。最初の勢いもなくなるし、わずかの費用と人間で、後のしめくくりをつけるには人にはわからない苦労が要《い》る。

そういう難関をのりこえて、その年秋おそくにはようやく引き揚げの手順も完了したのだった。

盛岡へ立ちよって最後の挨拶《あいさつ》をすますと彼はその足で江戸へ急いだ。父も二度目の発作をおこし、余命いくばくもなさそうだと知らせがあっただけに、帰心《きしん》矢のごとしというような心境だった。

昼夜通しの早駕籠というわけにはいかないが、夜おそくなってはじめて宿につき、翌朝は夜の明けきらないうちに出発する――超人的といえるような強行軍を一日も休みなく続け、清三郎はようやく千住《せんじゅ》の宿場へついた。

そこからはまた駕籠をのりかえて、京橋の家へ。千住でも茶をのんでいる余裕さえなかったのだ。

「ただいま帰りましたぞ。父上は？」

「はい、奥に……」

その返事を聞いて清三郎は安心した。少なくとも死水をとるのには間にあったのだ。

上がりかまちに腰をおろし、両足のわらじの紐《ひも》を解き終わったとき、

「せ、せ、清三郎か……よ、よ、よく帰って、き、き、来てくれたな。ま、ま、待ち受けたぞ」

もつれる舌で、譫言《うわごと》のような言葉をつぶやきながら、手代の一人に背負われて店先へ出てきた父親の姿を見て、清三郎は涙がとまらなかった。自分でも牛転峠での生別は、同時に死別をかねるかと覚悟はきめていたのだが、それにしてもこの半年の間に、枯木のように変わってしまった父の姿を見たときにはやっぱり感慨無量だった。

「父上、お危《あぶ》のうございます。おやすみになっておられなければ、だめではございませんか。すぐに寝間まで参上いたしましたのに」

父をはげますために、わざと叱《しか》りつけるような口調でこう言った清三郎は、自分がかわって父を背負い、病間の寝床まで運んで行った。わずかの距離には違いなかったが、背中の軽さが逆に身にしみた。後年、石川啄木《いしかわたくぼく》は、

「たわむれに　母を背負いて　そのあまり　軽きに泣きて　三歩あゆまず」

という名歌を残している。そのときの清三郎の心境もそれによく似たものだったろう。

ふたたび床に横たえられた嘉兵衛は、すぐに親類一同をこの場に集めてくれと言い出した。この緊急の親族会議で、初めて清三郎は義兄の不始末の全貌《ぜんぼう》を知った。

不義理な借金の総額は数千両にのぼり、返済の見込みはまったくと言っていいくらい立たなかった。そのうち大口の債権者七人は北町《きたまち》奉行所へ訴えて出て、近く公事《くじ》──民事訴訟の裁判が開始されるはずだと言うのである。

事は一刻を争うように切迫していた。一日の猶予もいまは許されない。

清三郎は義兄、利兵衛とともに別室へ退きその覚悟を問いただしたが、蕩児《とうじ》となって根性を失いきったようなこの義兄は、

「すまない。おれが悪かった。万事はおれが悪かったせいだ」

とあやまるだけで解決に対する具体案は何ひとつ持ちあわせていなかった。いまさら過去の責任を追及して見てもしかたがないとあきらめた清三郎は病間へもどると、親類一同の前で、利兵衛の隠居と自分がかわって二代目遠州屋嘉兵衛をつぐことをはかった。ただの襲名相続ではない。巨額の負債を自分がひきうけ、遠州屋の再建にのり出そうという気魄《きはく》のこもった宣言である。その将来を心配する者はあったものの、一人として異議をとなえる者はなかった。

こうして親族会議を終わったその夜から、嘉兵衛の病状はたちまち悪化しはじめた。この息子が江戸に帰るまでは、その顔をいま一度この眼で見るまでは――という一念が、その生命力の最後の火を燃やしつづけたのだろうが、二日後には危篤状態におちいって、清三郎はろくに旅の疲れを休めるようなひまもなかった。

「おれは、天に莫大な金を預けてある。お前はこれから苦労してそれをうけとるがよい」

この一言を遺言として初代嘉兵衛は息をひきとった。その最後の胸中に去来したのは、南部家の難民を救うため、鍋島家三十六万石を相手に打ちきった一世一代の大芝居だったに違いない。それはこの遺言の言葉からでも容易に推察できるのである。

最初の公事、民事訴訟の第一回はその翌日に迫っていたが、清三郎はすぐに債権者の家と奉行所に使いを出し、初七日が過ぎるまでの延期を申し立てた。何といっても人の生き死にからんだことである。誰一人としてこのとうぜんな延期申し立てに反対することは出来なかった。

葬儀も終わり、初七日も無事にすませると、清三郎は自分から公事の早急な開始を申し立てた。むだに時間をかせぐどころか、それと反対に自分から死地に飛びこんで一髪の活路を見出そうとする捨身の戦法なのである。その真意までは知る由もなかったろうが、債権者たちは一人の異論もなくそれに応じた。こうして最初の予定からおくれること十日目に北町奉行所の一室で、第一回の公事が開かれたのだった。

奉行所からは立会人一人、書役二人のほかには出席していない。原告側の七人の債権者に被告側の清三郎と証人役をつとめる町名主《まちなぬし》と五人組の代表が立ちあって、まず話しあいで根本の方針をきめるのが原則だが、こういう問題が一回の会同でかたづくとは誰も考えてはいない。数回、十数回の話しあいをくりかえしてようやく決着するというのが、むかしも今もかわりのない民事訴訟の原則だとさえ言えるのだった。

ところが、清三郎の気魄はすさまじいものがあった。彼は劈頭《へきとう》から父の死と義兄の隠居を報告し、裁判のおくれたことに謝意を表し、義兄利兵衛の不始末を充分わびたうえで、

「この公事は今日中に決着をつけたいと思います、そのおつもりで話をお聞きくださ い」

と、債権者の度胆《どぎも》を一瞬にぬいてしまうような大胆な発言をしたのである。そしてまたその直後に持ち出した具体案も、それこそ前代未聞《みもん》、奇想天外なものだった。

まず彼は負債の総額を、一分一朱《ぶ》に至るまで克明にしかも精確に数え上げた。ここへ出てきた債権者は全部大口の貸主ばかりだが、そのほかに小口の債権者も数十人に上っている。その各人との債務の額を数えあげ、総額五千両あまりに上っております——と言いきられたときにはさすがに債権者たちも顔を見あわせて溜息をついた。この後には何がとび出すかという予想もつかなかったのだ。

「さて、私もこうして二代目嘉兵衛として遠州屋の店をつぎますからには、この借金はかならずお返しいたします。とはいうものの、現状ではお返しするだけの現金はございません。それで私の案と申しますのは、みなさまの間でくじをひいていただきたいということでございます。その一番札をおひきになったお方が私をおやといになる。その給料で借金を返して行くことにいたしてはいかがでございましょう」

人々は思わず顔を見あわせ、中の一人が半ば呆《あき》れたような調子で聞き返した。

「そういうけれど、お前さん、奉公人の給料はいくらと思っていなさるんだね？」

「お言葉を返して失礼ですが、奉公人の中にはただ飯を食わせておくだけ損だという人間もおり、年に千両二千両の給金を払ってもそのほうが得《とく》だというような相手もございましょう。まあ、二千両の給料で私の力をおためしになってはいかがでございます」

なるほどこれだけの給料をとれば、借金も数年間にはかたづくはずである。捨身の戦法に違いないがそれなりに理屈はすっきり通っている。人々はまた顔を見あわせた。

しばらくして最大の債権者、材木商の加賀屋《かがや》長兵衛《ちようべえ》が言い出した。

「遠州屋さん、まことに失礼だが、お前さん年はおいくつだね？」

「十九歳でございます」

「そうか。わしの倅《せがれ》も同じ年だが、とてもお前さんの立場だったら、これだけのせりふは吐けそうもない。感心しましたぞ」

そう言って長兵衛は一同を見まわした。

「ところでみなさん、これだけのお方をやとうとなれば、まさか住みこみのでっちや小僧なみのあつかいも出来ますまい。少なくとも千両以上の資金を出し、分家同様に一軒の店を出させて商売をさせるほかはあるまいと思いますが、私にはそれだけの力がありませんから、このくじびきはご辞退します。私をのぞくほかのお方でくじをおひきください」

「私もご辞退いたします」

「手前も……」

ほかの六人も異口同音に同調した。新たな資本を出すといっても、その回収には何の保証もない。泥坊に追い銭というようなことになってはと誰しも二の足をふんだのだろう。

「ところでみなさん、ご承知のとおりこの嘉兵衛さんはずっと南部の山奥で暮らしておられたことですし、帰って来られると早々お父さんになくなられてやっと初七日をすましたばかりです。そこへこのような公事となっては、なんとも処理は出来ますまい。そういうことに頭を悩ましていては仕事も出来ますまい。ひとつこの貸金は一年棚《たな》あげ、一年後にあらためてご相談しなおすことにしてはいかがなものでしょう」

この七人の中では最年長、しかも最大の債権者にこう言われては、ほかの六人もあえて反対は出来なかった。

「さあ、嘉兵衛さん、われわれの話はこうきまったがお前さんにも異存はなかろうね?」

長兵衛はだめを押すように聞いたが、嘉兵衛は顔をあげ、

「その話はおうけいたしかねます」

と、きっぱり言いきった。

「何とおっしゃる？」

せっかくみんなをうまく誘導して、こういう好意的な結論を出した自分の苦労がわからないかと言わんばかりに、長兵衛は嘉兵衛をにらみつけた。

「加賀屋さんはじめみなさまのご厚意にはお礼の言葉もございませんが、私は先ほどくなりました先代から、商人の口約束は命にかけてもまもらねばならぬと教えられてまいりました。いまのお話をのみましたら、これだけのお金を一年後にお返ししなければなりません。いかに骨を粉にして働いてもその見込みはまず立ちません。まもることの出来ないお約束は商人としていたしかねます」

「それでは……」

「出世ばらいのお約束にしてはいただけますまいか。そのかわり借金を皆済するまでは私も女を断ちましょう。たとえ一生かかりましても――これが私からのおねがいでございます」

「うむ……」

女を断つと言われても、その誓いが実行されたかどうかは、子供でも出来ないかぎり、本人でなければわからないことだ。しかし、このときの嘉兵衛の顔色から、この誓いが嘘《うそ》でないことは誰にもわかったのだった。

それからしばらく相談が続いて、債権者たちはこの条件を呑《の》むことに一決した。ふつうは数回、長ければ十数回もかかるはずの公事はこうしてわずか一回で終わったのだった。

その翌日から嘉兵衛はほかの小口の債権者たちを説いてまわった。大口のほうにはこうして話をつけたし、小口のほうから先にお返しすると誓ったのだ。この誠意あふれた約束は誰しも呑まずにはおられなかった。

その合間を縫って、彼は浅草の三枝の家を訪ね、あらためて観相を依頼した。

「なるほど、山でご苦労なさったせいか、見違えるほどたくましゅうなられたのう」

この老占い師は破顔一笑して言った。そして清三郎、いや二代目嘉兵衛の手をあらため、

「これは異《い》なこと」

とつぶやいて眼をみはった。

「先生はあのとき、私はいずれ万両分限になると言っておられましたな。いまはほとんどその日ぐらし、それだけではなく数千両の借金もかかえております。鉱山が成功いたしましたら、あるいは万両分限にもなれましたろうが、もうその相も消えましたろう

な」

彼もまた苦笑しながらたずねたが、相手は首をふって答えた。

「いや、そうではない。あなたは三十前に万両以上の身代《しんだい》を築きあげられる。その相は少しも変わってはおらぬ。それどころか、その相はますますあざやかになってきた」

「それでは？」

「その後の人災のほうなのだ……前には、わしもこの相では、たとえ太陽東に没するとも長寿は望めないと思っていた。それほど強い人災の相、それなのにいままでは一筋の光明が見える。死地に直面することは間違いないが、そこに一縷《いちる》の活路が開く。たとえば海に溺《おぼ》れかかって、船から一本の命綱を投げ出されたようなものだというべきか、その命綱に身を託するならば、おそらく生還することは出来よう。ここで一死をまぬがれられたら、その後の長寿は保証する」

「先生……」

「念のため一筮《いちぜい》立てて進ぜよう」

三枝は机にむかって筮竹を割り、大きく溜息をついて言った。

「あなたは易《えき》をご存じかな？」

「はい、子供のときの素読で、いちおう読んでおりますが、その後商売で忙しく、その文句はほとんど忘れてしまいました」

「そうか。それでは忙中閑を求めて、いま一度再読されるがよかろうぞ。聖人が後世に書き残された上下二巻の聖典だ。あなたの将来のためにかならず益するものがあるだろう」

三枝は長い顎鬚《あごひげ》をしごいた。

「ところで、いまの卦《け》はこうだった。

䷋『天地否《てんちひ》』、上九、否《ひ》を傾《かたむ》く。先に否《ふさが》り後に喜ぶ——これが易経の本文だ。上にあるべき天が外卦となって算木の上にあらわれ、下にあるべき地が内卦となって、算木の下半分にあらわれる。とうぜんのことと思うか知れないが、易ではこれを喜ばぬ。相手と自分、この間の呼吸がぜんぜん合わないため、成るべきことも成らないからだ」

釜石に訪ねて会えなかった幻の老易者、白雲道人が眼前にあらわれたような思いで、彼はその言葉に耳をすましつづけた。

「ただ人間世の中の機運はたえず循環する。幸運にしてもきわまれば、そこには不運の芽が顔を出す。不運にしてもまた同じ、

『満目蕭条《まんもくしょうじょう》たる曠野《こうや》の上に、めぐり来たらんとする百花の春を思う』

これが非運の場合の教訓なのだ。この言葉をお忘れなさらないことだな」

「はい、肝《きも》に銘じて忘れません……」

「この算木を下から数えると、上九はそのてっぺんになっているな。一、二、三と数えて六本目にあたる。もうあなたの不運もこれで頂点に達したのだ。これからは一陽来復の機運に向かう。あと五か月もするならば、ああ、自分の苦労もいい薬だったと喜ばれることもあるだろう。ただくれぐれも人との和合、それを忘れてはなるまいぞ」

「五か月——そんなに早くでございますか」

驚いて彼は問い返した。五か月で幸運が芽生え出すとは彼もまったく予想していなかった。五年ぐらいでいちおう借金がかたづけば最上と思っていたくらいだった。

「もちろん、これだけ巨額の借金となれば、半年以内の完済はむずかしかろう。そのくらいのことは易を離れても常識でわかる。ただ五か月以内に返済のめどがつく。これだけは断言してもよろしかろう」

「それで望みが出てきました。この半年は寝食を忘れるつもりで頑張《がんば》ります」

三枝は大きくうなずいた。

「この卦はあなたが将来の人災をどうしてまぬがれられるかを占ったつもりだ。それにしては、この卦の意味がわからぬ。あなたの目先の機運のほうがすなおに形にあらわれたのかもしれないが、上爻変《じょうこうへん》というのはその場でいちばん高い所と解釈出来ないこともない。その場合に、わしが相談にのってやれるかどうかは知れぬが、万一の場合にはこの一言を思い出してくれるがよかろうぞ」

三枝の家を出た彼はそれから浅草観世音《かんぜおん》に参詣《さんけい》した。占いの啓示のお礼を述べ、借金の返済をすますまで、健康をお守りくださいと祈願をこめたのである。

参詣をすませて彼は奥山《おくやま》へやって来た。そして一軒の掛茶屋へ入り、床几《しょうぎ》に坐って一杯の甘酒を注文し、かわいた喉《のど》をうるおしたのだが、そのとき、

「若旦那《わかだんな》、やっぱりここにおいででしたか」

と声をかけてきた男がある。

誰かと思って顔をあげると、南部へ行く前に自分の家に出入りしていた大工の棟梁《とうりよう》、金谷万兵衛《かなやまんべえ》が笑顔を見せて立っていた。

「おう、万兵衛さんではないか。一別以来何年になるかな。まあここへお坐りなさい」

「それではごめんこうむりまして」

同じ床几に腰をおろした万兵衛は、まずていねいに悔やみの言葉を述べ、自分はそのころお伊勢《いせ》まいりに行っていたので、葬式にも顔を出せなかったがと丁重《ていちよう》にわびを言った。

「ところで若旦那はすっかりおかわりなさいましたね。まったく三枝先生がおっしゃる

とおりだ」

煙管《きせる》をとり出しながら万兵衛は言った。

「はて、どうしてそのことを知っている？」

「いや、実は私も若旦那と入れ違いぐらいにあそこへあがりましたんで。それで先生のおっしゃるには、いま若旦那がお見えになったが、お前も遠州屋の先代にはお世話になったのではないかというお話でござんした。それではっと思いつきまして、その後ではきっと観音様へおまいりなさるに違いない。まだ、時刻もあまり過ぎていないようだし、ここらでお目にかかれるのではないかと考えながらこのへんの茶屋を探しまわっていたんでござんすよ」

「そうか、三枝先生のところへ行っておったのか。何かの縁があったのだろうな」

二代目嘉兵衛はうなずいた。

「ところで、あの先生の占いはあたるかな」

「へえ、世間では神様のように信用しておりますし、わっしもそうだと思います。ところで若旦那には三十前に万両分限《ぶげん》におなんなさる吉相が出ておられるそうで、なくなられた大旦那にしてもそうなればあの世でお喜びなさいましょう。おめでとうございます」

「お祝いを言ってもらうのはまだ早いが」

嘉兵衛も苦笑して答えたが、そのとき彼の頭には天啓のような考えがひらめいた。

この万兵衛という男は大工の棟梁でありながら俠客《きようかく》と言いたいような性格を持っていて、子分も多勢使っている。もちろん、自分の資産はそれほどではないが、仕事がまじめで誠実なことには定評があり、それだけの信用があるために仕事の金ぐりも何とかなる。その力が利用できないかということだった。

「そうか、それではそなたとここで会ったのも観音様のおひきあわせであろうかな」

「まったく……ありがたい仏様で」

「ところでそなたは三枝先生を神様仏様のように信用していると言ったな。それではひとつ、そなたの力でわしを万両分限にしてはくれまいか」

「えっ、何ですって？」

さすがに万兵衛も驚いたようだった。まじまじと嘉兵衛の顔を見つめて反問した。

「なにしろ前の不始末でこっちも首がまわらないのだよ……まあ、その張本人の姉婿は押しこめ隠居のようなことにして、わしが二代目を襲名したのだが、先だつものはどこにもない。いちおう借金は出世ばらいという約束はとりつけたが、新しく資金の手当てと言われても手配の道がたたないのだ」

「………」

「それでな。ここで会ったのを幸い、そなたの力を借りたいのだよ。借金はいちおう棚あげにしてもらったおかげで、三十間堀の家屋敷はいちおうそのままになっている。そこへ新しく土蔵を三棟《むね》新築すれば、遠州屋の信用も少しは回復すると思うがどうだろうな」

「それで、その建築をわっしに？」

「そうだ。その三棟のうち二棟はどこかの店へ貸しつける。その保証金を資金にすれば、いま一度材木屋の看板を出してもりっぱに商売はやっていけると思うがどうだろう。そなたは弁慶《べんけい》、わしは義経《よしつね》、この大役をひきうけて、わしを男にしてくれまいか」

万兵衛もさすがに眼をとじ腕を組んだ。しばらくして、額《ひたい》に縦皺《たてじわ》をよせながら眼をあけると、

「よござんす。ひとつ富樫《とがし》をだましきって、安宅《あたか》関を越えましょう」

ときっぱりと言いきった。

「それでは承知してくれるか？」

「わっしは前に――若旦那があの先生にお会いなさる何年か前、一むかし前のことでござんすが、あの先生に言われましてね、

お前は一生万両分限にはなれないが、万両分限を育てられる男だぞ——

その一言はいまでも耳について忘れられません。たしかに人には生まれついた宿命《さだめ》というものがございます。若旦那は大金持ちになられる宿命、それをうらやんで自分も——と思ってみたところで、私の宿命が許しますまい。ひとつ自分の宿命に従ってお育て役にまわりましょうか」

「よくそこまで言ってくれたな……」

嘉兵衛もそのときは感涙にむせんだ。

「さあ、これから後は棟梁と呼ぶぞ。お前のほうも旦那と呼んでくれないか」

「なるほど、旦那、合点でさあ」

二人は眼と眼を見あわせて笑った。


今日では考えられないことだが、銀座《ぎんざ》の辺は当時は繁華街でも何でもなかった。京橋の店を閉じて以来、嘉兵衛は四丁目のあたりに小さな家を借り、母親といっしょに暮らしていたのである。この母は正直一途《いちず》で気の小さい性格だけに、嘉兵衛は今度の冒険については何も打ち明けなかった。

万兵衛の献身的な働きのおかげで、この計画はみごとに実現した。二か月後にはりっぱな白壁の大土蔵が三棟、軒をならべて完成したのである。

その話を聞き、現場へ案内された母親は腰を抜かさんばかりに驚いた。借金でどうにもならなくなりこの土地を去ってから約三月、その間に三棟の土蔵を新築するような身分になろうとは夢にも思っていなかったのだ。

「このお金はどうしたんだい？　なにか悪いことでもしたんじゃないのかい？」

不安げに声をふるわせて問いつめる母親に、嘉兵衛はこと細やかに万兵衛の協力のあらわれだと物語った。

「そうなのかい。あの人にはむかしからお父さんがずいぶんお世話をしたもんだけど……その恩を感じてお前につくしてくださったんだね。お前も一生、このご恩は忘れちゃいけないよ」

母親は数珠《じゅず》をおしもんで合掌し、やがて眼を開いてさとすように言った。

「お父さんが生きておられたら、よくぞやったと喜んでくださるだろう。お前も山で苦労して来たせいか、たいした肝《きも》っ玉《たま》になったもんだねえ」

この三棟の土蔵のうち二棟は、麻布《あざぶ》の鹿島屋《かしまや》という酒屋が借りうけることになった。その保証金に十年間の家賃を担保にして借りた金を加えて、当座の資金が手に入った。

嘉兵衛はそれを元手にして、ふたたび遠州屋の看板をかかげ材木業を再開した。

こうして、仕事の基礎が出来ると、彼は先代からの貸金の回収にまわった。主として工事の立替金だが、どこの大名旗本でも内情は苦しく、なかなか支払いに応じてくれない。それを覚悟で嘉兵衛は根気よく諸家をまわり、若年寄《わかどしより》遠藤但馬守《えんどうたじまのかみ》の家から、五百両の回収に成功した。営業を再開してから約三か月後のことだった。

この五百両をのこらず彼は、最大の債権者だった加賀屋長兵衛のところへ持って行った。

長兵衛もそのときは眼をまるくして驚いた。

「遠州屋さん、お前さんはたいした男だね。お奉行所でのあのせりふも見あげたものだった……これだけの男を自分に責任のない借金で苦しめちゃ気の毒だと思えばこそ、音頭《おんど》をとってああいう恰好《かっこう》をつけたんだが、こんなに早く返してもらえるとは、正直なところ思ってもいなかったよ。まあ三年ぐらいは何も言わずに黙って見ているつもりだったがね」

長兵衛が本音を吐いたのもとうぜんのことだったろう。短くても三年とにらんでいた貸金が、たとえ六分の一にもせよ、半年足らずでかえって来たのだ。これで嘉兵衛の人物に対する評価は一段と高まったはずなのだ。

この好機に乗じて嘉兵衛は次の条件を持ち出した。

「私はただあたりまえのことをいたしただけでございます。おほめくださっておそれいりますが、おねがいついでにいま一つ、おねがいを聞いてくださいませんか」

「と言うと」

「おたくで仕入れられた材木を、五分《ぶ》の口銭でゆずっていただけませんか。私どもの口銭を五分として、薄利多売の商策をとれば、品物は飛ぶように売れましょう。そうなれば自然私どもの商売も繁昌《はんじょう》し、ご返金も早くなろうと存じます」

当時、材木問屋の利潤は一割、小売業の利潤もほぼ一割というのが常識だった。それを半分ずつにすれば、結局は一割引きに近い売値となる。商売の繁昌は眼に見えている。嘉兵衛の人物を認めた長兵衛は、一も二もなく、この条件での商談を呑んだのだった。

遠州屋はたちまちむかしの信用をとりもどした。その店はたえず千客万来、近所の同業者の中には、店をとじて閉業するところさえ出たという。

嘉永《かえい》五年——嘉兵衛が家をついで三年目に、前の負債は一文《もん》のこらず返済を終わったのだった。

第三章　火と水の試練

嘉永六年、西暦では一八五三年、六月三日の夜のことである。

二代目嘉兵衛は市ケ谷河田窪《いちがやかわだくぼ》の松平佐渡守《まつだいらさどのかみ》の屋敷を訪ね、深夜まで用談をつづけた後で半蔵門《はんぞうもん》から桜田門《さくらだもん》のほうへ歩きつづけた。

当時この濠端《ほりばた》に沿って、麦湯、おでん、うどん、そばなどを売る屋台が存在していたことは周知の事実だし、歌舞伎《かぶき》などにもときどきあらわれるが、彼は提灯《ちょうちん》持ちの手代、長吉《ちょうきち》といっしょに、その一軒に立ちよって、麦湯で喉をうるおしていた。

そのとき、長吉は大声で、

「旦那！　旦那！」

と叫んでとび上がった。はっと思ってふりかえると、中空を火の玉がとんでいる。半蔵門から桜田門にかけての一帯の空はたちまち炎のように燃え上がり、次の瞬間は千代《ちよ》田《だ》城内にぱっと白熱の閃光《せんこう》がのび上がった。

いまにして思えば、巨大な隕石《いんせき》が落下したのだろうが、当時の彼らにはもちろんそういう知識はなかったろう。ただその次の瞬間には、地震のような衝撃が襲ってきた。

「旦那！」

「普通の地震とはちょっと違う。人魂《ひとだま》にしては明るすぎる。天から星が落ちてきたのだろう」

さすがに彼は冷静だった。そして、後日易聖といわれたほどの直感による予言力は、このときすでにひらめいたのだ。

「天下国家に、これまでになかったような大事件が起こる！　いまの火の球《たま》はその大事件の前兆だ！」

もちろん、そのときの長吉には何が何だかわからなかった。しかしそれから足をはやめて数寄屋橋見附《すきやばしみつけ》にさしかかったときには、またしても眼をみはった。

ここには遠州屋の親類筋になる吉浦屋《よしうらや》という店がある。南町奉行所《みなみまちぶぎょうしょ》訴訟関係者の弁当を作っている店なのだが、この夜はこんなおそくまで灯《ひ》がついて多勢の人間があわただしく出入りしていたのだ。

ふしぎに思った彼は店へ立ちよってわけをたずねた。突然、二千人分の弁当の注文があったと聞いて、彼はふたたび首をひねった。

店の番頭の話では、つい先刻、相州《そうしゅう》浦賀へ黒船が入港してきたという早飛脚の急使が到着したのだというのである。それに加えて、前から病気だった十二代将軍家慶《いえよし》がその知らせと前後して世を去ったというのだ。

弁当二千人分の注文が突然あったのも無理はない……こういう非常の事態だけに、将軍薨去《こうきょ》のことはしばらく秘密にされ、七月二十二日になって初めて公表されるのだが、

この話を聞いた手代の長吉は、

「まったくうちの旦那はたいしたものだ。あれがほんとうの神がかりだ」

と、顔を見る人ごとにふれまわっていたという。……

この場合の「神がかり」というのは、現在のように、皮肉なり、からかいのまじっている言葉ではない。神明《しんめい》がのりうつったのか――という意味の讃辞なのだが、後日の易聖の本領は早くもこのときから発揮されたと見るべきだろう。

次の名予言、そして商人としての彼が、驚くべき行動に移るのは安政二年、一八五五年のことなのだが、この足かけ三年のあいだに日本ではどのような事件が起こっていたか、それを調べてみることもむだではあるまい。

嘉永六年（一八五三年）

六月十二日　ペルリ明春の再来を約して浦賀を去る。

六月十九日　米国国書の和訳完了。

七月十八日　露国使節プチャーチン、軍艦四隻をひきいて長崎に来る。

七月二十二日　将軍家慶の喪を発す。

七月二十三日　江戸湾内の砲台の建造開始。

八月十五日　鍋島藩に大砲五十門鋳造《ちゆうぞう》の命令あり。

十月二十三日　徳川家祥将軍となる。家定《いえさだ》と改名。

十二月八日　幕臣川路聖謨《かわじとしあきら》、対露国交渉係として長崎に到着。

嘉永七年―安政元年（一八五四年）

一月十六日　ペルリ艦隊浦賀に再来、幕府、金沢藩以下九藩に江戸湾岸の警備を命ず。

一月二十八日　米艦隊大森《おおもり》沖に至る。

二月一日　横浜を応接地と定む。

二月二十二日　川路聖謨江戸に帰着。

二月二十五日　横浜調印内定。

三月三日　調印完了、下田《しもだ》、箱館《はこだて》を開港す。

三月二十一日　ペルリ下田に至る。

三月二十九日　露艦長崎を去る。

四月六日　京都御所炎上。

四月二十一日　ペルリ箱館に至る。

四月二十八日　吉田松陰《よしだしょういん》捕縛。

五月三日　品川《しながわ》第一第二第三砲台完成。

五月十二日　ペルリ再び下田に入港。

五月二十二日　下田において条約付属書の調印完了。

六月一日　ペルリ下田を去る。
六月十五日　近畿《きんき》地方大地震。
七月九日　幕府日章旗を日本総船印と定む。
七月二十三日　露船大坂近海に来航の風聞、天皇減食ありて七社七寺に勅《ちょく》し、国家安泰を祈りたまう。
閏《うるう》七月十五日　英国水師スターリング、軍艦四隻を率いて長崎に入る。
閏七月二十五日　米船二隻下田入港。
八月二十三日　長崎奉行水野忠徳《みずのただのり》、スターリングと日英和親条約に調印。
八月二十九日　英船長崎を去る。
九月十七日　露艦隊大坂湾、安治川《あじかわ》沖に入る。幕府下田に回航せしむ。
十月十四日　露艦下田に入る。
十月二十二日　川路聖謨下田へ赴く。

十一月三日　玉泉寺《ぎょくせんじ》にて第一回正式会見。
十一月四日　畿内東海大地震、プチャーチンの乗船ギヤナ号下田港に座礁。
十一月二十七日　改元。露船下田より戸田《へた》村に進航中、駿河三軒浜《するがさんげんはま》に漂着。
十二月一日　漂着露船を戸田浦に回送中、一本松浦《いっぽんまつうら》にて沈没。新たに戸田村において一船の建造開始、日本はじめて洋式造船術を導入。
十二月十二日　仏船下田に至る。
十二月二十一日　下田において日露和親条約調印。下田、箱館、長崎の開港、択捉《えとろふ》、得撫《うるつぶ》両島間を国境となし、唐太《からふと》を両国雑居地と定む。
十二月二十三日　勅して諸国寺院の梵鐘《ぼんしょう》を鋳《い》て砲銃を造らしめたまう。

十二月二十六日　幕府川路聖謨等を江戸に召還す。
十二月二十八日　江戸神田《かんだ》に大火。

安政二年（一八五五年）

一月三日　川路聖謨等江戸に帰る。
一月五日　伊佐新次郎《いさしんじろう》他、下田長楽寺《ちようらくじ》においてて米使アダムスとの間に日米横浜条約の批准《ひじゆん》書交換。
二月四日　露使プチャーチン下田に再来、米船を借り受け帰国と内定。
二月十八日　川路聖謨ふたたび下田に帰る。
二月二十二日　幕府蝦夷《えぞ》地を直轄と決定。
二月二十四日　川路聖謨戸田村大行寺にプチャーチンと会見。
二月二十九日　前江戸町奉行遠山景元《とおやまかげもと》（金四郎《きんしろう》）没す。年五十三。
三月一日　米船戸田に来たり、露人との乗船代金おりあわずして国へ帰る。
三月十七日　戸田村にて建造中のスクネール船完成（日本最初の洋式船）試運転。
三月二十二日　露使同船にて帰国。
四月一日　米艦下田に来たり、日本海の測量を求め拒否さる。
五月十一日　幕府洋式操練を開始、銃砲はすべて西洋流とす。
六月八日　オランダ国王、汽船を幕府に献上、観光丸《かんこうまる》と命名。
七月二十九日　長崎に海軍伝習所を設置。
八月十三日　条約書写本を諸大名に頒示。
八月二十五日　古賀謹一郎《こがきんいちろう》を洋学所頭取に任命。

九月三日　海軍伝習生、海路品川発長崎へ向かう。　九月二十八日　幕府旗本に命じて各自銃砲を整備せしむ。
九月七日　幕府、馬揃《うまぞろ》えを行なう。

以上は、昭和十年に発行された全七巻の全集「国史大年表」から、主として外交関係の事項を抜き書きしたものである。この本は昭和八年までの事件を収録したものだが、この密度で昭和九年から現代まで年表を続けていったなら、全二十巻を費やしてもまだ巻数が足りないだろう。

この足かけ三年、正確に言えば満二年六か月の間に長年にわたる日本の鎖国体制は脆《もろ》くも崩れ、日本は否応もなく世界の一国として近代国家への道を歩みはじめたのだ。

このかんたんな年表上の一行でも、ちょっと突っこんでいくならば、そこには一つの人生があり歴史がある。たとえば、
安政元年四月二十八日　吉田松陰捕縛。

という一行にしたところで、その前後の事実まで詳しく述べていくならば、すぐに一篇の長編小説が生まれるだろう。

この間、高島嘉右衛門とか遠州屋嘉兵衛とかいう名前は、この年表のどこを見ても出

てこない。日本激動期の序幕ともいうべきこの期間には、彼はまだ一介の商人にすぎなかった。裏からでも、日本の運命を動かすような立場につくということは夢にも思っていなかった。

しかし、この年表の最後、安政二年の九月末からは、彼はまた後日の易聖の本領を発揮しはじめる。

「ずいぶんなまずがおかずに出るな。昨日もなまず、今日もなまず、この十日ほどなまずが続いた」

夕食の食膳《しょくぜん》にむかって嘉兵衛は眉《まゆ》をひそめた。

「すみません。お台所をあずかるわたしといたしましては、おかず代を一文《もん》でも安くあげようといたしまして……つい、そっちに手が出たのでございますが、明日からは、旦那様には特別のおかずをお作りいたしましょう」

妻のおしげが、すまなさそうにわびた。

「かまわぬ。わしのおかずは店のものたちと同じでいいと言っている。これでも南部で鉱山をやっていたころの食事とくらべれば、まだまだ贅沢《ぜいたく》だと言えるが……ただ、なまずがそんなに安くなったのかな？」

「はい、一時にくらべましたら、半値から三分の一ぐらいでしょうか、とにかく魚屋さんの話では、江戸付近では手づかみにしたいほどとれる。この調子では犬でさえ食わなくなるのではないかということでございます」

「ふしぎなこともあるものだ……死んだ父の話では、霞《かすみ》ヶ浦《うら》のほとりにはなまずの大《おお》化物《ばけもの》が棲《す》んでいて、そいつがあばれると地震が起こる。それをおさえているのが、香取神社の神様、そして要石《かなめいし》だということだったが」

食事に箸《はし》をつけながら、嘉兵衛は述懐するように言った。

「まあ、話としては面白くても、そんなことが実際にあるわけはないな。たとえ何万匹、何十万匹という大なまずの群れが、いっせいにあばれ出したとしても、この大地はびくともしないだろう。だが……」

嘉兵衛はとたんに箸をとめ、無限の彼方《かなた》を見つめるような表情となった。

「どうなさったのでございます?」

「何でもない。いまのなまずのことなのだが、わしはその話を聞いたとき思ったのだ。大なまずがあばれて地震を起こすことなどはあり得るはずもない。しかし動物というものは、事前に異変の発生を予知するふしぎな力を持っているというな。たとえば船が難破するときには、船内の鼠《ねずみ》は出航直前に一匹のこらず船から逃げ出してしまうという。

なまずにしてもそのとおり、大きな地震の発生前には、大地そのものに人間にはわからぬかすかな動きがあるのかもしれぬ。それを感じて動き出す――こう考えれば、たしかに理屈はわかるのだが、何としてもふしぎな話だな」

そう言って嘉兵衛は箸を口にはこんだ。

「ふしぎといえば、この家でもふしぎなことがあったのでございます」

「何だ?」

「今日のお昼ごろでございましたが、お台所の釜《かま》が自然に鳴り出しました。何も入れてはおりませんし、火にもかけてはおりませんでしたのに……ふしぎな音を発しまして、半刻ばかり鳴りつづけました。音は自然にやみまして、その後は何事もございませんでしたが、いったい何事が起こるのでございましょう。吉兆、凶兆、いったいどちらでございましょうか」

「うむ、釜鳴りか」

嘉兵衛は箸を捨てて立ち上がった。

「飯はいい。ちょっと考えさせてくれ」

仏間へ入ると、彼はまず観音経《かんのんきょう》を誦《ず》して心をしずめ、それから筮竹《ぜいちく》をとりあげた。

もちろん、彼はこのときまで正式に筮法を学んだことはない。しかし、一般常識程度の素養はあった。五十本の筮竹を扇形に開いてささげ、一本をぬいて机上におき、気息をこらして三度割る。左手に残った筮竹の本数に机上の一本を加え数えて八ばらいすること二度、後の一度は六ばらいして、得た卦の象を陰陽の算木《さんぎ》にあらわす——この程度のことは知っていたのだ。

䷝『離為火《りいか》』、上九、王用いて出でて征し、首《こうべ》を折《くじ》くを嘉《よみ》する有り。獲《う》ること其《そ》の醜《しゅう》に匪《あら》ず。咎《とがめ》无《な》し。

離為火——上三本の算木があらわす外卦、下三本が形どる内卦の二つに同時に火の形があらわれた。そして六つの変化のうち、上爻《じょうこう》の変化はこのとおり、進んで大功を樹《た》て手柄を君に認められるという意味である。

「うむ……」

嘉兵衛は腕を組んで考えこんだ。こうしてなまずの群れが迷い出すのは地震の前兆——そして、それが大きなものだったなら、江戸に大火災が発生することはさけられないのではなかろうか。

「よし！」

彼は一瞬に腹をきめた。一か八《ばち》かの大冒険には違いないが、彼はこの一占の教示に命を賭《か》けようとしたのである。

駕籠《かご》をとばして、彼は鍋島藩江戸屋敷へかけつけた。先代以来、その信用は絶対のもの、かなりの無理は通るのだった。

夜ではあったが、衣服をあらためて出てきた留守居役、久野忠兵衛《くのちゅうべえ》は、

「いったい何の急用かな？　そのほうの顔色から判断して、だいぶ思いつめているようだが」

と問いかけた。

「たしかにさようでございます。おそれながら、金一千両、ただちにお貸しくださいませんか」

「千両――それもただちにとは――いったい何に使う金だ？」

いくら信用絶大だといっても、十両の金を盗めば首がとぶといわれた時代のことだ。千両という大金をその場で貸せといわれては、忠兵衛が眼をまるくしたのもとうぜんだろう。

「はい、実は手前の友人が尾張《おわり》家ご領内の山林買い占めにかかりました。一山の代金およそ五千両、ただし伐採が終わり材木として江戸に運んでくればその売値は一万両を越えましょう。その売買の予約金が不測の事情で不足いたしました。明晩までに残金一千両を調達しないかぎりこの話はご破算、いままで支払いずみの手付も没収されるだけで

はなく、材木も人手にわたります。となれば一家の離散も必定、その相談がありましたゆえ見るに見かねましておねがいにまかり出ました。人助けと思《おぼ》し召しまして、お貸しくださいますならば幸甚《こうじん》の至りに存じます」

何といっても、方便とは言いながら真っ赤な嘘《うそ》をついているのだ。舌も思うように動かず言葉も自然にもつれたが、日ごろの行状が行状だけに、相手は話を無条件で信用してしまったようだった。

「なるほどな、たしかに商売の道は戦《いくさ》にもたとえられる。金はすなわち軍勢か。不慮の事態で戦場のそなえが間にあわず、援軍を求めることもやむを得まい……しかし明朝までとなれば、今夜中に現金を手配しなければなるまいが、その返済の条件は？」

「手前どもがご当家におさめます材木、または工事の請負代金は年間数千両に達します。その中よりのご返済はさほどむずかしいことではございません。もちろん応分の利子をつけますことはとうぜん心得ておりますが」

「うむ……」

相手は大きくうなずいた。

「そのほうが常日ごろから申しておるとおり、一言の然諾《ぜんだく》に命を賭ける——それが商人の道だとすれば、そのほうの友人の心配もわかることだ。そのほうもまたいったんたのみをひきうけたのだろうし、幸い当家の決算は九月いっぱいで今年はかなりの余剰金もある。返済の条件さえたしかなら、ご重役方もいやとはおっしゃるまい。念のためご意見をおたずねするが、しばらくここで待つがよい」

嘉兵衛は胸をなでおろした。一人で待っている間にも、頭は鋭く回転し、一軒一軒、江戸中の有名な材木問屋と、その店のおよその在庫を思い浮かべていた。大火となれば木材の暴騰は眼に見えている。金に余裕のない店では、せっかくの儲《もう》けをふいにしたか――と嘆くだろうし、余裕のある店だけをえらぼうとそこまで思案は煮つまった。

間もなく忠兵衛は帰って来た。

「喜べ。話はまとまったぞ」

「はい、ありがたいお言葉にございます」

嘉兵衛は思わず涙を浮かべた。

「殿様にはただいまご在国中だが、日ごろよりご信用厚いそのほうのこと、このはからいが後日お耳に入っても、お叱《しか》りはあるまいとご家老方もおおせあった。即刻現金にてひき渡せとのお言葉だったが、夜中千両箱を運んでの帰宅ともなれば道の途中も無用心、当家より警固《けいご》の者を出そうかと思うがいかに？」

「ありがたいお言葉でございますが、手代数名もひきつれております。万一のこともあるまいと存じますゆえ、その儀はご無用と存じます」

この手代たちは、現金の入手を見越して、各問屋へ先まわりさせ商談の下話にあたらせるためにつれて来たのだ。家まで送りとどけられてはせっかくの苦労がむだになる。方便の嘘の続きで嘉兵衛はこう答えた。

幸いにこの嘘も疑われずにすんだ。千両箱をのせた駕籠が門前から一町ほど行ったところで手代たちは駕籠をやとい、深川木場へ向かってかけ出していた。

すでに手代たちとの間に下話のすんでいた問屋を一軒一軒訪ねて、彼は商談を次々にまとめていった。当時江戸は不景気が続き、木材の値段は極度に安かった。

たとえば杉の五寸角一丈四尺の長さの柱材が一両につき十六本、杉の四分《ぶ》板は一両で百十枚、松の六分板は一両で百六十枚だったという。また当時の商法では、その一割程度の手付金で取引が出来、後日の値段の高下にかかわらず受け渡しする習慣になっていた。この習慣を破ったときには、二度と取引が出来なかったので、誰《だれ》しも約束は守ったという。

とにかく、徹夜の商談で約一万両にのぼる取引は終わった。夜が白々と明けるころ、家へ帰って来た嘉兵衛の懐中には、何十枚かの証文が残っていたが、千両の現金は一両のこらず消えてしまっていたのである。

一生一度の大芝居だった。もしこれで何事も起こらなかったなら、残金を整えることなどとうてい思いもよらぬ。千両の手付の金はたちまち消えてしまい、遠州屋も身代《しんだい》かぎりとなってしまうのだ。……

さすがに嘉兵衛もその夜は一睡も出来なかった。夜が明けても天には雲一つ見えない日本晴れ、火事の起こりそうな気配はどこにもない。

いや、風さえ感じられないのだ。この調子では万一火事が起こっても、小火のまま消しとめられて大事には至らないだろう。

ええ、ままよ——

嘉兵衛は口の中でつぶやいた。現品の引き取りは五日以内ということになっている。どうなるにせよ、一か八か命がけの大勝負なのだった。

「どうなさったのでございます？」

心配そうにたずねてくる妻にも、嘉兵衛は何も答える気にはなれなかった。ただ、

「商売のことには口を出してはならぬと、常日ごろから申しているではないか」

と言っただけだった。

その日の午後、彼は駕籠をとばして父親の墓のある高輪泉岳寺《たかなわせんがくじ》を訪ねた。

「江戸に大火が起これ——とは、本来お祈りも出来ませぬが、この利益は一文も私《わたくし》い

たしませぬ。なにとぞ、私を男にしてくださいと、ただそれだけがおねがいでございます」

彼は静かに墓前に祈願をつづけたという。そのとき、彼のとぎすまされた神経には、かすかな大地の揺れが感じられた。思えばそれが今度の大地震の前兆だったのだろう。とにかく墓のそばの大樹が、風もないのに枝を動かしたとき、嘉兵衛ははっとしたのだった。

その翌日、彼は本郷《ほんごう》壱岐《いき》坂《ざか》の戸田《とだ》安房守《あわのかみ》の屋敷を訪ね、酒をふるまわれて帰途についた。

いちおう深川へ立ちよる予定だったが、前からの疲れも残っている。酔いもしだいにまわってきた。快く居眠りを続けているうちに、百雷のような轟音《ごうおん》が襲ってきた。

「旦那!」

「地震だ!」

地上におろされた駕籠はまるで大波の中の小舟のようにゆれている。辛うじてその中からはい出した嘉兵衛の眼には、前の町家がぐらぐら動き、戸や障子が微塵《みじん》に砕けて飛び散る光景がうつった。続いて起こった第二の鳴動とともに、家々は将棋倒しに崩れ落ち、瓦《かわら》は砕けて飛散した。女子供の泣き声叫び声がたちまち四方に湧《わ》き上がった。

安政二年十月二日――

この日江戸に起こった大地震は、開府以来前例もなく、大正十二年の関東大震災に優《まさ》るとも劣らぬものだったといわれている。死者の総数実に二十万、江戸百万の住人のうち五人に一人は一日にして命を落としたのだ。

たとえば当時大学者といわれた藤田東湖《ふじたとうこ》にしても、水戸藩江戸屋敷内お長屋で読書中にこの地震にあい、病床にあった老母を救い出そうとし、おぶって部屋を出ようとしたとき落ちてきた梁《はり》の下敷きとなり、二人とも圧死したといわれている。彼はこのとき五十一歳、生き永らえたら幕末の歴史は変わっていたろうといわれるほどの人物だったが――これはその犠牲《ぎせい》者の群れの一例にすぎないのだ。

嘉兵衛の酔いはふっとんだ。睡魔もいまはどこかへ去った。彼の頭はたちまちすばやく回転しはじめた。

買いしめた材木の値段はどれぐらいになるだろう？　ただ、それにしても現物をひきとるための後金の工面《くめん》はつくだろうか？

「旦那！」

「ここはいったいどこなのだ？」

「へえ、筋違見附《すじかいみつけ》の万世橋《まんせいばし》のあたりでござんす。ここでおいとまいたします」

「何だ、深川まで送ってくれる約束ではなかったか」

「へえ、そうお約束はいたしやしたが、それは平安無事な日のこと、この調子では深川までお供出来るかどうかはわかりません。わっしどもには女房子供もございます。この大地震ではその安否のほども気づかわれます。一刻も早く無事な顔を見たいというのは、人情の自然じゃござんせんか」

「なるほど、これはわしが悪かった。これを持って早く家へ帰ってやるがよい」

多分の金を酒代《さかて》として渡し、嘉兵衛は四方を見まわした。黄塵《こうじん》は濛々《もうもう》と立ちのぼり、視界も遠くはきかないが、各所からは次々に火事のような煙が上がりはじめている。この状態では消火もおよばず、江戸中が火の海となり焼野原に変わることだけは間違いない。

次にどういう手を打つにしても、まず京橋の家に帰り着いて——万事はそれから後のことなのだ。

「よし、行こう」

運を天にまかせて、彼は京橋めざして歩き出した。

途中はたいへんな混雑だった。何十度となく群衆に前途をはばまれ、火事の現場はさけて迂回《うかい》をくりかえし、京橋の家へ帰り着いたときには夜もだいぶ更《ふ》けていた。

何といっても、建築請負が商売の材木問屋だけに、基礎工事から手ぬき一つせず、万事頑丈《がんじょう》に仕上げている。周囲に堀が多いだけに飛び火の恐れも少ないし、人手もそろっていることだから、家内の出火も小火のうちに消しとめられる――それぐらいは頭の中にあったのだが、予想のとおり、この問屋町は原形をとどめていた。やれよかったと思ったとたんに自然に涙があふれてきた。一瞬、闇《やみ》の中で立ちどまって嘉兵衛は袖《そで》で涙をふいた。

「いま帰ったぞ」

玄関の大戸を開け、店先の土間に入った嘉兵衛は奥へむかって呼びかけた。

「あなた！」

奥からとび出して来たおしげは、涙を浮かべて両手をついた。

「よくぞご無事でお帰りに……どうなさったかと心配しておりましたが、江戸は一面火の海とか、連絡もつきませんでただやきもきいたしておりました。まあ何よりも無事でお帰り、おめでとうございます」

「うん、火事場を通りぬけるのにたいへん苦労してな。家のほうも心配していたのだが、何事もなくてよかったな」

その間にも、番頭手代小僧たちが次々に店先へあらわれていた。

「旦那、無事でお帰りなさいましておめでとうございます。さあ、みんな手を……」

番頭の発声で手をしめて、

「おめでとうございます」

と祝いをのべたのだった。

「みなもご苦労、それで疲れているところを気の毒だが、南部鍋島両家のお屋敷へ火事見舞いに行ってくれぬか。わしは明朝参上するとていねいに挨拶《あいさつ》をたのんだぞ」

すすぎの水もそのままに、嘉兵衛は言葉を強めて言った。


鍋島藩上屋敷中屋敷下屋敷は、あるいは炎上しあるいは潰滅《かいめつ》して原形をとどめてはいなかった。戸板七百枚、草履《ぞうり》七百足、焼け跡の板囲いのための幕杭《まくくい》三百本、これを当座の見舞品として、翌日早朝、嘉兵衛は鍋島家を訪ねて行った。

久野忠兵衛は火事で負傷し、手当て中だとのことでこの場にはあらわれなかったが、かわって元締用人井上善兵衛《もとじめようにんいのうえぜんべえ》が面接し、見舞品の礼をのべた。

若き日の井上三之助。初代嘉兵衛の仮の斬《き》り手にまわった人物である。

「何といっても大名屋敷の焼け跡には、まず板囲いをし、幕を張りめぐらして内部をうかがわせぬのが定法でな。そのことは知っているものの、何といっても非常の事態、おたがいの無事をたしかめあうのに忙しく、そこまでは手がまわらなかった。これでさっそくいちおうの工事にかかれよう。殿にかわってお礼を申しおくぞ」

井上善兵衛の言葉に嘉兵衛は笑って答えた。

「なにをおっしゃいます。父は生前、鍋島様には宏大《こうだい》なご恩を受けている。われ一代ではとてもお返し出来まいと思えば残念でならないが、そなたはわしの志をつぎ、身命をなげうってもご恩の万分の一にむくいよ——と常に申しておりました。このお見舞いの品などはそのまた万分の一にも及びますまい。お心安くご受納ねがいとう存じます」

善兵衛は眼をしばたたいた。

「すまんのう。ではこころよく受けとるが、ついてはいま一つそのほうにたのみがある」

「どんなおたのみでございましょうか」

「殿は昨日国許《くにもと》をおたちになり、江戸へ向かわれたはずなのじゃ。この大地震のことは今朝早飛脚でお知らせしたが、おそらく殿がこの報をお耳になさるのは広島以東のことであろう。とにかく殿のご気性ゆえ、そのままご出府なさることは間違いないと拝察いたす」

「いかにもさようでございましょうな」

「それで今日より数えて約三十日のあいだに仮のお住居《すまい》、奥方様のお住居、それに家《か》中《ちゅう》の者たちの住居六百軒を建ててはくれまいか、このさいのことゆえ、多少の遅延はやむを得まい。また費用の件は何としてでもとらせるが、この工事引きうけてくれまいか」

渡りに舟——嘉兵衛にとっては、そう言いたいような注文だった。

「よろしゅうございます。いかにもおひきうけいたしましょうが、何といっても先だつものは金でございます。先日いただきました金一千両はあのとき申しあげましたとおりの目的にあてまして、手元に余裕はございませぬ。そしてこのとおりの事態ゆえ、材木の価格、職人の手間賃なども地震前の数倍に上がっておりましょう。しかも前金でおさえなければ、この後どこまで上がりますか、その見当さえつきかねます」

「いかにももっともな言葉だが、それではいかほど入用じゃ？」

「前回の一千両はいちおう別にいたしましてとりあえず金一万両、前渡金としていただきとうございます。清算のほうは工事完了次第実費にしかるべき利益をそえていただけませんか」

「もっともな言葉じゃ。ところであの地震のおりに、当屋敷の金子《きんす》は残らず屋敷の中の井戸に投げこんだ。十間《けん》あまりの深さゆえ、どのような事態にも安全だろうと思ってな。

今日は早朝より潜水に巧者な井戸屋を呼び集めてひきあげにあたらせている。間もなくすむと思うゆえ、しばらく待ってもらいたい」

嘉兵衛も思わず舌をまいた。こういう非常時にあたっては日ごろの心がまえが物をいうはずだ。家臣の一人一人が、ここまで気をきかし非常の処置をとったのも、鍋島侯の教育が末端までよく行きとどいていたためだろうが、それにしても自分は幸運にめぐまれていたと思わずにはおられなかった。

「そのほかに、何か言いたいことがあるか」

とりあえず、金一万両を運んでまいれと命じたうえで、善兵衛はだめをおすようにたずねた。

「はい、おとりこみ中恐れいりますが、建築の方針の概略だけを申しあげます。今後とも地震の発生はないとは考えられませんゆえ、屋根は上等の銅をもってはりつめ、その下はこけらぶきとし、壁は寒さに向かうことゆえ、むしろ板羽目《はめ》にいたしまして、紙で目張りをいたしたほうがよろしかろうと存じますが」

「細かな点はそのほうにまかせる。万事よろしゅうたのんだぞ」

間もなく、十個の千両箱が嘉兵衛の前に運ばれて来た。いちおう前渡金とはいっても、これだけの大金は彼も眼にするのは初めてだった。思わずがたがたと身がふるえた。

「それではくれぐれもたのんだぞ」

と言い残して善兵衛は座を立った。

この千両箱を開いて、嘉兵衛は金をあらためた。そして四人肩の駕籠を呼び、百両包みを駕籠布団《ふとん》の下に敷きつめ、自分はその上にあぐらをかいた。

彼はそれから手金を渡していた材木問屋を歴訪した。誰一人、文句を言い出す者はなかった。この三日間、ことに地震が起こってからは材木の値段は「天井知らず」と言われたくらい暴騰し、前の値の四倍に達していたというが、このおかげで残金の決済も完了し、嘉兵衛は約束どおりの値段で、総額一万両分の材木をひきとることが出来たのだった。

ただ、一人の問屋の主人、吉田屋新兵衛《よしだやしんべえ》だけが一言ちらりと皮肉をもらした。

「嘉兵衛さん、お前さんは大儲《おおもう》けをしなさったねえ。三日で四倍にはね上がった材木だが、この地震では後金の工面もつきかねるだろうから、手付も品物もこっちのもの、お気の毒にと思っていたのさ。まあ、約束どおり現品はお渡ししようが、こんな好運は二度とは来ねえぜ。なまずと親類でもないかぎりはな。まあ、柳の下に二匹のどじょうはいねえ、この言葉は肝《きも》に銘じてお忘れなさるなよ」

それから実に三十四日――嘉兵衛は深川木場と鍋島家屋敷の間を駕籠で往復するだけでわらじの紐《ひも》も解かなかったというのである。眠るのもただ駕籠の中で仮眠をむさぼるばかりだった。二十二歳の若さとはいうものの、超人的な体力努力だったというほかはない。

そのせいで、鍋島屋敷の完成は他の大名の屋敷より二足も三足も早かった。鍋島侯の行列も途中の相つぐ季節はずれの川止めで、予定より五日はおくれたが、その江戸入りの当日にはりっぱな仮屋敷が完成していた。

井上善兵衛から話を聞いた鍋島直正は、膝《ひざ》をたたいて感嘆した。

「まことにあの親にしてこの子あり。因果はめぐる小車《おぐるま》という諺《ことわざ》も真実じゃのう」

工事の完成後まる二日、泥のように疲れて眠りつづけた嘉兵衛はこのとき、工事中の南部藩江戸屋敷を訪ね、家老の楢山佐渡《ならやまさど》に会っていた。

「何と申しましても、先日の地震以来、鍋島様御屋敷の建築をおおせつけられまして、日夜を分かたぬ仕事仕事がつづきました。そのために、申しわけないとは思いながら、ご当家のほうへのご挨拶《あいさつ》がおくれまして面目次第もございません。つきましては、鍋島様のお仕事はめでたく終了いたしました。このうえはご当家のほうの御用、何なりとおおせつけくださいますよう、おくればせながらおねがい申しあげます」

楢山佐渡も幕末の陪臣たちの間では、賢臣とうたわれた人物である。このときは温顔にさらに笑いを浮かべて答えた。

「それは重畳《ちょうじょう》、そのほうの家にはいちおう使いをさし出したが、鍋島家御用のため忙しいと聞いたのでそのまま立ち帰ったという……とにかく先年飢饉《ききん》のおりの鍋島家のおはからい、われら一同、骨身にしみて忘れはせぬ。そのほうが鍋島家のおために全力をつくすのは、われらの身がわり、名代《みょうだい》のようなものだと、かげながら喜び感謝いたしておった。われらのことなど二の次三の次でもよい。嘉兵衛、ご苦労であったのう」

「はい……ありがたきお言葉にございます」

「そのほうにたのみたいこともないではないが、いかにも疲れておる様子、まことに無理もないことだ。ここ数日はゆっくり休養をとり、またあらためて出なおして来てくれぬか」

「はい……それではお言葉にしたがいますがお見舞いがわりの一仕事、この場でお許しくださいませんか」

「というと……」

「この二日、万事を忘れて眠りつづけましたが、その間に手代たちをつかわしまして、ご当家ご菩提所《ぼだいしょ》のお墓のご様子、つぶさに検分させました」

「何と！」

楢山佐渡も顔色を変えた。

「そこまで……そこまで心をくばっていてくれたのか？」

「はい、白金《しろがね》の瑞祥寺《ずいしょうじ》、芝《しば》の金地院《こんちいん》のお墓石七十余基、ほとんど転倒いたしているとの報告でございます。このままに捨ておきましては、南部様のご家名にもかかわりましょう。幸い地震以来まだ四十日もたちません。ここ数日の間にご墓所の修復を終われば、人も感心いたしましょう。その修復の費用いっさいは手前がおひきうけいたします。これが日ごろのご愛顧にこたえる道かと存じますが」

「嘉兵衛、よく言ってくれたのう」

楢山佐渡も眼をしばたたいた。

「ご墓所の件はわしも気がつかなかったわけではない。何とかせねばと思いながら、眼先緊急の要務に追われ、ついつい遅れておったのだ。このままでは当家の恥にもなること、このような大事な手ぬかりを笑いもせずに、当家にかわってひきうけてくれるとは……まったくまったく痛みいる。万事よろしくたのんだぞ」

嘉兵衛は期待を裏切らなかった。

それから中五日の間には、七十余基の大墓石は全部もとの位置に据《す》えなおされた。それだけではなく、欠けた部分はちゃんとつぎ直され、苔《こけ》はおとされ、石に磨《みが》きがかけられてまるで新しい墓のようになったのだった。

七日目に、それを検分した南部藩の家臣はあっと声をあげ、自分の眼を信じきれない思いだったという。

もちろん、このとき菩提所の墓石が倒れたのは南部家だけのことではなかった。しかしその修復をすませたのは、南部藩が最初だったのだ。

あの貧乏藩が——とあざけっていた人々もこの一事には眼をみはった。孝子南部大膳大夫の名前が世にうたわれたのも無理はない。ただこのとき遠州屋嘉兵衛の名前は、ほとんど世の中に伝わらなかったが、そんなことは嘉兵衛にはどうでもよかったのだ……

南部家墓地の修理工事がすんで間もなく、鍋島家からは工事費の請求書をさし出すように——との沙汰《さた》があった。

使いの家臣が内々伝えた話では、三軒の屋敷を検分し終わった直正侯が、その仕事にたいへん感心され、一日も早く工事費を支払ってやれとお言葉があったというのである。

嘉兵衛は一晩思案をつづけた。

当時の幕閣指導者たちは、商人としてはとうぜんの行為でさえ、白眼視する傾向があった。特に天変地異にさいして当然発生する物価の爆発的上昇を利用して巨富を築いたものには吟味のうえ入牢《にゅうろう》という厳罰さえともなう恐れがあったのだった。

一晩思案をつづけて、嘉兵衛の出した結論は工事費用の実費、大工や職人の手間賃はありのままに書き出し、材木の費用は鍋島藩のほうで、地震の翌日の市中の値段を調べてもらってその平均をとり、その合計に五分《ぶ》の口銭を上のせするということだった。これならば材木の値上がり分はそのまま儲けとなることだし、たとえ取り調べを受けても処罰を受ける恐れはない。

これはそのまま認められ、すぐに代金は支払われた。後に町奉行所から鍋島家へ問いあわせはあったものの、金額のつじつまがあっていることだからつっこみようもない。この大地震のおかげで嘉兵衛の得た利益はほとんど二万両、三枝の予言はみごとに適中した。

しかし、「九天九地の相」はこのあたりから形をとってあらわれはじめた。商人として当時江戸でも有数のところに達した嘉兵衛の前には底知れぬ地獄が口を開きはじめた。その発端は地震で破壊した南部藩江戸屋敷の工事請負だった。

翌安政三年、南部藩からこの相談をうけた嘉兵衛は五万五千両の予算でこれをひきうけた。ただ木材は南部領内で切り出したものを使い、その分は工事費からさしひくという南部藩にとってはたいへん得《とく》になる話だった。

その年三月から工事は開始された。いちおう契約は前のとおりだったが、なんといっても急を要する仕事だし、まず嘉兵衛の手持ちの材木で工事にかかり、それに見あうだけの材木は後日現物支給するという話しあいも出来ていたのだった。

春、雪解けを待って現地での伐採もはじまった。切り出した木材は筏《いかだ》を組んで北上川を下り、石巻港から船積みされ、深川木場に運ばれて来た。

そして八月二十五日——

南部藩邸の工事は順調に進んでいたが、この日の江戸は空前といわれたほどの猛台風に直撃された。深川には津波のような高潮がおそった。永代橋《えいたいばし》は橋桁《はしげた》が折れて橋全体が崩れ落ち、三十三間堂《げんどう》の屋根は暴風に吹きとばされ、一里も遠い閻魔《えんま》堂の境内に落ちて行ったという。

深川木場に嘉兵衛が持っていた材木置場の被害もまた惨憺《さんたん》たるものだった。南部藩から回送して来た材木のほとんどすべては、この高潮で海へ流れ出し、回収できなくなってしまった。半分以上工事を終わった南部屋敷もたいへんな被害を受け、根本的なやり直しを必要とするところも出てきた。

この日、嘉兵衛は江《え》の島《しま》に参っていた。前の晩には岩本院《いわもといん》に一泊し、朝早く帰途につくつもりだったが、朝からの大嵐《おおあらし》のために動きがとれない。午後になって嵐のおさまるのを待って、夜通し駕籠《かご》をとばし江戸へ帰って来たのだが、眼に見る被害は最悪の場合の想定を数倍上まわっていた。さすがの嘉兵衛も二日間は呆然《ぼうぜん》として言葉もなく、対応策も樹《た》てられなかったというのである。……

三日目にやっと思案はまとまった。持って生まれた商人魂がめざめたのだ。

当時、建築工事を請け負う者は、天災などの不慮の事態が起こっても、工事の中止は許されなかった。約束の時期から遅れることはしかたがないとしても、すぐに工事を続行し仕事を完成させなければ、たちまち信用をなくしてしまい、二度と請負は出来ないというきびしいおきてがあったのである。

損得が問題ではない。信用が問題なのだ。

彼は自分自身に言い聞かせた。

とにかく南部屋敷の工事は続行する。後はまた後の思案とすることだ。……

そう腹をきめた彼はすぐに工事を再開したが、前年の地震にひきつぐこの台風のために江戸の木材相場と大工職人の手間賃はふたたび天井知らずといわれたくらいの暴騰ぶりだった。

借金に次ぐ借金を重ね、どうにか工事は完成したが、その損害は莫大《ばくだい》だった。前年の利益を全部吐き出して、残った負債の総額は実に二万両――万両分限《ぶげん》といわれたのもわずか一年の短時日にすぎなかったのだ。

しかも世間の眼は冷たかった。

「火で儲けたものを水で吐き出す。たかが一年ちょっとの長者か」

「なまずの親類も竜神《りゅうじん》様には勝てなかったようだな。江の島の弁天《べんてん》様にも何の御利益《ごりやく》もなかったらしい」

というようなかげ口も自然に耳に入ってきた。なにくそと歯を食いしばってこらえたが今度の借金は前の場合と違って自分自身の責任なのだ。その利払いも猶予はない。

後日、彼は当時の心境を述懐して、

「毎日毎日、重い石を背負って泳ぐような思いの連続だった」

と述べている。

いちおう功成り名とげて、隠遁《いんとん》生活に入ってからの述懐なのだ。その時点での毎日の苦労はそれこそ重い石を背負い、泳いで激流をさかのぼるようなものだったろう。

そのような悪戦苦闘の続いていた間に、ある日鍋島藩の家老、田中善右衛門《たなかぜんえもん》が遠州屋の店を訪ねてきた。

彼はもともと鍋島藩では微禄《びろく》の家の生まれだった。しかし、子供のころから神童の名前が高く、長じてからもその才能は光を放って家中《かちゅう》の眼をひいた。名君といわれた鍋島直正がこれを認めないはずはない。何度かの功績のたびに加増の沙汰《さた》があり、ついに末席ながら家老職にとりたてられたのである。嘉兵衛も先年の地震のさいの工事以来、なにかと交渉があったのだった。

それにしても、一藩の家老たる者が、微行にもせよ、一出入り商人の店を訪ねてくるというのはただごとではない。嘉兵衛も恐縮して出迎えた。

「そのほうも最近はだいぶ苦労しておるようだのう」

一代に大出世しただけのことはあって頭は鋭い。市井《しせい》の事情にも詳しくなければつとまるまいが、自分の家の内情もここまで伝わっているかと思うと、嘉兵衛も冷や汗がとまらなかった。

「当家のことでお耳を汚《けが》して恐れいります。先ほどの大嵐と高潮のため、莫大な損失をこうむりましたことは事実でございますが、日夜苦労を続けたかいもありまして、いくらか見通しもついてまいりました。お屋敷の御用もご迷惑はおかけいたしませんから、これからもお出入りをお許しくださいまし」

出入りさしとめということになるのかと心配して、嘉兵衛はすばやく先手を打ったが、善右衛門は微笑して首をふった。

「いや、わしはそのような話で訪ねてきたのではない。そのほうの苦労のことはいつの間にか殿のお耳にも達したのだな。あれだけの男のことだから間もなく苦境を脱するだろうが、当家のほうでも何らかの形で手助けしてやれぬだろうかとのお言葉だった。それをうかがったわしも何とかせねばと思い、一案を作って殿にも申しあげた。殿もたいへん喜ばれ、一挙両得の名案だなとお喜びなされたので、わしがじきじき話を伝えにまいったのだ。安心するがよかろうぞ」

「はい、ありがたいお言葉でございます……」

「明年六月、横浜は貿易港として外国に門を開くこととなった。そうなれば出入りする船の数も日を追って増え、異人の数もしだいに増し、町も繁栄の道をたどって行くことは火を見るよりも明らかだ。ところでわが藩特産の陶器、伊万里焼《いまりやき》は長崎表の異人たちにはすこぶる珍重されている。まあ、長崎で評判の品物が横浜の異人たちに喜ばれないわけはあるまい。ついてはそのほうに横浜へ店を出させ、肥前産陶器の販売を一手にひきうけさせてはと申しあげたところ、そのほうよきにはからえとお言葉があったのだが、この話をひきうけてくれるかな」

横浜という地名が、彼の耳に強くふきこまれたのはこのときが最初だった。もちろん、当時の彼にとっては、棚《たな》から牡丹餅《ぼたもち》のような話だった。まだ一歩も足をふみいれたことのない未知の土地で、異人相手に商売がやっていけるかという不安もないではなかったが、これで借金も少しは楽になるだろうという思いが先に立ち、不安を吹っとばしてしまった。

「ありがたいおおせでございます。一介の出入り商人にすぎません私のことを、そこまでお心におとめくださった殿様のご恩はいうにおよばず、このような一石二鳥の名案をお考えくださったご家老様のお情けは、嘉兵衛も深く心に銘じまして、終生忘れはいたしませぬ」

「いや、なにもそのほうからそれほど礼を言われることはない。これは鍋島家の利益にもなることなのだ。藩の利益をはかるのは家臣としてはとうぜんの義務ではないか」

善右衛門はかるく笑っていた。

「そのほうも手元不如意《ふにょい》と思うゆえ、開店に要する費用四千両は、長期年賦払いの条件にて貸し付ける。ただそれは他の借金の返済などに流用してはなるまいぞ」

「かさねがさね、ありがたいお言葉でございます。このお礼は、言葉などではつくしきれません……」

嘉兵衛は顔をおおって男泣きに泣いた。

この内輪話のあった安政五年、一八五八年あたりから、日本は新たな激動期に突入していた。今日《こんにち》の眼で見れば、開国、外国貿易の開始はとうぜんのことだということになるのだが、当時の人の考え方はかならずしもそうではなかった。

紅毛《こうもう》異人の足で神国日本の土を汚してなるものか――という単純な感情論が諸国にひろがり、いわゆる攘夷《じょうい》論として、世論をおおいに動かしていた。全国にわたる幕府の統制力もしだいに弱まり、力をたくわえた諸藩はおのおの思う方向へ動き出す。

そしてこの年四月二十三日、大老職に就任した井伊《いい》直弼《なおすけ》は六月十九日、日米修好通商条約の調印にふみきり、これに反対した攘夷論者たちの弾圧を開始した。世にいう安政の大獄である。

七月にはコロリ――今日でいうコレラが発生し、数かぎりない犠牲者が出た。このとき、世を去った将軍、徳川家定もまたその犠牲者だったという説もある。若くして隠居となっていた嘉兵衛の姉婿、利兵衛もこの病いで短い一生を終わったのだった。

誰《だれ》一人として将来の見通しをつけられる者はなかった。

この混乱の時期に田中善右衛門が、横浜開港の必然性を見きわめ、嘉兵衛をこの役に起用したのは卓見と言っていいだろう。

とにかく、いっさいの準備を終わった嘉兵衛は翌六年の四月、間口十五間《けん》、奥行二十間の店の建築にかかり、六月二日——開港の日に「肥前屋」という屋号で開店したのだった。

名義はともかく、実際には鍋島藩の直売店のようなものである。広い店内に品物は充満し、値段のほうは一割という利益を見ても、ほかの店よりはるかに安かった。外国人だけではなく、日本人の客も殺到して店はたいへんな繁昌《はんじょう》だった。

ところが江戸と横浜は、当時としてもほぼ一日の行程である。この開店の噂《うわさ》はたちまち江戸に伝わり、客にまじって多勢の債鬼が姿をあらわすようになってきた。

「いったいこっちの借金はどうしてくれるんだね」

「これだけの店を新築して、これだけの商品をならべているんだ。それだけの金があるなら、こっちの借金を払ってくれてもいいじゃねえか」

毎日このような催促がつづいて、嘉兵衛もすっかりまいってしまった。そういう客を何とかあしらいながら、新しい土地でなれない商品をあつかっているのである。彼がすっかり神経をいため、今日で言うならノイローゼというような状態に追いこまれたのも無理のないことだったろう。毎日不眠の状態がつづき、症状もしだいに悪化した。

その間に彼は妙なことに気がついた。

彼の店ではほとんど売りの一方だったからべつに何とも思わなかったが、外国人の商人は、商品を買うときはすべて銀貨で支払い、自分の商品を売るときはかならず小判を要求するというのである。

そういう話を耳にして、彼は小判の中の金分と銀貨に含まれる銀分の量を計算し、その値段を比較して思わずとび上がった。

前例のなかった開国問題の実務に忙殺されて、幕府の役人もそこまでは気がつかなかったのかもしれないが、この交換率にはたいへんな矛盾《むじゅん》がある。ごくかんたんに割り切れば小判を鋳潰《いつぶ》して金塊とし、それを時価で売り渡せば、公定換算率の三倍には売れるのだ。

利を見るにはさとい商人たちが、いつまでもこの秘密に気がつかないわけはない。現に小判の闇《やみ》相場のようなものがあり、その筋にわたりをつければ、公定相場の倍以上の銀貨が入るということも、すぐ彼の耳に伝わってきたのだった。

この機会を利用しない手はない。大量の小判を集め、闇取引で銀貨を手に入れ、公定相場で売り渡せば、その差額の利益だけでも借金はすぐ返済出来る。

病的に疲れきっていたそのときの嘉兵衛にはそれこそ天来の妙案のように思われた。そういう行為が国法にふれるなどということは、ぜんぜん思ってもみなかった。

彼はいろいろ手をつくして探索をつづけ、ついにこの闇取引の首謀者がキネフラというオランダ人であることをつきとめた。

逆の意味で、彼はすっかり驚いてしまった。

このキネフラは彼の店のお客の一人で、かなり高価なものだけを買い集め、彼も顔はよく知っていたのである。もちろん店ではこういう闇取引の話などおくびにも出さなかったが。

意を決して、彼はキネフラの商館を訪ねて行った。キネフラは長崎生まれで片言ながら日本語も話せる。それを幸い、彼は余人を遠ざけて密談に入った。

「これをお買いになりませんか？」

彼のとり出した一枚の小判を見て、キネフラの眼は、貪欲《どんよく》な色に光った。

「コガネイロノ　キレイナヒカリ　ウツクシイデスネ。コレ　イチマイダケデスカ」

「ご希望でしたらいくらでも」

「ホー」

キネフラはかるく口笛を吹いた。

「アナタ　ドウシテ　コバン　ソンナニアツメラレルノデス」

「お調べになればおわかりでしょうが、私は九州佐賀のお殿様、鍋島藩のお屋敷へ出入りいたしておりまして、たいへん信用されております。あの店にいたしましても、鍋島の伊万里焼の直売品だけあつかっていますから、あんなに安く売れるのです」

「ナベシマノオトノサマ　タイヘンカシコイオカタト　ワタシハ　キイテイマス」

「そういうわけで、私は鍋島様からいくらでもお金は借りられるのですよ。それを小判で貸していただき、利息をつけて銀でお返ししたならば、むこうもお喜びなさるでしょう。私も得《とく》、あなたも得としたならば、三方得じゃありませんか」

キネフラはしばらく沈黙した。

「アナタハ　シンヨーデキルヒトダト　ワタシハ　マエカラ　オモッテイマシタ。ナルホド　ナベシマケデハ　コンナトリヒキ　デキナイノデ　アナタニ　ダイリヤクヲサセルワケデスネ。トリヒキ　ショウチシマシタガ　コレハデキルダケ　ヒミツニシテクダサイ」

細かな換算率について相談を終わると、彼はすぐ駕籠を飛ばして江戸へかけつけた。そして鍋島藩江戸屋敷勘定方の志波《しわ》左伝太《さでんた》のところを訪ね、事情を打ちあけて、江戸屋敷の小判を放出してくれないかとたのみこんだ。

たしかに鍋島家としても損になる話ではない。ただ、藩として公然と闇取引に参加したとなっては家名にも傷がつく、けっしてこちらに迷惑はかけてくれるなよ——と念をおしたうえで、左伝太は彼の願いを聞きうけた。

鍋島藩にしてみれば、先代嘉兵衛の武士もおよばぬ覚悟と働きも知っている。安政大地震のおりの彼の献身的な仕事のやり方も感心している。それならばこそ——と言いたいような援助だった。

こうして彼の新たな活躍がはじまった。そのほかにも各所に手をまわして集めた小判を彼はキネフラに渡して、銀にかえ、その差額から発生する利益で前の負債を返しはじめた。

いまで言うなら「外国為替《かわせ》管理法違反」の罪を犯した——と断定されるだろう。しかしこの「金《きん》売り銀買い」は、当時眼先のきいた商人なら誰でもやっていることだった。彼にしたところで、罪を犯しているという意識はほとんどなかったのである。……

そのうちに彼はデーセンというアメリカ人や、江戸の両替屋の玉井幸太郎《たまいこうたろう》、漆器商の山口屋藤兵衛《やまぐちやとうべえ》というような人々とも懇意になった。この闇取引の仲間たちである。

この秘密取引は足かけ二年——満一年二か月ほど続き、その間に彼はいままでの借金を全部完済した。石を背負って泳ぐ苦労もなくなった。

さあ、これからは自由に天空を羽《は》ばたけるかと、彼がひそかに会心の微笑をもらしたとき、皮肉な運命はとたんに彼を九地の底、この世の地獄へつき落としたのである。

……

その年の十月二十日の夕方、江戸へ帰っていた彼のところへ、山口屋の手代幸助《こうすけ》が顔色を変えてとびこんできた。

「えらい……どえらいことになりました。旦那……旦那はおたくですか」

事情はわからないが、歯の根もあわないような話し方はただごととは思えない。奥座敷へ通して話を聞いた嘉兵衛もさすがに愕然《がくぜん》としてしまった。

玉井幸太郎親子と手代三人が、この朝、召し捕られ、小判密売の件を残らず自白したというのである。まだ嘉兵衛の名前は出てはいないようだが、一同の自白によって山口屋のほうにも捕吏の手がのびた。おそらく、嘉兵衛の召し捕りも時間の問題に違いない。どうなさいと指図は出来ないがしかるべく善処なさるように——とささやくと、幸助は出されたお茶にも手をつけず、そのまま店へかけもどった。

——これはまたえらいことになったな。

嘉兵衛もさすがに溜息《ためいき》をついた。最小限でも数か月の入牢《にゅうろう》は覚悟しなければなるまいと彼はそのとき直感した。そうなれば、いろいろと整理しておかなければならないこともあるが、とりあえず江戸を離れ、安全な場所に身をひそめて後の成り行きを見さだめるのが賢明だと、彼はその場で決心した。

幸い、箱根湯本《ゆもと》の福住屋《ふくずみ》とは横浜へ越してからの知り合いで、一度遊びに来てくれ——ともいわれている。妻にだけそのことを打ち明けると、彼はすぐに旅装を整えて夜のうちに江戸を出立《しゅったつ》した。

四年の山中生活で鍛えあげた脚はまだなまってはいなかった。一日二十里を歩くこともどうやら出来たのだった。横浜の店へも立ちよらず、夜から昼にかけて二十四時間歩きつづけ、翌日の夕方福住屋へ着いた彼はさすがに疲れを感じて、そのまま泥のように眠りつづけた。

その晩、彼はふしぎな夢を見た。

コロリで死んだ彼の姉婿、利兵衛が襖《ふすま》を開けて、部屋へ入って来たのである。

「いままでは　生くべきときに　生きたれど
　死ぬべきときに　死にに行くなり」

利兵衛の幽霊は、こういう歌を口ずさみ、音もなく姿を消してしまった。

彼はとたんに眼をさました。箱根の麓《ふもと》であたりはまだうす暗いが、夜が明けていることは一眼でわかった。

「寝入りばなの夢は逆夢《さかゆめ》、朝起きがけの夢は正夢《まさゆめ》ということだな」

彼は思わずひとりごとをもらした。

三十前に万両分限《ぶげん》になるが、そのかわり人災で命を落とすことになるだろう。——いままでは忙しさのあまり、忘れて思い出すこともなかった三枝の予言が、戦慄《せんりつ》に似た感情をともなって心によみがえってきた。

「いままでは　生くべきときに　生きたれど
　死ぬべきときに　死にに行くなり
　仏が迎えにやって来たのか」

この夢が正夢としたならば、こういう判断も出来るだろう。彼のひとりごとは自然につづいた。

とにかく、事件の進行を見さだめ、後はまた後の思案とするしかない。彼は何本か手紙を書いた。それも直接、自分の店や当人へあてたものではなく、近くの知り合いにあてて、様子を知らせてくれるようにたのんだのだった。

この宿には、ここである人と待ちあわせる約束があるから、数日滞在するということにしてある。朝食を終わり、手紙を早飛脚に託すると嘉兵衛は伊豆山《いずやま》神社へ参詣《さんけい》に出かけた。

神社でひいたおみくじも凶と出た。

その晩、宿へ帰ると、彼は鳥籠《とりかご》を作る竹ひごを切って急造の筮竹《ぜいちく》を作り、自分の運命を占ってみた。

䷗『地雷復《ちらいふく》』、上六——

復《かえ》るに迷う。凶。災青《さいせい》有り。用いて師を行《や》れば終《つい》に大敗有り、其《そ》の国君《こっくん》を以《もっ》て凶。十年に至るも征すること克《あた》わず。

たしかにそのとおりだ——と彼は爻辞《こうじ》の文章を思い出してうなずいた。

莫大《ばくだい》な借金を一日も早く返済しようとして焦《あせ》りすぎたための大敗だった。この失敗をとり返すためには十年かかるだろう。

しかし、その上爻変《じょうこうへん》は䷚『山雷頤《さんらいい》』となる。爻辞《こうじ》は「由《よ》りて頤《やしな》う。厲《あや》うけれども吉、大川《たいせん》を渉《わた》るに利《よろ》し」となってくる。たいへんな危難には遭遇《そうぐう》するが、命に別状はないと解釈出来る。いや、後日の成功も望めると、そういう含みさえないではない。

まあ、牢内で何年か辛抱すれば、もう一度世に出られるかな。

それがそのときの嘉兵衛には唯一の希望の燭《ともしび》だった。——

手紙の返事は続々とかえって来た。

キネフラ、デーセンの二人は、この闇取引が発覚したことを知って、すぐ横浜を去ったらしい。行く先ははっきりしないが、いちばん早い便船で日本を離れたのだろう。そうなれば、もう日本の役人はどうにも追及は出来なくなる。この外人二人にいっさいの責任をかぶせ、日本人の仲間の罪は自分一人で背負って行こうと彼は決心した。

三日、この宿で状況を見まもると、彼は江戸へ帰ることを決意した。途中、大磯《おおいそ》で一泊し、駕籠を神奈川台でのりかえ、南品川の村田屋伝右衛門《むらたやでんえもん》の家へ入った。妻の実家で、伝右衛門はその弟にあたるのだが、さすがに困りはてたような感じだった。話を聞くと、横浜の店にも官憲の手が入り、この家にも毎日のように岡《おか》っぴきがやって来るというのである。

長居は無用と悟った彼は、ここから船にのりかえ、築地《つきじ》へ上陸し、知り合いの家で大小と羽織袴《はかま》、それに宗十郎頭巾《そうじゅうろうずきん》を借りて、侍《さむらい》姿に変装した。当時の江戸は一町ごとに木戸があり、夜十時を過ぎれば閉鎖され、潜《くぐ》り門から出入りすることになっていたが、その場に詰めている町役人も、武士姿の者には詮議《せんぎ》をしないのが慣例だった。そういう盲点を彼はたくみに利用したのである。

家へ入るにも裏口から——母と妻とに、彼は最後の別れを告げ、その足で赤坂溜池《あかさかためいけ》の鍋島藩江戸屋敷、志波左伝太の長屋を訪ね、しばらくここに身をかくした。

その後数日、彼はいろいろと情報を集めて事態を検討した。キネフラはインドに向かい、デーセンはアメリカへ帰ったということもわかった。あとの関係者五人は、吟味中入牢という処分を受けているという。彼の最後の腹はきまった。自首して、ほかの五人を救おうという方針におちついたのである。

鍋島家でも関係者たちが、ひそかに別離の宴を開いた。そしてその席で井上善兵衛はこう言って、彼の覚悟をたしかめた。

「その後、当家からも手をまわして、内々取り調べの模様を聞きこんでおるのだが、おかみでは当屋敷にも共犯者がいるとにらんでいるようだ。そのほうとしても、自首して出る以上はそれなりの覚悟もあるだろうが、万一拷問《ごうもん》などにあって、言うべからざることまで口走るようなことがあっては、殿のご迷惑にならないともかぎらない。われらとしても、そのことについては心をいためておるのだが、その件に関してそのほうの心がまえを聞かせてくれまいか。そのほうが申したてる内容がわかれば、われらとしても事前にそれなりの準備をいたし、殿に累《るい》の及ばぬような方策を講じておくつもりだが」

「そのご心配には及びません」

嘉兵衛はきっぱり言い切った。

「志波様はじめご家中《かちゅう》のお方には、このことに関係のあるお方は一人もございません。私はただ商人として利をはかろうと思い、道をあやまっただけでございます。この罪は私一人があがなえばすむこと、どのような拷問を受けましょうと、事実でもないことは口外できません。ご恩をうけた殿様にご迷惑をおかけするなどは思いもよらないことでございます。お心安うおねがい申します」

座に居あわせた人々は、顔を見あわせて溜息《ためいき》をついた。

「そのほうの父、先代嘉兵衛のことが思い出されるのう。殿様もそのほうのいまの言葉をお聞きになったら、この父にしてこの子あり——と、さだめて感心なさるであろう。このうえはくれぐれも体に気をつけて、ふたたび対面する日まで、せいぜい達者でいてくれよ」


嘉兵衛はそれから、呉服橋《ごふくばし》の北町奉行所へ自首して出た。

いったんは、留置場にあたる仮牢に入れられ、数日後にすでに捕えられている五人の関係者といっしょに白洲《しらす》にひき出された。

五人とも、なれない獄舎の生活にすっかり疲れきったような顔で、生色もほとんどないくらいにやつれはてていた。

出来上がっていた口書《くちがき》が読みあげられたが、ほとんど事実そのもので否定するような余地はなかった。ただ、鍋島家や志波左伝太の名前など、どこにも出ていないのが救いだったといえるだろう。

「まことに恐れ入りました。この小判の売りさばきは、私一人が考え出し、実行したものでございます。ほかのお方は深く事情を知らず、ただ私の依頼によって小判を集めてくれましただけのこと、日本人同士が小判をやりとりすることは何の法にもふれますまい。罪は私一人にございますゆえ、ほかのお方は本日をもってお許しくださいませんか」

吟味与力《よりき》の高橋吉右衛門《たかはしきちえもん》、秋山久蔵《あきやまきゅうぞう》の二人は顔を見あわせた。彼らとしても、このような事件で罪人を多く出したくはなかった。ある程度、恰好《かっこう》がつけばそれでいいと内心思っていたことだから、嘉兵衛のいさぎよい発言は渡りに舟のようなものだった。五人の者は御吟味中宿預け——ということになり、即日出牢を許可されたのである。

その翌日から、嘉兵衛に対するきびしい調べがはじまった。

「私が小判を買い集めましたのは、ほかに理由がございます。最近小判の相場がしだいに上がってまいりましたから、いまのうちに買い入れておき、後日の利益を求めましたが、これは商人としてとうぜんの道をふんだだけでございます。ところが一年ほど前に、横浜の店へ二人の異人がやってまいりました。集めておきました小判を見て、ゆずってくれと申します。小判を異人に渡すのは違法だと、説明はいたしましたが、何といっても言葉もろくに通じません。手まねそぶりではなかなか意思も疎通せず、困っておりましたところへ、彼らの仲間が多勢とびこんでまいりまして、有無を言わせず小判を袋ごと持ち去ってしまいました。私もあわてて跡を追いましたが、この二人は居留地に住むデーセン、キネフラとわかりました。二人は小判のかわりに洋銀を袋に入れて渡してくれましたが、その割合は小判一枚について洋銀三枚という比率になっておりました。やむを得ず洋銀の袋を店まで持ち帰り、おかみに訴え出ようかと思いましたが、この洋銀は不浄の金として没収される恐れがある。そうなれば、私としても財産の大半を失うことになる——と考えましたら容易に決心もつきません。つい躊躇《ちゅうちょ》しておりましたが、二人の異人は図にのりまして、何度か同じようなことをくりかえします。自分たちには日本の法はおよばないが、お前は一度やった以上、罪は同じことだぞ——とおどかされまして、やむを得ず仲間にたのんで小判を集め、それを彼らに渡しておりました。ところが玉井さん、山口屋さんにこの件でお手入れがあったと聞きまして、すっかりあわててしまい、上方《かみがた》へでも逃げ出そうと思い、箱根までまいりましたが、自分の罪を他人に着せて逃げ出すのは人の道に反すると思いなおし、自首して出た次第でございます。

このうえは、デーセン、キネフラ、二人をお調べねがえれば、私の申し上げましたことがほんとうだということは、かならず判明いたしましょう。ぜひそうしていただきとうございます。そのうえで、私の罪を問われるならば、おさばきには何の異存もございません」

嘉兵衛の答弁は終始こういう調子だった。

二人の与力もこれにはすっかり手を焼いてしまった。作り話ということはわかるが、話としてはいちおう筋も通っていて、完全に否定するわけにはいかない。異人二人を取り調べるといったところで、相手は日本にいないのだし、もどって来るとも思えない。

やむを得ず、二人の異人が日本へ再来するまで入牢という政治的判決を下したのである。

このようにして、足かけ六年にわたる嘉兵衛の囚獄《しゅうごく》生活がはじまった。

ときに万延《まんえん》元年（一八六〇年）冬——嘉兵衛は二十九歳だった。

第四章　獄舎の試練

牢獄《ろうごく》生活といっても、嘉兵衛にはある程度自信があった。

四年の山の生活の経験があったからだった。

酷寒の中の重労働、人間の食物とは思えぬほどの粗食、それを長期に続けて来たこと
だから、牢屋の生活にしたところで何とでもがまん出来るだろうと思っていたのである。

しかし、その予想は完全に裏切られた。小さな出入り口から這《は》うようにして、牢内に
おしこまれると同時に、鬼のような声がした。

「手前はどこの何者だ。何をして入って来やがった」

眼前に髭《ひげ》むくじゃらの大男が板を手にして立っている。

「京橋三十間堀の遠州屋嘉兵衛と申す材木商で、小判を異人に売り渡した罪で入牢を命
じられました」

「欲に眼がくれておかみのおきてを破ったというのか。おい、ここは地獄の三丁目で四

丁目のねえところだ。命のつるは何十何百持って来た」

「百両持ってまいりました」

「百両……」

相手の声の調子はかわった。入獄のときに金を身につけてはいけない——というのは表むきのことにすぎない。金額はともかく、ある程度の金を下帯なり腹巻につけておいても、役人のほうは何ともいわない。それを同囚の牢名主《ろうなぬし》その他に手土産《てみやげ》としてさし出さなければ、半殺しにされてもしかたがないというのは当時の常識だった。

「百両……そいつあ豪気だ。これへ」

「はい」

どうにかかくして持って来た小判の包みをさし出すと、

「いたわってやれ」

奥のほうからどすのきいただみ声が聞こえてきた。同時にきめ板がかるく肩にふれたのは、いたわってもらった証拠だろう。手ぶらで入って来た新入りが、この板で足腰も立たなくなるくらいぶちのめされた光景は、この後で数えていられないくらい目撃したのだから。

地獄の沙汰《さた》も金次第——その格言はたしかにこの地獄にはあてはまった。最初から彼は畳一枚を与えられたが、これは新入りに対しては破格の待遇なのだった。

牢の大きさは約三十坪、そこで定数約百人の囚人が起居するのである。牢名主は十枚の畳を積み重ね、一人でその上にあぐらをかき、ほかに副名主とか隅《すみ》の隠居とか十二人の役付が、格によってきまった数枚の畳の上に坐るのだ。

ほかの人間は一畳八人というおきてなのである。肩をよせ体をすくめ、棒のようになっていなければどうにもならない。

着物のほうも仕送りがなければ、寒中でも単衣《ひとえ》一枚しか支給されない。その意味ではこうして体を寄せあっていなければ、寒中には凍死してしまうかもしれなかった。

食事もひどいものだった。百人に対して七十人分のもっそう飯、最初から三十人分は役人の役得として頭をはねられ出入り商人に払い下げられる。残りの三十人分は役付その他、重罪人三十人で分配される。極悪人ほどはばをきかしていばっておられる世界なのだ。残り四十人分がふつうの囚人七十人に分け与えられるわけなのだ。

なるほど、これは文字どおりの地獄だな。……

嘉兵衛もさすがに戦慄《せんりつ》した。自分は百両の御利益《ごりやく》で、最初から一人前の食事にありつけたが、これが六割ぐらいに減量されてはとうてい長くもつわけがない。

その翌日の朝早く、一人の男がうめき出した。見まわりの牢番も、

「うるさいぞ。静かにしろ！」

とどなるだけで、べつに手当てもしてくれはしない。

「寝かせて……寝かせてくれないか……このままでは、おれは死んでしまう……」

とはいっても、畳一枚八人というせまい空間なのである。前後左右によろめき体をぶつけるのだが、はたの者も迷惑そうにつきとばすだけ、横になりたくてもなれないのだ。

「そろそろあの世へ送ろうか」

「そうだな。生きて人に迷惑をかけるより、このへんで仏になるほうが本人としても嬉《うれ》しかろう」

役付の二人が話しあっているのを嘉兵衛ははっきり耳にしたのだった。

処刑はその直後に行なわれた。

何の病気かわからないが、牢の中央、畳をはねあげた板の間にひきずり出された男の顔は茶色に変わってしまっている。唇《くちびる》は黒く、眼はくぼみ頰《ほお》はおち、この世の人とも思えなかった。もう周囲のささえがなくなったせいか手を離された瞬間、ばったり横に倒れて、はあはあ肩であえいでいる。

「徳《とく》！」

「へえ」

牢名主に呼ばれて立ち上がった役付の一人がほかの二人の囚人に相手の手足をおさえつけさせ、自分は手にした濡《ぬ》れ手拭《てぬぐい》でその鼻と口をおおった。

「や！」

その後は、足で水落《みぞおち》を蹴《け》とばすのだ。一撃、二撃、声にならない叫びをあげ、ぴくぴく手足を痙攣《けいれん》させて、この男はそのまま息をひきとってしまった。

「すんだか？」

「へえ」

大きくうなずいた牢名主は、格子《こうし》の外を見まわっている牢役人に呼びかけた。

「お役人！」

「なんだ？」

「上州《じょうしゅう》無宿、入墨者八蔵《いれずみものはちぞう》、ただいま心臓の病いにて息をひきとりましてございます」

「死体を外へはこび出せ」

「へえ……」

はこび出された死体は、そのままむしろをかぶせられ、牢外の土間に放置された。

「あれでいいのか……」

嘉兵衛は思わずつぶやいたが、そのとき隣りの畳に坐っていた世話役の一人が、

「しかたがないのだ。牢内の死者は一日につき四人にかぎるというおきてだ。まあ今晩までにはこの二番牢なりほかの牢で三人ぐらいの死人は出よう。それをまとめて明日の朝、運び出すことになっているのだよ」

と教えてくれた。

「一日、牢全体で四人……でも日によってはそれより多くなることも少なくなることもありませんか」

「そこはよくしたもので……ふしぎに各牢毎日一人ずつ死者が出る。その割りで行くと、世話役以外の七十人は、ふた月ちょっとで死にたえるわけだが、毎日それと同じぐらいの新入りが入って来るから、結局同じことだな」

「それで、無事出牢する人間はいるのですか」

「この伝馬町《てんまちょう》の牢では、ふつうの人間なら不可能だろうな。ほかの牢屋へ移されれば、まだしも一縷《る》の望みはあるが」

嘉兵衛もさすがに戦慄した。自分に対する判決は、キネフラ、デーセン、二人の外国人が日本へ帰って来て事情が明らかになるまで入牢ということになっている。もちろん死罪という判決は下しきれまいし、うるさくなった役人が、こうして自然死をまねく状態に追いこんで事を解決しようとしているのかと思うと、どうしてもふるえがとまらなかった。

「それであなたは何をして、ここへ入って来たのです？」

牢内をずっと見まわしても、とうぜんのことながら、悪相凶相貧相孤相、人間とは思えないような顔が多いのだ。その中でもこの隣りの男だけは、まだしも人間らしい顔をしている。いや、もしもここからすぐに娑婆《しゃば》へ出しても牢帰りとは思われないような人相なのだ。声もやわらかできれいだし、いちおう世間でも人なみ以上の生活はしてきたのだろう――と思って、嘉兵衛はたずねてみた。

「私ですか。横浜無宿の勝郎《かつろう》――と言いますが、実はれっきとした侍《さむらい》の息子ですよ。あなたは小判を外国人に売った罪だと言いましたね。私のほうも国禁をおかして朱を売った。まあ似たようなものですな」

当時、朱は朱座という役所の一手販売ときめられ、外国人に売り渡すことは厳禁されていた。つまらない話には違いないが、なるほど国禁をおかしたことだけは間違いない。

「まあ、私の身上話はそのうちに申しあげることもありましょうが、ここにおられる間は体にはお気をおつけなさい。と言っても、運を天にまかせる以外に道はありませんが、いま死んだ男のように牢死病にかかるのがこわいのです」

「牢死病？」

「そうです。娑婆ではかかる人もありますまいが、ここではふつうの病気ですよ。まあ、入牢してから十日もすれば、誰でもいちおうかかるでしょう。ただ、軽いか重いか、程度の違いはありますし、私も軽くて助かったのですが、それもこうして畳をいただいて夜は横になって寝られたせいでしょう。ああいうような状態では助からなかったでしょうね」

さすがに相手も声をひそめ、嘉兵衛の耳にささやいた。私刑を眼にしたあとの興奮もおさまって、落ち着きをとりもどしたらしく言葉もていねいだった。

「コロリのような病気でしょうか。顔色を見たときはそう思いましたが」

「いや、コロリのような流行病だったら、一度に全部まいるでしょう。少なくともこのご牢内では一人として生きのびられるわけはありますまい。私は医者ではありませんから、病気の症状についてくわしいことはわかりませんが、コロリとはちょっと違うようです。顔色が茶色になり、唇《くちびる》が黒くなることは同じですが、そのまま治ることもあるのです。まあ、かかって十日が勝負でしょうか」

「無事に十日すぎますと、もとの体にかえるのですか」

「いや、その後がたいへんです。熱が下がり、命をとりとめても、それから全身に疥癬《かいせん》のようなものが出てきます。肌《はだ》ばかりか血肉まで食いあらすような勢いでひろがって、かゆくてどうにもなりません。かゆいというより痛くって、身もだえする状態がまず二十日、それをすぎれば、どうにか私のように命拾いはするわけですね」

「一月の辛抱なのですね」

「そう、一月――もっとも自分で経験しなければ、その苦しみはわかりますまいが」

食事がはこばれてきたので、二人の話は中断した。

牢死病――

このぶきみな病気の名前を聞き、眼の前でその犠牲《ぎせい》者の最期を見とどけたためか、嘉兵衛はその夜一睡も出来なかった。

安政の大獄で捕えられた国事犯などの中には、ひと月もたたないうちに獄死して、一服毒をもられたのではないかと噂《うわさ》された例もある。しかし、牢がこういう状態なら、この牢死病で死んでも何のふしぎもない。

これが幕府のやり方なのか――

そう考えて、嘉兵衛はこみあげて来る怒りをどうすることも出来なかった。

死罪にあたる罪人を多くして処刑を続ければ、政道が間違っていると非難される。だからこうして軽罪者を多くし、自滅の道へ追いこんで、非難を避けようとしているのだ。

外国人が日本へ無数に出入りするようになってきては、こういう姑息《こそく》な政治も長く続くまいと、彼はそのとき直感した。

まだ牢内の生活になれたというまではいかないのだが、嘉兵衛は牢名主の前で身上話をさせられた。

二日目——

長い牢屋の生活で退屈しきっているのだろう。名主をはじめ役付の者は、流れるような彼の話術と、最近の世情の変遷に耳を傾け、

「まるで講釈を聞いているようだな。なるほど、異人がやって来てから、世の中はそういうことになったのか」

と眼をみはった。

「ところで、お前は人相手相をよく見るということだったな。どうだ。ひとつこの役付十二人の中で近々お仕置《しおき》になりそうな男がいるが、それをあてられるかな？」

興に乗ったように名主はこんなことを言い出した。この男は金時権太《きんときごんた》と異名をとった江戸の博奕打《ばくちう》ちで喧嘩《けんか》のあげく人を殺して間もなく八丈島《はちじょうじま》へ流罪《るざい》——ということは、入牢のとき牢役人に教えてもらったが、そのほかの人物については嘉兵衛にも何の知識もない。

しかたがないので嘉兵衛は一同の顔を見まわした。中に一人、眼のまわりが緑色に近い青色に変わっている男がいた。元気そうに見えるが何となく影がうすい。声も魂がぬけたように空《うつ》ろな感じだった。近く死罪になるなら、この男しかない——と嘉兵衛は直感した。

「申しあげてもかまいませんか」

「かまわない。本人は覚悟しているだろう。おれがお役人からそれとなく聞いた話では、二、三日中にお仕置とのことで、その日の晴れ着もとどいている」

名主の言葉にその男はぴくりと身をふるわせた。明らかに罪を自覚している感じだ。

「失礼ですが、名主様から数えて右に三番目の若いお方かとお見受けします」

名主は残忍な笑いを浮かべた。

「よくあてたな。この富蔵《とみぞう》は主家に火をつけ、どさくさにまぎれて百両の金を盗んで田舎《いなか》へ逐電《ちくてん》し、江戸へ送られて来た男だ。まあ惚《ほ》れた女からこうして最期の晴れ着も送ってきたことだから、この世に未練もあるまいが」

「覚悟はきめておりますが、あと何日の寿命でしょう」

陰々滅々《いんいんめつめつ》、泣いているような声だった。

「一から八までの数字を二つ、一から六までの数字を一つ、思うままに言っていただけばおよそのことはわかりましょう」

「一……二……六」

䷪『沢天夬《たくてんかい》』——という卦《け》の上爻変《じょうこうへん》なのだ。

号《よば》う无《な》し、終《つい》に凶有り——という爻辞《こうじ》だったと嘉兵衛は『易経』の文句を思い出した。泣いてもわめいても、もう運命は変えられない。その上爻は人体にたとえれば、首から上の部分にあたる。斬首《ざんしゅ》刑はさけられないはずなのだ。

「おそくて六日——そのうちには」

そのとき、一人の牢役人がやって来て、格子ごしに何か小声で言いわたした。それを聞いた一人はまた小声で名主に話を伝えた。

「なるほどな……富蔵、明日のお言い渡しだそうだが、これがわれわれの餞別《せんべつ》だ」

紙《こ》よりで作った数珠《じゅず》を渡して、名主は言った。

「まあ、市内ひきまわしのうえで打ち首獄門、お言い渡しはわかっている。まあ、明日は男らしく笑ってお刀をちょうだいしろ」

「はい……長いあいだお世話になりまして、お礼の言葉もございません。お前さん、よくあてなすったな」

執念《しゅうねん》のこもったような眼でにらまれて、嘉兵衛もぞっとしてしまった。

「どうだ。おれは半年入牢のうえ島送りと最初から刑はきまっている。首を斬《き》られる心配はないが、いったい生きて江戸に帰って来られるかな?」

名主は調子にのったように聞いた。

「お手を拝見」

「うむ」

さし出された手の地紋——生命線を調べて嘉兵衛は眼をみはった。この線が親指の付け根にあたる丘をまわって掌の外側にまで伸びているのは、明らかに八十以上の長命を保証する相なのだ。

「八十以上の長寿ですな。まあ、それまでにはお代がわりもありましょう。そのときの恩典で江戸へお帰りになれると私は鑑定いたします。何年先になりますか、そこまでくわしいことはわかりませんが」

「お前は占い師になっても食えそうだな」

名主も嬉《うれ》しそうだった。一方で刑死の運命が言いあてられ、その直後に自分の長寿が予言されたのだ。上機嫌《じようきげん》になったのも無理はない。そして牢屋で名主に気にいられるかどうかは、たちまち生死の境目となる。

「ほうびにこれをやろう。なんでも前に、ここに入っていた水戸の浪人、勤王派の侍が残しておいた占いの本だということだが」

手渡された『易経』上下二巻を見て嘉兵衛も眼をみはった。もちろん四書五経の中の一冊だし、子供のころにさんざん素読させられたから、そのたいていの文章はいまでもそらんじることが出来る。だが長じてからは商売のほうが忙しく、めったに本を手にすることもなかったので記憶もだいぶあいまいになっていた。いつ終わるのかも見当がつかないこの獄中生活の間に、この本を熟読することもまた一つの生き方に違いなかった。

それからひと月ちょっとの間に、彼は何度ともなく、漢文二万字にあまるこの本二冊をくりかえし熟読した。

もともと素読の素養もあることだけに理解は早い。文章の意味も今となってはよくわかったし、一字残らず暗誦《あんしょう》出来た。

何々という六十四の卦の何爻変——といわれただけで、文章がぱっと頭にひらめくようなところまで勉学が進んだのだった。

あとは実占そのものだが、それには易の道具が要《い》る。陰陽をあらわす算木のほうは、なくても頭に思い浮かべられるが、五十本の筮竹《ぜいちく》のほうはそうもいかない。

死罪者へのはなむけとして名主がおくった紙よりの数珠が思いがけない暗示となった。

彼は根気よく紙よりを作り、それを集めて筮竹を作った。そしてそれで同囚の人間の過去と未来を占いはじめた。

あたる……こわいぐらいにあたるのだ。

ある意味では――文字どおり心頭を滅却すれば、獄舎生活ぐらい精神を集中出来るところはないと言えるかもしれない。その集中心が天成の予知能力に磨《みが》きをかけ、直感力に裏づけとなる統一的な学問を与えたとも言えるだろう。後日、易聖とまで言われた彼の占い師的な能力はこうして完成されていったのだ。

心配していた牢死病にしても、彼の場合は非常にかるくすんだ。

といっても、十日間高熱は続いたが、あの百両のおかげで牢医者の手当てもうけられ、薬ももらえた。後で起こった疥癬《かいせん》にしてもねり薬を塗ってどうにか治療出来たのだ。

地獄の沙汰《さた》も金次第――という言葉も今は実感となって身にしみた。

そしてこの聖典『易経』は、周《しゅう》の文王《ぶんのう》が獄中でまとめあげたものを後に孔子《こうし》が体系的に編纂《へんさん》しなおしたものといわれている。小さく言えば一人一家のなすべきこと、大きく言えば一国の行動を律して行く哲学とも言える。

易は王道そのものなり。天地の大徳そのものなり――彼は何度となくくりかえした。

そしてふたたび世に出ることがあったら、この教えをもって身を立て世を救おうとひそかに心に誓ったのだった。

この伝馬町の大牢で、半年の獄舎生活を続けた彼は翌年、文久二年の三月に浅草溜《たまり》の牢屋に移され、二番牢の副名主となった。

この牢は、伝馬町の牢よりは少し大きく、各牢百二十人が定員だったが、その中で重要犯人は七十人に達していた。いずれは死罪に処せられる運命の下にあったのである。

ある日、そのうちの主だった者四人が、嘉兵衛の座に近づき声をひそめて言い出した。

「親方、親方を男とたのんでお願いがありやす。誰《だれ》にも口外してくださいますな。お聞きとどけいただければ、孫子の代までご恩は忘れませんが……」

孫子の代まで——という言葉がなんとなくふしぎだった。四人ともに女房という女もなく、獄中に死を待つ身の上なのだから。

しかし四人の思いつめたような眼を見ては笑いたくても笑えなかった。怒らせては何をやり出すかわからない獣のような連中なのだし、かるくつっ放すことさえ危険なのだ。

「何のおたのみか知れないが、われわれはこうして親類縁者ともはなれ、同じ牢屋で同じかまの飯を食いつづけてきた仲だ。いまではそれこそ親類同様、死水をとりあわなければならない関係ではないか。そういう仲のあなたがたが、この私を男と見こんでのおたのみとあれば、他人に口外することなどとうてい思いもよらない。どういうお話かうかがおう」

一分《ぶ》の隙《すき》も見せないように心がまえて嘉兵衛は答えた。

「お聞きとどけいただいてありがとうござんす。お願いというのはほかでもありません。わっしたちは所詮《しょせん》生きて娑婆《しゃば》へはもどれぬ身——と申して、まだ世の中には未練も残って割り切れません。このうえは破牢して自由の身になるほかはないと思いつめ、四人で相談いたしましたが、なかなか妙案が浮かびません。そこで思いついたのが親方のこと、親方は占いの道では神様のようなお力を持っておられることはわれわれもよく知っております。どうか占いで、うまく破牢できる方法をお見つけください。そしてわれわれを指図なさってここから逃げ出させてください——と、これこのとおり手をついておねがいいたします」

「なに、破牢の相談というのか」

彼もこのときはさすがにちぢみ上がった。後日の述懐にも「さながら雷にうたれたるごとく、眼もくらみ我を忘れて、心もここにあらざる思い」とあるのだが、実際にはその程度のものではなかったろう。

だいいちこういう問題は、占うまでもなく常識を働かせただけでわかることなのだ。かりにこの二番牢は突破出来ても、四つの牢を包む外がこいの門は突破出来るわけがない。そしてその外側には、常時多くの牢役人が鉄砲までそなえて警戒を続けている。かりにそのそなえは破れたとしても、それから高い塀《へい》をのり越え、市中まで逃げ出すことなどとうてい無理なことなのだ。

ところが、その無理を承知のうえで、百万に一つの賭《か》けにふみきろうとするのが、土壇場へ追いつめられた人間の唯一の希望なのだろう。こういう心境にある相手に、常識的な理屈を説いて聞かせても納得《なっとく》してくれるわけはない。といっても、自分がこの破獄の計画に同調すれば、斬罪は火を見るよりも明らかなのだ。だが真っ向からこの計画に反対しては、この場で襲いかかられて絞め殺されないともかぎらない。彼としても答える言葉を知らなかった。

「さあ、ご返事はいかがなもので……われわれもここまで秘密を打ち明けた以上は、このままにはすまされませんぜ」

はっきりとした脅迫だった。嘉兵衛の背からは冷たい脂汗《あぶらあせ》が流れ出してとまらなかった。文字どおり九死の窮地だった。

「待て、念のために一占立ててみよう」

占いにたよるというよりも、いくらかでも時をかせごうとして、彼は紙よりで作った手製の筮竹をとりあげた。

一生を通じて、彼の占いは略筮《りゃくぜい》と呼ばれる三変筮《さんぺんぜい》である。全心身を統一する時間を出来るだけ短縮するための占いだが、このとき彼は中筮《ちゅうぜい》と呼ばれる六変筮を用いた。略筮ならば、三度筮竹を割ればすむ。この中筮では六度続けて筮竹を割らねばならず、時間も倍以上かかるのだが、この場合いくらかでも時間をかせぐにはこっちのほうがよかったのだ。

䷉『天沢履《てんたくり》』の䷯『水風井《すいふうぜい》』に之《ゆ》く——

ふしぎな啓示があらわれた。

『天沢履』というのは、「虎《とら》の尾を履《ふ》む。人を咥《くら》わず。亨《とお》る」と本文にもあるように、虎の尾をふむぐらいの危険をおかしながら、食いつかれることもなく、無事に危地から脱出出来るという意味である。

それが変わって『水風井』——井戸をあらわす卦になるのだ。

たいへんな危険をおかすといっても、それは破獄の冒険をおかしても——ということではないだろう。眼の前のこの暴徒たちの脅迫から逃れることだろうと、そこまでは一瞬に読みとれた。『水風井』の意味はすぐには理解出来なかった。しかし、それを深く考えている余裕はない。

「さあ、親方、占いは何と出ました？」

ねっちりとしたすごみな言葉が耳もとにひびいてきた。嘉兵衛は思いきって口を開いた。

「だめですな」

「だめとは？」

「この計画は所詮成功は望めませんな。実は私も伝馬町のご牢にいたときから、何度もその計画を樹《た》てたのです。しかし、いろいろ方法を考えても、いざ実行となってきますと手足がすくんで動こうとしても動けません。ついそのままになってしまいましたが……今度も同じことになる——と占いにはそう出ているのです。こういう弱気な臆病《おくびよう》者といっしょに事を起こしては縁起も悪いことでしょう。あなたがただけなら成功する計画でも、そうなれば失敗するとは思いませんか。まあ、せっかく打ち明けていただいたことですから、約束どおりこのことは誰にももらしますまい。事が起こったときにも妨害はしますまい。見ざる、聞かざる、言わざるの教えどおりにしますから、どうか私をぬきにして計画を樹てなさい」

こう言われて、四人はたちまち顔色を変えてしまった。眼にはっきりと殺気をみなぎらせ、嘉兵衛をにらみつけたのだ。

山の中で虎に出あったら、けっして眼をそらしてはいけない。たちまち食われてしまう。

古い教えを思い出し、嘉兵衛は瞬《また》きもしなかった。気合と気合の対決だった。

ぶきみなにらみあいはしばらく続いた。つめた息も限界に達したか——と思ったとき、相手の眼から殺気がしだいに消えて行った。

「だめだ。行こう」

こうつぶやいて、四人が眼の前から去ったとき、嘉兵衛は易の神秘を悟った。

それから数日は事もなかった。嘉兵衛は鋭く四人の行動を観察しつづけていたが、ある日四人の中の一人が、鰻《うなぎ》と酒とを差し入れしてくれとたのんでいるのを耳にした。

もちろん、そんな品物が正式に差し入れられるわけはない。ただ、その値段の四倍の金をつかませ、三倍のものを使い料として握らせれば、望む物はほとんど何でも手に入る。それは公然の秘密というべきことだった。

水風井、水風井——

嘉兵衛は何度もこの卦の名をくりかえした。

「三十前には万両分限《ぶげん》になれるが、そのかわり人災によって命を縮めることになる」

むかしの三枝の予言が思い起こされた。あのときは、生死の危地に直面したら出来るだけ高いところに逃げろとも言われていたのだが……まだその謎《なぞ》は解けなかった。

しばらくして注文の品物は運ばれて来た。

行水の湯を入れて運ぶにない桶《おけ》に熱湯を満たし、その中に徳利を入れて、自然にお燗《かん》が出来るように工夫をこらしている。鰻も竹の皮に包んで人目につかないように気をくばっている。さすがになれたものだった。

使い料をたんまりもらって、上機嫌になった牢番に四人はまた金をつかませて、月代《さかやき》をはさむ鋏《はさみ》を持って来てくれとたのんだ。「蟹《かに》」という陰語も嘉兵衛にはぶきみに響いた。刃物を差し入れさせようとしているからには、破獄の実行も近いと思わねばならない。彼の焦慮はいよいよ強まったが、こうなってはもうどうすることも出来なかった。

初め差し入れられた蟹——三寸の鋏は六寸のものにかえさせられた。牢番にしたところで規則をやぶり、袖《そで》の下をつかまされて禁制品を渡してやったという意識がある。秘密をばらすぞ——と脅迫されては、消極的な共犯をつとめずにはおられなかったろう。

四人はこの鋏を使って手製の武器を作りあげた。曲がり目のところからやすりで切断し、瓦《かわら》で磨いてこれをとがらせ、湯樽《ゆだる》をこわして柄《え》とし、麻糸をまいて短い手槍《てやり》のようなものを作った。ほかに、匕首《あいくち》に似た凶器と、各自一つずつの武器は曲がりなりにも出来あがった。

嘉兵衛も終始黙々とこのぶきみな作業をにらみつづけた。このぐらいの武器を持ったところで破獄の成功は思いもよらない。

水風井、水風井——

彼は必死にこの啓示の意味を考えつづけた。もともと井戸をあらわす卦なのだから、一面には水をくみあげるつるべとも解釈出来ないことはない。牢を破ってむしかえされるその動きがつるべの動きと似ているとでもいうのだろうか——そんなことではないはずだ。必死に思案を続けても、まだその謎は解けなかった。

ついに破獄のときがやって来た。文久二年八月十八日、午後十時ごろのことである。

新入りの囚人を入れるため、牢屋の戸は開いたのだが、四人はこの一瞬の隙《すき》に乗じて、牢へ入れられようとしていた新入りを突きとばし、次々に牢を脱出したのだった。

とりおさえようとした牢番三人は、たちまち手製の凶器で突き殺された。外がこいを開ける鍵《かぎ》も彼らの手に渡った。

「逃げろ！　逃げろ！」

四人はほかの囚人たちに呼びかけて、そのまま外がこいのほうへ向かった。付和雷同という言葉もあるが、ほかの重罪犯たちもその跡を追って牢から飛び出して行った。彼らにとっても天与の機会なのである。命の助かるせっかくの好機を逃すことはない――と誰しもそのときは思ったろう。あらかじめその計画を知っていたかどうかは別の問題だった。

だが、外がこいの扉《とびら》はかんたんに開かなかった。すべてこういう所の戸じまりは外からするのが原則だが、この三人の牢番が新入りを護送して、外がこいの中に入ったとたんに外にいた仲間が、戸に掛け金をかけていたのだ。

早鐘の音が聞こえはじめた。明らかに暴徒の発生を告げる非常呼集の合図である。

鐘――鐘――あれだ！　道成寺《どうじょうじ》！

この瞬間、暗い牢内で固唾《かたず》をのんでいた嘉兵衛は初めて啓示の秘密を解いた。

道成寺といえば、もちろん寺の名前だが、同時に能やそれを手本に再現された歌舞伎《かぶき》のほうでも有名なのだ。紀州《きしゅう》道成寺で鐘の供養があると聞き、女人禁制のおきてをおかして訪れて来た白拍子《しらびょうし》花子《はなこ》が、何段かの舞を舞いつづけているうちに鐘が地ひびきたてて大地に落ち、花子は落ちて来た鐘の中に呑《の》みこまれてしまうが、多勢の僧侶《そうりょ》が集まって来てこの鐘をひきあげたときには蛇体《じゃたい》に変じていたという。この寺に古くから伝わる安珍清姫《あんちんきよひめ》の伝説を根本にふんまえた芝居なのだ。

これから連想したのだろう。牢内の隠語では天井からぶらさげている大籠《おおかご》を道成寺と呼んでいるのだった。

牢内の湿気と、それによって起こるかびをいくらかでも防止するために、囚人の着物は身につけている獄衣をのぞいて、すべてこの中に入れておくのが原則だった。必要の場合は綱であげおろしするのだが、この上下の動きはそれこそ、井戸の水をくみあげるつるべの動きに似ているではないか。

この籠の中に一時身をひそめれば、おそらくこの直後に展開されるだろう地獄絵のような修羅場《しゅらば》からは無事に逃げのびられる。

絶対の九死の窮地に追いこまれてから数秒のうちに、初めて嘉兵衛は一筋のふしぎな活路を見出した。

こういう非常の場合だけに、牢屋の統制はどこにもない。名主にしても十枚の畳を重ねた名主畳をはなれて入口のあたりをうろちょろしている。牢内もわけがわからぬ大混乱、ふだんの位置にとどまっているのは、副名主の座にある自分がいるだけだった……

この混乱の渦《うず》の中で、嘉兵衛は状況をここまで冷静に判断し、

「いまだ!」

と思わず叫んでいた。

副名主の席から名主畳の上へとび上がり、打揚げ天井に手をかけて道成寺の中へとびこみ、中にある衣類を全部外に投げ出し、息をころして身をひそめたのも、その直後に続いた本能的な行動だった。

その直後には鉄砲の音がひびいてきた。おっとり刀でかけつけて来た当番の牢役人たちが、とりあえずさわぎを鎮めようとして、一番牢と二番牢の間の土間にあふれ出した囚人たちに、鉄砲をめちゃくちゃに発射したのだった。

「うわあーっ！」

悲鳴をあげた暴徒たちは、転がるように牢内へ飛びこんで来た。

「裏切者だ！　嘉兵衛のおかげだ！」

「あいつを殺せ！　あの世の道づれ！」

もともと狂った首謀者たち、事やぶれたりと悟った瞬間かっと逆上してしまって、こう叫んだのも無理はない。それだけではなく、場にいない彼の姿を求めて刃をふるう。

また一方ではそれに反抗し、棍棒《こんぼう》をふるって危機をさけようとする者もいる。せまい牢内はたちまち地獄と変わってしまったのだった。

下は暗黒に近い修羅場、灯といっても牢内には燭台《しょくだい》一つあるわけはない。ただ一番牢と二番牢の間の土間にある網行灯《あみあんどん》の光だけが、ここでは唯一に近い光源だった。

誰が味方で誰が敵か――このとき牢の中でそれを識別している余裕は誰にもなかったろう。牢死病で体が弱っている囚人たちの中には、このさわぎでふみ殺された者も一人や二人ではなかったろう。

だが、まるで戦場を思わせる阿鼻《あび》叫喚《きようかん》も一刻のうちにはどうやら終わった。それから夜が白々と明けるまで、下からはときどきうめき声が聞こえるばかり、ぶきみな死の静けさが続いていたのだった。

朝まで道成寺の中でふるえていた嘉兵衛は明るくなってから下を見おろして慄然《りつぜん》としてしまった。眼下は堆《うずたか》い死骸《しがい》の山、百人以上の人間が、このせまい場所で一夜のうちに命を落としてしまったのだ。もちろん中には瀕死《ひんし》の重傷を負ったまま、まだ生きのびている人間もいるかもしれない。ただ、その生死の別は上からは判定出来なかった。

だいぶ時間がすぎてから、多勢の役人たちが入ってきた。彼らとしても命は惜しいし、暗いうちに小勢でふみこんで、万一どこかにひそんでいる暴徒におそわれ怪我《けが》でもしては馬鹿を見ると思ったのだろう。南町奉行所《ぶぎようしよ》から応援の一隊がかけつけるのを待って後始末をはじめたのも無理のないことだった。

役人たちが外がこいから土間へ入ったが、牢内までは入ってこなかった。牢格子《ろうごうし》の外から、

「誰か生き残っている者はおるか」

と声をかけただけだった。

嘉兵衛は何とも答えなかった。いま少し様子を見とどけ、それからのこととしても遅くないと思ったからである。

「名主、江戸無宿、八五郎《はちごろう》！」

「副名主、江戸京橋、嘉兵衛！」

「三番役、下総《しもうさ》無宿、金二郎《きんじろう》！」

次々に百二十人の囚人たちの名前が読みあげられたが、返事する者はほとんどいなかった。ただときおり、呻《うめ》くような声が聞こえるだけだった。

危害を受ける心配はないと見さだめたのか数人の役人が初めて中に入ってきた。溜息《ためいき》をつき顔を見あわせて、

「ひどいものだ。この世の地獄とはこういう場面のことだろうか」

「これでは無事に生きのびた者は一人もおるまいな」

「一人でもいたなら、事のいきさつもわかるだろうが、この惨状ではやむを得まい」

などと口々に語りあっている。嘉兵衛もこれが好機と考えた。

「副名主、嘉兵衛、生きながらえてここ、道成寺の中におります」

驚いたように人々は上を見あげた。

「生きていたのか。おりてまいれ」

「はい……」

打揚げ天井に手をかけて、名主畳の上へ飛びおりた嘉兵衛は思わずよろめいて、畳の上に腹ばいになった。両手で身をささえて起き上がろうとしたとき、恐ろしいものが眼にうつった。

眼前の死人の山から、一つの死体が起き上がった。

「畜生！　冥土《めいど》の道づれだ！」

四人の首謀者の一人、権之助《ごんのすけ》という男だった。かなりの傷を負いながら、息をこらして脱出の隙をうかがっていたのかもしれない。血みどろの凶器で突っかけてきたのをどうさけたか、嘉兵衛もおぼえていなかったが、次の瞬間には右腕に焼きつくような激痛を感じ、そのまま気を失ってしまった。


気がつくとそこは牢内の番人たちが詰めている詰所だった。右腕は繃帯《ほうたい》でぐるぐる巻かれて首につり下げられている。ちょっと動かしただけでも、ずきんずきんと痛さが走った。

「もう大丈夫だ。気をたしかに持て」

という声に嘉兵衛は身をおこし、

「お手数をおかけいたして恐れいります」

と、ていねいに挨拶《あいさつ》した。前に坐っていた牢役人はかるくうなずいて、

「いや、あの状況では誰一人生きてはおるまいと思ったが、道成寺とは考えたのう。あれならば一人無傷でおられるわけだ」

と感心したような声だった。

「咄嗟《とっさ》の機転でございました」

「うむ……そうそう、傷は浅いようだ。今後右手は若干不自由になるかもしれぬと医者は申しておるが、命のかわりと考えて、あきらめてもらわねばなるまいな」

「しかたがないことでございます。九死に一生を得ました身、多少の怪我や不自由などにはかえられません。それで権之助はどうなりました」

「うむ、そのほうに襲いかかった直後、同役の者がとりおさえた。かなりの傷は負っていたが死にたくないという一念で、朝まで生きのびたのだろう。かんたんな口書《くちがき》は作ったが、とり終えた直後に息をひきとった。生存者はもはやそのほう一人だけだ。いちおう事のいきさつを説明してはくれまいか」

嘉兵衛は問われるままに一部始終を物語り、首謀者の名前をあげていった。

「たしかに、その四人の者だけが、手製の凶器を持っていたな。あとの者は棍棒とかきめ板とか、ありあわせのものしか持っていなかった。逃げ帰った四人の襲撃から身をまもろうとしたのか、四人とともに逃亡しようとしたものか、そこまではわからぬが、とにかくこれで事は一件落着《らくちゃく》、後始末がすむまでこのまま横になっておるがよい」

役人はこう言いのこして出て行った。嘉兵衛はそれから見るともなしに右手の掌をながめたが、とたんにあっと声をあげた。地紋、今日でいう生命線の大きな横線がいつかなくなっていたのである。

「これは……」

続いてあらためた左手も同じように変わっていたのだった。彼の学んだ相術《そうじゅつ》でもこのようなことは稀有《けう》の例となっている。それならば八十を越える長寿も考えられる。

「ありがたい。これこそ神仏の加護だった。九地の底からよみがえったか」

嘉兵衛はふたたび起き上がり、不自由な手を組みあわせて西へ向かって合掌した。

その後しばらく彼は牢内の独房で傷の手当てをつづけていたが、その間に妻が死んだという訃報《ふほう》に接した。

奇《く》しくもそれは、あの脱獄事件の夜のことだった。

傷が治ってしばらく後に、彼は江戸お構い、佃島流刑《つくだじまるけい》という言い渡しを受けた。いまでこそ佃島は橋で東京と陸続きになっているが、当時は東京湾頭の小島だった。大島《おおしま》、八丈島へ流すほどもない軽罪者の流刑の地だったのである。

この島へ流されて二日後に、例の勝郎が訪ねて来た。彼は伝馬町のご牢からまっすぐにここへ送られていたのである。

その身上話は前に嘉兵衛も聞いていた。

もとは下野国《しもつけのくに》一万石足利《あしかが》の堀田家《ほったけ》の家老の息子だったが、これからは武士の時代ではないと悟りをひらき、家をとび出して横浜へ行き、岡田平蔵《おかだへいぞう》という商人の家に客分待遇で住みこんだのである。平蔵も彼の商才を見ぬいて支店をまかせたが、朱の取引をやりすぎて捕われの身となったのだった。

嘉兵衛の命びろいの話には、勝郎も舌をまいておどろいた。

「それはよかった。よかったですなあ。まあ一度死にそこなった人間は、そこからあらためて寿命だけ長生き出来るといいますから、三十に五十を加えて八十年、そのぐらいは長生き出来るでしょうな」

とんだ素人《しろうと》判断だが、これは案外正確に真実に迫っていた。あれ以来、嘉兵衛の生命線は深さを増し、切れ目の横線などはあるかないかわからないような状態になってしまったのだ。それに加えて、掌の中央に大きな黒子《ほくろ》が発生してきた。俗に「福つかみ」という相である。

「女房はあの晩死んだといいます。きっとその霊魂が飛んで来て、私を助けてくれたのでしょう。それとも、私の身がわりになって死んだと解釈したほうがいいかもしれません」

「それはそれは……死水をとってあげることも出来なかったわけですな。お子さんは？」

「ありませんでした。最初の子は三か月で流産して……思えばあわれな女でしたな」

「まあ、死んだ者のことをあれこれ思いなやんでもどうにもなりますまい。それよりは、どうか体をたいせつに。幸いここは島のせいか空気もよく、伝馬町よりはずっと体にはいいのです。仕事の苦役《くえき》はしかたがないとして気を長くお持ちになることですな」

「まあ、あの事件のおかげで右手をいためまして力仕事は出来ません。棕梠縄《しゅろなわ》をなう役ですが、人の半分だけすればいいという楽な仕事です。ぼつぼつ気長にまいりましょう」

「それは結構、ところであなたにしても私にしても、文明国の法律では罪ともいえない罪状でこうして流刑になったわけですな。こんな馬鹿げた話があるかと、前から憤慨していたのですが、上には上、いや下には下と言いますかな。もっとひどい罪人がいるのですからおどろきました。三瀬《みせ》周三《しゅうぞう》という男です」

「侍《さむらい》ですか？」

「伊予国宇和島《いよのくにうわじま》藩の医者の息子で、オランダ語と英語はペラペラなんですよ。そういう才が投獄の原因となるのですからこの世の中はわかりません。まったくどうかしています」

「何ですって？　これから外国人と交際しようというのには、言葉が話せなければばつとまらんでしょう。ましてオランダ語と英語と両方使い分けられるとしたら、たいへんな傑物《けつぶつ》じゃありませんか。どうしてそれが罪になるのです」

「腐り切った政治のせいでしょうな。私も勤皇浪人じゃないけれど、こんな世の中は一度ぶっこわして、また新しく土台から建てなおさなければいけないと思いはじめましたよ。まあ、また聞きで細かな間違いはあるかもしれないけれど、話を聞いてください」

それから勝郎は三瀬周三という人物の素姓《すじょう》と罪状を話してくれた。

その妻は有名な蘭医《らんい》シーボルトの妾腹《しょうふく》の娘ということだった。シーボルトが帰国するときに親子は相当の手当金をもらい、宇和島へ移って住んだということである。

ところで、当時イギリス公使館にはアレキサンドルという書記生がいた。こちらはシーボルトと本妻との間に出来た子供である。周三の妻とは腹違いの兄妹にあたるわけだった。そういう縁で、江戸へ出た周三はアレキサンドルの住居に同居していた。英会話の力はその間に身についたというのである。

そのうち幕府とイギリス公使との間にちょっとした外交交渉が起こった。幕府の通訳としてやって来たのは福沢諭吉《ふくざわゆきち》、福地源一郎《ふくちげんいちろう》の二人だったが、二人とも英文の書物を翻訳するならともかく、会話となるとさっぱり役に立たないのだ。業《ごう》を煮やしたアレキサンドルは、公使にはかって三瀬周三を呼びよせた。彼が通訳をつとめたおかげで、すぐに双方の意も通じ、談判はとどこおりなくすんだ。

ところがこの成功がとんだ災いの原因となってしまったのだからおそろしい。当時外交上の問題はすべて幕府が一手におさえ、諸藩が立ち入ることはかたく禁じられていた。通訳も幕府の許可を得た者以外は許されていなかった。それなのに、どこの誰ともわからない男が出てきて、かんたんなことにせよ、外交問題の通訳にあたったのだ。幕府はこれを怪しんで、周三が外出したところを召しとり、きびしい詮議《せんぎ》をはじめたのだった。

周三は宇和島藩士と名のったが、あらためて呼び出された宇和島藩のお留守居役は、藩に迷惑のかかることを恐れてか、そのような者は藩士の中にいないと頑張《がんば》った。

藩士でなければ浪人ということになる。浪人の身分で外国公使館に出入りするとは言語道断――ということになって、周三に言わせれば、言語道断な服役となったのである。

この佃島へ送られて来て五年、しかもあと何年すれば釈放されるか、その見当もつかないという。

夢にだに　かくと知りせば　去年《こぞ》の冬
刃《やいば》の霜《しも》と　消ゆべかりしを

これがこの佃島へ送られて来たときの心境を詠じた歌だということだった……

この話を聞いて、嘉兵衛は天をあおいで嘆息した。石が流れて木の葉が沈む――そういう言葉を地《じ》で行ったような話だと思ったが、いまの彼にはどうにも出来ない。

「とにかく、その三瀬さんに会ってみたいのですが、何とか会って話をする機会を見つけてくださいませんか」

とたのんだのがせい一杯のことだった。

その機会は案外早くやって来た。浅草溜の副名主時代に囚人のあいだに人望が高かったせいか、嘉兵衛は二番部屋の世話役に任命された。伝馬町の大牢屋なら牢名主にあたる地位である。

これを機会に彼は勝郎を部屋の小使に任命し、周三にも会ってみた。

ここでは石臼《いしうす》でごまや菜種《なたね》をしぼって油をとる重労働をつとめさせられていたのだ。

才人だということは、二言三言話をしただけでわかった。額《ひたい》は広く眼は澄んで耳も大きく張っている。念のため手をあらためたが、いまの言葉でいう太陽線、光輝紋《こうきもん》の発達は眼をみはらせるものがあった。

「周三さん、あなた飯たきをやってくれませんか。まだしもいまの仕事より楽でしょう」

「飯たき、それを私にやれというのですか」

「おいやですか。たしかにあなたほどのお方に飯をたかせるなど、とんでもないことですが、いまの私にはこれしかお手伝い出来ないのです」

「いやだなんてとんでもない。これ、このとおり、このご恩は一生忘れません」

土下座して頭を地面にすりつけられたときには、嘉兵衛もすっかり驚いて、しばらく呆然《ぼうぜん》としたのだが、このときの周三の言葉はけっして誇張ではなかったろう。

後日、三瀬周三は言っている。

「勅任官になったときより、あのとき飯たきになったほうがはるかに嬉《うれ》しかった」

この五年間、周三がどのような辛苦をなめてきたか、それを物語るのは本筋をはるかに離れてしまう。この一言でその五年の苦労も推察出来るのだ……

こうして三人は義兄弟のちぎりを結んだ。

しかし、飯たきのほうも周三の任ではなかった。この仕事を始めて三日目に、彼は役人のために特別にたく三升の白米を炭のようにこがしてしまったのだった。

罰は百たたきの刑である。

困ってしまった嘉兵衛は、自分からたたき役を買って出た。自分なら腕に力が入らないから、たたくとしても形式だけのこととなる。この苦衷は周三も察してくれるだろうと考えてのことだった。

とにかく飯たきとしては完全失格、落第だった。やむを得ず嘉兵衛は彼を囚人の煎薬《せんやく》がかりに任命した。

「今度は煎じ薬の黒焼きを飲ませるつもりか」

と役人たちは苦い顔をしたが、今度は適材適所だった。

「なにしろこっちは親ゆずり、女房ゆずりの腕ですからね。それがわかるまで五年かかるとは」

周三はあたりを見まわして言った。

「いまの幕府は上から下まで、頓馬《とんま》の阿呆《あほう》のオタンコナスのアンポンタンだ」

牢獄の中でこれだけの言葉を吐くとはただ者ではない——と思った嘉兵衛は翌朝周三の運命を占ってみた。

䷱『火風鼎《かふうてい》』、九二——

鼎実《かなえじつ》有り。我が仇疾《あだやまい》有り。我に即《つ》く能《あた》わず。吉。……終《つい》に尤无《とがめなき》なり。

鼎とは三本足の食物を煮る器である。飯をたいたり薬を煎じたりすることの暗示かなと思ったが、次の瞬間には、まさかそんな単純な啓示ではあるまいと思いなおした。鼎はむかし周《しゅう》の時代には、家の宝、国の宝といわれていた。「鼎の軽重を問う」という言葉もあるように、その重さなり大きさが誇りとされたものなのだ。

この三瀬周三にしたところで、こういうことにならなければ、宇和島藩では至宝といわれるような人物であることはいうまでもないだろう。それがこういう境遇におちこんだというのも、彼に反対する敵の陰謀のせいだろうが、その仇も病気にかかってこれ以上こっちにかまっていられないという暗示なのである。放免の日は近かろうと嘉兵衛は読んだ。あと三か月か四か月——そうすれば、宇和島藩は過去のあやまちを悟り、たいへんな礼遇をもって彼を迎えに来るだろうと、彼は判断したのである。外国の文明と日本の文明とには、一口に言うなら天地のへだたりと言いたいくらいの違いがある。先進国の黒船の圧力に抗しかねたというものの、いったん開いた国をふたたび鎖国の昔にかえせるわけはない。

彼はもともと自分の犯したという罪をそれほどの大罪と思ってはいなかった。文明国の標準では罪ともいえない罪のはずだ。勝郎にしてもそのとおり、まして三瀬周三の場合には功績をたてたとほめられるはずの行動が、逆にとがめられたのだ。

尤无し――そのとがめも間もなく消えるだろうと嘉兵衛は判断した。そうなればとうぜんその才は認められ、宇和島藩に迎えられ、縦横無尽の働きをすることになるだろう。

そう解釈した嘉兵衛は、翌日周三にそのことを話したが、周三は首をひねっていた。

「あなたの易はあたるとは思いますが、いったいそれはいつごろのことになりますかね」

「早ければ三か月から四か月、まあそんなに長くはかかるまいと見ますが」

「そうなれば嬉しいのですがね。まあ、楽しみにして待っていましょう」

周三は白い歯を見せて笑った。

その三か月後、嘉兵衛の予言は実現した。

時代の変化とともに、幕府の諸藩に対する統制はゆるみ出した。各藩がおのおの独自の行動をとらなければならなくなってきたのだし、特に西国の各藩でその傾向は強かった。

外国人との外交交渉が忙しくなれば、英語とオランダ語を自由に使いわけられる天才をほっておく手はない。

おそらく、アレキサンドルのかげの援助もあったろうが、宇和島藩でもやっとこのかんたんな事実に気がつき、統制力のゆるんだ幕府に再三の工作をくりかえし、ようやくその実が結んだのである。

出牢が言い渡されると同時に、宇和島藩からはお使い番の侍が供をひきつれてやって来た。紋服、大小、羽織袴《はかま》も殿からたまわったものを持参し、江戸側には乗馬も待たせておいたというのである。

「嘉兵衛さん、ほんとうにありがとうございました。あなたも無事にご出牢なさる日をお待ち申しておりますぞ」

涙を流して周三は嘉兵衛の手を握りしめ、再会を期して別れを告げた。

髭《ひげ》を剃《そ》り、髪を結い直し、新しい紋服に大小をたばさんで侍姿に返った彼は見ちがえるような男ぶりだった。

「おさらば」

「お元気で」

出て行く舟と舟着場から、二人は手をふって別れを惜しみ、周三は最後に大声で叫んだ。

「まったく、易はあたりますなあ」

これは後日の話だが、この幕末の動乱期に宇和島藩のはたした役割も薩長《さっちょう》両藩などにくらべれば劣るにせよ、かなり大きな比重を占めていた。維新後、仙台の本家伊達《だて》家は伯爵をさずけられたが、宇和島の伊達家はその一格上の侯爵に任じられたという一事からでもそのことは容易に想像がつく。そしてそのかげには周三のかくれた働きがあったことはいうまでもない。

その一例をあげてみよう。

土佐《とさ》藩と宇和島藩との間で紛争が起こったとき、周三はアレキサンドルに依頼して、英国艦隊を高知沖へ派遣させた。公使パークスも軍艦にのりくみ、すべての海湾を測量し、ときどき空砲を発射して公然たる圧力を加えたのだが、土佐藩としては何らなすすべを知らなかった。さすがの後藤《ごとう》象二郎《しょうじろう》さえ手をあげて宇和島藩の要求をすべて呑んだというのである。この事件で土佐と宇和島の勢力の比重は一変し、宇和島藩の外部に対する圧力もとたんに強化されたのだった。

これはさらに後日の話だが、明治維新後周三は大阪に医学校を創設した。ドイツ人の医師数名をまねいて近代医学を日本に導入し、関西医学界の元老とでもいうべき権威となったのである。嘉兵衛とも親交は終生変わることもなかったが、あのとき飯たきに転業させてもらったことは死ぬまで忘れられないとたえずくりかえしていたという。

勝郎もその後間もなく放免された。彼はその後、嘉兵衛の番頭格となって、横浜港の埋め立てに尽力し後に官職にもつくのだが、不幸にして労咳《ろうがい》――いまでいう肺結核にかかって、五十三で世を去った。横浜市史を調べてみても、彼の名前は出てこないが、それも横浜当時には嘉兵衛の脇役《わきやく》的な存在だったからだろう。

一人とり残された嘉兵衛にも「運命の春」はめぐって来た。それにしても、易の力に違いなかった。

ある日彼は吟味役、和田《わだ》重一郎《じゅういちろう》に呼び出された。何事かと首をひねりながら詰所に出頭すると、頭から、

「お前は易学に堪能《たんのう》だと聞いたがそれはほんとうかな」

と高飛車な言葉だった。

「はい、易経上下二巻、約二万字、ことごとくそらんじております」

「なるほど、学問のほうはいちおうやってのけたのう。ただ世の中には、論語読みの論語知らずという言葉もある。易経を学ぶのと易占《えきせん》を実行するのとは自《おのずか》ら差別があると思うが、いったい易の占《うらな》いはあたるものかな」

「絶対誤りはございません」

「だが、俗にあたるも八卦《け》、あたらぬも八卦というではないか」

「和田様には将棋をご存じでいらっしゃいますか」

「いちおう初段の免状は持っておるが、将棋と易にはどういう関係がある？」

「将棋に関する諺《ことわざ》の一つに、

『へぼ将棋　王より飛車をかわいがり』

というのがございますな。この諺から『へぼ将棋』という言葉をとってごろうじませ。

『王より飛車をかわいがり』

これではわけがわかりますまい。いまの易に関する言葉も同じこと、

『人により　あたるも八卦　あたらぬも八卦』

という諺の上の五文字がぬけたものと私は考えます。とにかくあらゆる芸道と同じように、名人上手《じょうず》が占えば易は百発百中と言えましょうし、下手《へた》な易者の占いは、まずあたらないと言えましょう。そこらの大道易者の占いなら九割は外《はず》れるでございましょうな」

「わかった。それではお前なら、百発百中するというのか」

「まず、百発九十中ぐらいのことでしたら」

「よし、それでは聞こう。わしにはいま心中に一つの望みがある。その願望がかなうかどうか、ひとつ占ってみせてくれないか。その占いがあたったら、お前を自由の身にしてやろうが、さて、あたるかどうかが問題だな」

「かしこまりました。六枚の銭を拝借いたします。その一枚にしるしをつけてくださいませんか」

嘉兵衛は臆《おく》する色もなく言い切った。占いの一つである擲銭法《てきせんほう》、六枚の銭を投げ出してその表と裏から、六十四卦の六つの変爻《へんこう》、三百八十四の啓示のどれか一つを読みとろうという占法なのだ。

嘉兵衛は心身を無我の境地において、六枚の銭を畳の上に敷いた白布の上に投げた。

「いかに？」

「はい。䷴。『風山漸《ふうざんぜん》』の三爻《こう》にございます。易経の教えによりますと、『鴻《おおとり》陸《りく》に漸《すす》む。夫《ふ》は征きて帰《かえ》らず。婦《ふ》は孕《はら》みて育《いく》せず。凶。寇《あだ》を禦《ふせ》ぐに利《よろ》し』とございます。この文章をご熟考なされば、答えは自然に出てきましょう」

「うむ、『風山漸』の三爻と申したな」

重一郎の顔はさっとかわった。何といっても、当時の武士は子供のころから、四書五経の素読は必須《ひっす》とされていた。いや、それ以外の教育はなかったといっていいくらいの時代だったから、この文章の意味ぐらいはすぐわかったに違いない。

「それで、占いのほうの解釈は」

「それを申しあげろとおおせなら、まずお人ばらいねがいます」

「うむ、そのほうたちは遠慮せい」

部屋に居あわせた人々は、一人のこらず座を去って、嘉兵衛と重一郎だけが残された。

「さて、お前の占断を聞こう」

「あなた様は牢奉行《ぶぎよう》の職をお望みでございますな」

「待て」

重一郎は立ち上がって四方の襖《ふすま》障子を開け、誰《だれ》も立ち聞きしていないことを確かめてから、ふたたび座に直った。

「よくあてたな。して、その願いは達するかな。わしが奉行となったなら、すぐにでもお前を放免してやるが」

「占いは神聖にして神秘なもの、私がご放免になりますなら、もちろん嬉しゅうございますが、そのためにお世辞は申しませぬ。そのおつもりでお聞きねがいましょう」

「うむ……」

「いまのお奉行様はお病気とうけたまわりましたが、あと三十日以内に退職なさいます。

その後任にはあなた様がまず問題となりましょう。あなた様の地位ご昇進、それは私も命を賭《か》けて保証いたしますが、ただお奉行の役につけますかどうですか、かなりの競争者がございます。ここ一番の勝負どころ、いっそうの運動とご努力が必要と存じます」

「うむ……」

権勢欲の虜《とりこ》となってしまった重一郎はもう心がこの場にない感じだった。

「よし、今日はこのまま下がるがよい。もしこの願望がかなったら、お前は即日放免だ」

その二十五日後、牢奉行交替のご沙汰《さた》があった。新たに牢奉行に任命されたのは清水《しみず》時太郎《ときたろう》という侍だったが、重一郎も奉行代理に任じられたのだった。

重一郎もさすがに約束を守った。嘉兵衛は江戸お構いという処分はそのままに、翌日放免されたのである。

佃島《つくだじま》と生地の京橋三十間堀は一衣帯水と言いたいようなところだが、流刑の間は渡るに渡れぬ海だった。

「大畜——貞に利《よろ》し。家食せずして吉。大川を渉《わた》るに利《よろ》し」

山天大畜の卦の文章をつぶやきながら、彼は佃の渡しを渡った。

第五章　新天地横浜の若き獅子《しし》たち

　こうして慶応《けいおう》元年（一八六五年）十月十日、嘉兵衛は許されて自由の身となった。江戸お構いという条件はついていたが、横浜に新天地を開拓しようと決意していた彼には、そんなことなどぜんぜん気にならなかった。

　出獄した彼はまず八丁堀の高島平兵衛《へいべえ》の店へ立ちよった。平兵衛は彼の姉婿にあたっている。実直そのものの性格で、彼が入牢してからはその母と妻とをひきとって面倒を見ていたのだった。しかし二人は、その間に病死して、再会を喜びあうことも出来なかった。

　彼は仏壇に向かって手をあわせ、二人の霊に呼びかけた。

　――おかげさまで、どうやら無事に帰ってまいりました。死水をとれなかった不孝の罪はどうぞお許しください。

　――お前にもずいぶん苦労をかけたなあ。だがおれはこれっきり終わる男ではないつもりだよ。いずれは横浜、いや日本でも名前の知られた男になるつもりだが、あの世でそれを見とどけてくれ。

しばらく祈りを続けた後、彼は平兵衛にむかって留守中の礼をのべた。二人をひきとって世話をしてくれただけではなく、入牢中にも毎月欠かさず、三回ずつ差し入れを続けてくれた親切は身にしみて忘れない――と彼は両手をついて誓ったのである。

「それでこれからはどうなさいます。あなたのお住居《すまい》にするつもりで、小さな家でございますが一軒新築しています。しばらくそちらでお休みなさって、ゆっくりと今後の身のふり方をご思案なさってはいかがです？」

「ご親切はかさねがさねありがたく思いますが、私は江戸お構いの身、こうしてここへ立ちよったのも、いわばおかみのお目こぼしをいただいてのこと、今日中に江戸を離れなければ申しわけがたちません」

「それはまた……」

「まあ、これで気持ちもおちつきました。これから横浜へ行って再挙をはかります。位《い》牌《はい》は落着き先がきまるまで、あとしばらくお預かりください。それから私はこれを機会に、名前を変えて高島嘉右衛門《かえもん》と名のります。これもお含みおきください」

二人はそのとき、こんな会話をかわしたのだ。

その日の夕方、嘉右衛門は品川宿の鶴巻屋《つるまきや》という宿に立ちよった。前から彼が定宿としていた家だった。

幸い、主人の伝助《でんすけ》も健在だった。彼の顔を見るなり、涙を流さんばかり喜んで、

「旦那《だんな》、よくご無事でお帰りなさいました。長いご牢内暮らし、さぞ人にわからないようなご苦労がありましたことでございましょう。さあ、お上がりなさって、何日でもゆっくりお休みくださいまし」

と親切に言ってくれた。

「いや、わしは今日のうちに江戸を離れねばならない身だ。ご親切はありがたいがご辞退する。ところで、わしはこのとおり着たきり雀《すずめ》の身分だから、旦那旦那と呼ばれても、いまのところは旦那料も払えないのだ」

「でも、旦那……旦那だけの腕がおありになれば、遠からずまた一働きなさってお金には不自由のないご身分となられましょうが」

「わしもそうなりたいと思っている。いや、そうならなければ男が立たぬのだ。だから、お前がむかしのよしみを忘れず、またの成功を期待するなら、これからの勘定は三年間の出世払いということにしてくれないか。今日はともかく、これから江戸と横浜を往復

している間には、昼飯を食いに立ちよることもあろうし、泊めてもらうこともあるだろう。そのとき持ち合わせがあれば払うが、こっちの懐《ふとこ》ろの都合《つごう》が悪いときは貸しということにしてくれないか。それがだめだというならば、三年後に旦那となって来るしかないが」

伝助も眼をぱちくりさせたが、たちまち破顔一笑して、

「ようがす。わっしも男でさあ。旦那を見こんだうえからは、ご勘定のほうは三年後にたっぷり利息をつけて返していただきましょう」

と言いきった。

「それはまことにありがたい。ではくれぐれもたのんだぞ。まあ、わしの見たところでは三年はかかるまいが」

嘉右衛門はそのまま店を出て、それから川崎《かわさき》まで歩き、そこの定宿の丹波屋《たんばや》でまた同じような交渉をくりかえし、その夜はそこで泊めてもらった。

翌日は雲ひとつない快晴だった。嘉右衛門には彼の再起を祝福する天啓のあらわれかと思われた。

足を速めて、神奈川、戸部坂《とべざか》とやって来て、彼は眼下に姿を一変した横浜を眺《なが》めた。

七年前とは見違えるような変わり方だった。

前には漁村に毛の生えたぐらいの家しかなかったのに、今では江戸にもないような洋館が居留地を中心として立ちならんでいる。そのまわりの日本人の家屋にしても七年の間にずっと数を増し、新しい港町の賑《にぎ》わいをはっきり形にあらわしているのだ。

「浦島太郎《うらしまたろう》のようなものだな」

嘉右衛門もこの六年の変遷をそういうひとりごとに託したのだった。

「玉手箱の土産《みやげ》のかわりの易学か――宝はむこうに転がっている」

とつぶやくと、彼は一気に坂をかけおり、本町《ほんちょう》の肥前屋の店を訪ねて行った。

店先の人々の顔も変わっていた。もともとこの店は、西村七右衛門《にしむらしちえもん》との共同経営だったのだが、七右衛門とはとかく意見があわず、奉公人たちも嘉右衛門派が多かった。しかし彼の入牢中にそういう人々は遠ざけられ、七右衛門の手足のような連中でかためられたのに違いない。やむを得ないことだとは思ったが、嘉右衛門としてもやはりいい気持ちはしなかった。

和室に洋風の家具を置いた応接間に通されてしばらく待っていると、でっぷりふとって貫禄《かんろく》のついた七右衛門が、巻煙草《まきたばこ》をくわえてあらわれた。

「嘉兵衛さん、しばらくだったな。まあ、ご無事で出牢なされてなにより」

口ではていねいな挨拶《あいさつ》をしていたが、眼には警戒の色がある。両肩も妙な感じでつっぱっている。笑いさえ浮かべてはいないのだ。

「どうも留守中はいろいろとご苦労をおかけしたようで申しわけありませんな」

「いや、あなたのご苦労にくらべれば、元気で娑婆《しやば》にいられただけましには違いないが、やはりこっちはこっちなりに、たいへんな苦労をしましたよ」

言葉にも奇妙なとげのようなものがある。自分の苦労を強調し、店を自分一人のものとしようとしているのだな——と嘉右衛門は一瞬に直感した。だが、彼はこのさい、いっさい過去の鎖《くさり》をたちきり、最初から独立独歩でやりなおそうと覚悟をきめていたのだった。この店をとりもどそうなどということは、ぜんぜん思っていなかった。

「それは承知しておりますとも。なんといってもこの六年の間、ご時世も変わりましたろう。商売のやり方にしたところで、いままで娑婆にいなかった私はすっかり忘れてしまいました。今日はただご挨拶に出ましただけ、この店はもうあなた一人におまかせしますよ」

「さようか。いやこっちの苦労をわかってくだされればそれでよいのだ。それでこれからはどうなさる?」

「なんといっても昨日出牢、今日横浜へもどって来たばかりの浦島でございますよ。しばらく横浜の空気を吸わなければ、なんの計画もたちません」

「それはたしかにもっともだよ。それではどこかに宿をとらせるから、しばらくそちらで体を休めてくれないか。宿銭のほうはこっちが払うようにするから」

この店へ入りこまれては困るという表情がはっきり顔にあらわれていた。宿代程度の出費ですめば安いものだと言わんばかりの言葉だった。

とにかく尾上《おのえ》町の鹿島屋《かしまや》という宿屋へおちついて、彼は横浜の町を歩いてまわった。すっかり変わってしまっている。人も十倍ぐらいにふえたのではなかろうか。町全体のにぎわいも勢いがついてめまぐるしいような感じだった。

その翌日、朝食をすましたところへ来客があった。入牢前に懇意にしていた伊勢屋《いせや》藤《とう》助《すけ》という男である。

「昨夜、肥前屋の番頭さんに会いまして、旦那がお帰りになったことをうかがいました。さっそくご挨拶に出ようと思いましたが、お疲れのことと思いまして、こうして出なおしてまいりました。何はともあれ、お元気なお顔を拝見いたしましておめでとうございます」

「ありがとう。あなたもお元気でなにより。商売ご繁昌《はんじよう》と見えてずいぶん福々しくなられましたな」

「おかげさまで……ところで旦那は橘屋《たちばなや》磯兵衛《いそべえ》さんをご存じでいらっしゃいますか」

「橘屋さんといいますと」

「これは私が悪うござんした。おわかりにならないほうがあたりまえ、以前旦那が身請《みう》けなさった梅ケ枝《うめがえ》、そのご亭主でござんすよ」

「梅ケ枝……」

そう言われて嘉右衛門もむかしのことを思い出した。入獄直前、借金を返し終わって余裕が出来たとき、なじみになった女である。相性がよかったというのだろうか、何となく気があって、横浜で一軒家を持たせてもいいと思ったのだ。それで身請けを終わったとたんに事件が始まり、家を持たせるどころではなくなり、ついそのままになってしまったのだが、その後この男といっしょになって幸せを見出したのだろう。それはよかった——と彼もすなおに喜んだ。

「そうですか。梅ケ枝も元気でおりますか。それは結構なことですな」

「その橘屋さんもいまは私の町内で、親類づきあいをしているんでござんすよ。昨夜、家へ帰ってからさっそく訪ねて行き、旦那は無事にお帰りだと話しましたら、夫婦そろって涙を流して喜びまして、ぜひおつれしてくれないか——ということになったのでございます。旦那のほうのご都合がよろしければ、これからご案内いたしますが」

「今日はべつに用事もありませんが、かまいませんか。俗な言葉で言えば、磯兵衛さんと私は義兄弟ということになりますが、お目にかかってご夫婦仲が悪くなるようでは……」

「そのご心配はご無用に——橘屋さんにしても、女房のご恩は自分にとってもご恩、このままにしてはすまされぬと言っております。旦那がいまさらと言われても、せまい横浜で仕事をすることになったら、いつ何時、どこで顔をあわせるようになるかもしれない。そのとき逆にしこりがあっては——と申しますので、ぜひこのさいお出かけ願えませんか」

情理そなわる説得を、嘉右衛門はことわりきれなかった。彼はそれから藤助とともに駕籠《かご》を飛ばして神奈川の橘屋の店を訪ねた。

夫婦そろって待ち受けていると言った藤助の言葉はけっして嘘《うそ》ではなかった。磯兵衛夫婦は店先までとび出して来て、彼の手をとって奥座敷へ案内した。丸髷《まるまげ》に結い歯を染めた梅ケ枝にもすっかり貫禄がついて、りっぱな女房ぶりだった。いまはお花《はな》と名のっております。子供も出来ましたが、あなたの幼名をいただいて清三郎《せいざぶろう》と名づけました——と、三つぐらいの男の子をつれて来たばかりではなく、開いてみせた仏壇には、

「俗名　肥前屋嘉兵衛」

と書いた彼の位牌さえ飾られていた。

それから祝宴がはじまった。昨日の七右衛門にくらべては何だが、嘉右衛門にも人の情けの温かさが身にしみて感じられたのだ。

「なんといっても横浜は出かせぎ人だけ集まる町で、親類縁者も遠く離れて近くにはおりません。むかしから遠い親類よりも近い他人と申しますように、今後は兄弟同様のおつきあいが願いとうございます」

杯《さかずき》をくみかわしながら、磯兵衛はこういう言葉さえ吐いたのだった。

「お花さんとは、前にはちょっとした仲で、それでは何となく照れますな」

と苦笑いして答えたがうけつけない。

「いや、むかしはむかし、今は今、女房もその節はたいへんお世話になりました。女房の恩義はそのまま私の恩義でございますよ」

と言われて、さすがに嘉右衛門もほろりとしてしまった。

「そこまでおっしゃってくださるなら、いかにも喜んでおうけしましょう」

「ありがとうございます。ついては今日は恵比寿《えびす》講で多勢人が集まります。あなたもしばらく留守をされていたことでもあり、むかしとは顔ぶれも変わっておりますから、その席に出ていただければ、いっぺんにあちらこちらに顔も出来ましょう。これから後のお仕事にもなにかと便利と存じますが」

重ね重ねの好意を彼は嬉《うれ》しく受けた。

この夜の挨拶が知れわたったのか、その二日後には前に彼が使っていた手代が三名、つれだって宿を訪ねてきた。

太田《おおた》町の材木商、大坂屋吉兵衛《おおさかやきちべえ》という男が異人館の建築を請け負って、見込み違いで工事も中断しているが、それを肩がわりする気はないか——という棚《たな》から牡丹餅《ぼたもち》のような話を持って来てくれたのだった。三人に案内させて嘉右衛門はその日のうちに大坂屋に会った。そしてその店を無償で借り受け、そのかわり工事を続行することにして、新しく高島屋材木店の看板をかかげた。

徒手空拳《としゅくうけん》、横浜へやって来て、まだ七日もたたないうちに、彼の仕事は始まった。九地の奈落《ならく》を脱出した彼は、こうして九天に上る第一歩をふみ出したのである。

彼は約束がまとまるとすぐ江戸へひっかえして平兵衛と話をつけた。もちろん姉夫婦はわがことのように喜んで、出来るだけの援助はすると言ってくれたのだった。

嘉右衛門にとって、材木商や建築の請負は完全に手なれた仕事だった。江戸の義兄の店高島屋からも材木はどんどんとりよせられる。橘屋の友人たちの援助もあって、店は日ましに繁昌した。これならば——と自信を抱いた彼は、外国人との直接交渉を計画した。

しかしそれには通訳が要《い》る。当時の横浜でも英語を自由にあやつれる人間は、暁天の星のように数も少ない存在だった。

そのうちに、彼は横山孫一郎《よこやままごいちろう》という天才少年の話を聞いた。荒物屋の息子で年はまだ十七歳だが、語学のほうはたいしたもので、いったいお前はどこでこれだけ英語を勉強したのか——と、外国人も舌をまいて感心するほどの力だというのである。

その話を聞いた嘉右衛門は、すぐ荒物屋の店を訪ねて、孫一郎に会った。

色は浅黒く背は低く、風采《ふうさい》はちっとも上がらない。何となく人を食ったように小生意気なところはあるが、耳は大きく眼は鋭い。しかも耳にはふしぎなつやがあらわれている。聡明《そうめい》というのはもともと「耳がさとい」という意味だが、これこそ自分の求めていた男だと嘉右衛門は人相を見ただけで悟った。

「あなたを通訳として丸がかえにしたいと思いますが、給金はいかほどお望みです？」

この質問に、相手は人を小馬鹿にするような笑いを浮かべた。

「丸がかえとおっしゃるなら年に五百両、用事のないときには博奕《ばくち》おかまいなし——という条件ならおひきうけしましょう」

当時の五百両といえば、いまでは三千万円以上に相当するだろう。特殊な才能があるとはいっても、十七歳の少年としてはたいへんな要求なのだ。孫一郎にしてみれば、そうふっかければ相手もふるえ上がって逃げ出すだろう。下手に自由を束縛されるより、毎回毎回、臨時の仕事をしているほうが気楽だというつもりだったに違いない。しかし嘉右衛門はこの一瞬に切りかえした。

「それで結構、おねがいします。働きによってはその上に年五百両の手当てをつけます」

「年に千両……それで博奕のほうは？」

孫一郎も呆気《あっけ》にとられたような顔だった。

「仕事に差しつかえない以上は、何をなさろうとかまいません」

孫一郎もしばらく考えこんでいた。

「なるほど、士はおのれを知る者のために死す——という言葉もありますな。私の力を見こんでそれだけの値をつけられては、私もそれだけの働きをしてお目にかけましょう。まあ、高い買い物をしたとは後悔なさいますまい」

嘉右衛門にしてもこれは大胆な買い物に違いなかった。しかし、高い買い物でなかったことは間もなく実績が証明した。

翌日から孫一郎を使いはじめた彼は、当時横浜に来ていた異人たちの人脈を探った。

まず彼は、アメリカ人の建築家ビジンと懇意になった。異人館の建築設計に関しては、横浜でも第一といわれた人物である。ただ、日本人の大工や請負師のほうでは、なかなかその指定どおりの工事が出来なかったが、それも言葉が通じないための誤解が主な原因になっている——と嘉右衛門は見やぶった。

それから彼はビジンを通じて、イギリス公使のパークスに対する紹介状を手に入れた。ビジンの妻の姉がアメリカ公使ウェンチェストンの夫人だという関係を利用したのだった。こういう関係にまで鋭く眼をつけた日本人は当時二人といなかったろう。

何といってもパークスは、当時日本へ来ていた外交官の中では一頭地を抜いた傑物として知られていた。幕府の老中《ろうじゅう》や奉行など、パークスには子供のようにあしらわれていた。東洋人を軽蔑《けいべつ》する感情が非常に強く、公式の場合を除いて日本人と接触した例は一度もなかった。だから、嘉右衛門の手に入れた紹介状は特殊の例外に違いなかった。

だが、パークスにしたところで、アメリカ公使の紹介状は粗末には出来なかった。

品川御殿山《ごてんやま》にあったイギリス公使館は、攘《じょう》夷《い》浪人たちに焼き討ちされ、それ以来、彼は横浜居留地の中の二十番館のホテルに住んでいる。その豪華に飾りたてた一室に嘉右衛門を迎えたパークスは、葉巻をくゆらしながら、

「用事は何かね？　出来るだけかんたんに話してほしい」

と鷲《わし》のような眼でにらんで言った。

「公使館新築のことにつきまして、閣下に申しあげたいことがございます。しばらく、私の言葉にお耳をお貸しくださいませんか」

「公使館の新築？」

これはたしかに当時のパークスにとっても最大の懸案に違いなかった。チョッキのポケットから黄金張りの懐中時計をとり出すと、

「では十分だけ話を聞こう。椅子《いす》にかけるがいいだろう」

と、いくらか丁重《ていちょう》な態度となった。

「アメリカのペルリ提督閣下の来日で、日本も開国にふみきりましたが、それ以来まだ何年も経《た》ってはおりません」

一言一言、そばの横山孫一郎は流暢《りゅうちょう》な英語に翻訳していった。

「そのときまで、わが国民は、支那《しな》朝鮮をのぞいては、わずかオランダ一国と交際していただけでした。東にアメリカのあることも知らず、西にイギリスのような大帝国がありますことも、開国で初めて知ったのです……

こういう情勢の変化も一部の人間が知っているだけで、まだ鎖国時代の因襲を脱しきれない人間のほうの数ははるかに多いのです。

したがって、閣下をはじめ諸外国のお方が平和に日本と友好を結び、はるかにすぐれた西洋の文化文明を日本にお伝えなさろうとなさっても、その真意を理解する者はそれほど多くはないのです。その少数の理解者は、ここ、横浜の地に集まっていると申しても、あえて過言ではありますまい」

パークスがかるくうなずいたのを見て、嘉右衛門も勇気百倍の思いだった。

「江戸と横浜とは、陸路わずか一日の距離には違いありませんが、外国に対する感覚には十年の違いがありましょう。因襲になずんだ愚昧《ぐまい》の者の数がはるかに多く、閣下はじめみなさまの行動を誤解し、御殿山の公使館焼き討ちのような暴挙に出たのでありましょう。

このような愚者暴漢などを教導して、正しい理屈をのみこませるにはかなりの時間もかかります。一朝一夕にはまいりません。

しかし、外交というものは、そういう休止中断を許しません。こうしてホテルの一室で、ご不便をしのばれておられる閣下のご心中、お察し申しあげます。

ところで、私の申しあげたいことは、世論がすべて開国に同調し、治安と安全が確保されるまで、しばらくこの横浜におられてはいかがかという提案でございます。つまり、この地に公使館をお建てになり、外交に関するお仕事は江戸から役人たちをお迎えになり、ここで処理されてはいかがかということでございますが……」

「アイ、スィ」

はじめてパークスは声を発した。それから横山孫一郎に早口で何かたずねはじめた。

「旦那……閣下はこう言っておいでです。お前のいうことはよくわかった。たしかに臨機の名案だとは思うが、公使館新築の費用はどうするのかということです」

「そのことならば、幕府とご相談なさいませ。幕府としても公使館焼き討ちのことに関しては、深く心をいためております。このままにして時を過ごせば、せっかくここまで無事に運んできた日英友好関係にも傷がつきはしないかと頭をなやましていることは明らかです。

したがって、公使館新築の費用は一時幕府に立て替えを申し出られ、無利息長期の年賦払いで償還なさることにしてはいかがでございましょう。私の見るところ、この条件ならすぐにでも話はまとまると存じますが」

パークスは椅子から立ち上がり、窓から横浜の海の景色を見つめていた。そして身をひるがえして嘉右衛門に近づくと、

「サンキュー――スプレンディド・アイデア」

と言って右手をさしのべた。

言葉は理解出来なかったが、わずかの間に一変したその態度から、嘉右衛門は事の成功を確信出来たのだった。


とうぜんこの計画は実現した。建築の総費用は七万五千ドル、ビジンはその一割を設計料としてうけとり、工事はビジンの指導で、嘉右衛門が請け負うこととなったのだった。幸い十七歳の名通訳のおかげで、意思の疎通も円滑《えんかつ》だった。工事が完成した日に、パークスもその出来をたしかめて、

「日本一の大工である。日本人がこのような洋館を建てられるとは思わなかった」

と賞讃の言葉をもらしたのだった。

この後、横浜の異人館の建築は、ビジンと嘉右衛門の独占事業となってしまった。

そして、スイス領事館の建設のとき、嘉右衛門は敷地の一部に建物を造り、それを自分に貸してくれと交渉した。

「それは何の目的のために使うのです？」

「この通訳の横山君は、根っからの博奕好きでして、急用が起こったときには、横浜中の賭場《とば》を探しまわらなければなりません。それでスイス国旗の下に、彼がおちついて博

奕の出来る賭場を作っておきたいのです。それなら急用が起こっても、すぐにつかまえられるでしょう」

さすがにこの言葉を通訳したとき、孫一郎は冷や汗を流していた。

「旦那、さすがにあなたは苦労人だ」

スイス公使が嘉右衛門に手をさしのべたとき、孫一郎はその返事に、こういう自分の感慨をつけ加えた。

この当時、嘉右衛門は自分の運命を占って『火天大有《かてんだいゆう》』の上爻変《じょうこうへん》を出している。

䷍『火天大有』、上九――

天より之《これ》を佑《たす》く。吉にして利《よろ》しからざる无《な》し。

まさに出獄後のしばらくは、天佑《てんゆう》神助の連続といいたいような期間だった。

もちろん、彼はその一つ一つの行動にあたっては自分でも慎重に易を立て、その教えにしたがって大道を邁進《まいしん》したのだろう。

彼はこういうことも言っている。

「もちろん梅ケ枝に再会できるとは思わなかった。ましてその夫の世話になり、発展の便宜を得るとは夢想もしなかった。人には親切にしておくべきだな」

こういう心境にあったためか、彼はここで一つの親切を発揮し、後日の日本のために大きな貢献をなしとげることになる……

この居留地で、彼はある日たいへんな美人に出あった。年は二十《はたち》かちょっとだろう。面長で色白、弁天様の生まれかわりかと眼をみはるほどの器量で、そのうえ妙にあだっぽい。

「あの女はどういう女だい？」

この町で顔をあわせる洋妾《ラシャメン》たちとは、ちょっと感じが違っている。不審に思って通訳の横山孫一郎にたずねると、

「弁天《べんてん》お雪《ゆき》という女刺青師《ほりもの》、おとなしそうな顔はしていますが、一枚着物をぬぐと、男まさりのクリカラモンモン、私は見たことはありませんが、背中はたしか弁天様、両腕には牡丹《ぼたん》をあしらっているはずですよ」

と声をひそめてささやいた。

「女刺青師？」

嘉右衛門は思わず後ろをふりかえった。通りすぎた女の着物の下に、凄艶《せいえん》な絵模様が刻みこまれていようとは、さすがの彼にも想像は出来なかった。

「どうして、そんな商売を？」

「父親も彫徳《ほりとく》という刺青師で、腕も江戸では五本の指に数えられた名人なんですが、どうもこれがうまれついた病いで」

と、自分の鼻にさわってみせた。

「とにかく、そっちの借金で首がまわらなくなっちまって、江戸を夜逃げし横浜へ来て、異人たち相手にかせぎまくっている。異人の水夫たちは港々で土産がわりに刺青をして行く癖があるでしょう。まあ、日本の刺青は世界一ということになっているでしょう。それに連中の刺青というのは、背中いっぱい大物を彫るというんじゃなくって、一つ一つ、小さな模様を増やしていくんだから、日本の刺青師にとっちゃ朝飯前の芸当でしょう。女にしたって、その気になれば仕事は出来るんじゃないですかねえ」

「なるほど」

嘉右衛門はもう一度、後ろをふりかえった。おそらく刺青の道具だろうか、小さな風呂敷《ふろしき》包みを小脇《こわき》にかかえたこの女は、一軒の洋館の中へ消えて行くところだった。

「だから香港《ホンコン》とか上海《シャンハイ》とか、そういう港々には女の刺青師もいるようですよ。刺青をしてやって金をとる。体を売って金をとる。二重にかせいでいるようで」

「だが、あの女はそう見えぬな。通りすがりに顔を見ただけだから、はっきり言えないところもあるが、たしかに貞女の相だった。刺青のほうはともかく、自分の身を切り売りして商売するとはおれには思えない」

「貞女というのはあたっていると思いますね。なんでもあの女の惚《ほ》れた男というのは、背中一面に花和尚《かおしょう》魯智深《ろちしん》大蛇退治《だいじゃたいじ》、両腕には昇り竜《りゅう》降り竜を彫っていたそうで——亭主の好きな赤えぼしじゃねえ青い肌《はだ》の絵で、女も彫ったんじゃありませんか。どっちもおやじの作なんだと、彫徳本人から聞きました」

「それで男のほうは？」

「同じ長屋に住んでいた吉三《きちぞう》という遊び人だと聞きました。ところがやつはもう二、三度で背中が仕上がるという土壇場《どたんば》で、横浜をずらかってしまったとか」

「人でも斬《き》って土地を売ったか、やくざ者にはよくある話だ」

「ところが、どうもそうじゃあなさそうで。言葉にも薩摩《さつま》のなまりがあったとか、旦那の占いじゃどうなります？」

「占うまでもあるまいな。薩摩には西郷吉之助《さいごうきちのすけ》とかいう大策士がいるということだ。自分に心服している藩士たちを次々に脱藩させ、全国各地に潜伏させて将棋の駒《こま》のように自由に動かしているという噂《うわさ》を聞いたこともあった。吉三というのも、その駒の一枚ではなかろうかな」

「なるほどねえ。でもれっきとした侍《さむらい》が、全身に刺青をするとはうなずけませんがねえ」
「侍なればこそではないかな。クリカラモンモンの侍などいようわけはない。そう思えばこそ密偵《みってい》の役もつとまるというわけだな。刺青は人の眼をあざむくためのかくれみの、腹を切ることさえ何とも思わないだけの覚悟が出来ていれば、刺青の針の痛さぐらいは何とでも辛抱できるだろうとおれは思うがな」

それからも嘉右衛門はこの居留地で何度かお雪と顔をあわせ、目礼して通りすぎる程度の仲となっていた。

むこうにしても、自分の素姓《すじょう》は誰からか聞き出したのだろう。占い好きの山師上がりの請負師、そのぐらいにしか思っていないのだろうと嘉右衛門も苦笑していた。

ところが、初めて女の素姓を聞いて三月ほどたったある日、居留地へやって来た彼は思わぬことを耳にした。

お雪の父の彫徳が、昨夜おそくある異人館の二階から身を投げ、首の骨を折って死んだというのである。

「理由は何だ?」

と聞いてみると、博奕《ばくち》の損がかさみ、首がまわらなくなったためだろうということだった。しかし、それだけが自殺の原因だとは嘉右衛門には思えなかった。蛇《じゃ》の道は蛇《へび》ということもある。博奕のことなら横山に聞け——と嘉右衛門はすぐ彼を呼びにやった。間もなくやって来た彼はさすがに深刻な顔をしていた。

「仏のほうからは今までにずいぶんまきあげましたから、こっちも寝ざめが悪いんです」

と前置きして彼の話してくれたところでは、彫徳も懐《ふとこ》ろが温まるにつれて、また悪いむかしの癖が顔を出したらしい。仕事のないときはたえず博奕場に入りびたり、ベーコックというアメリカ人から不義理な借金をしたという。

ところが、その借金はふつうのものとはぜんぜん性質が違っていた。彼は当時アメリカで五本の指に折られるサーカスの興行主ヴァンタムの片腕といわれる人物だった。彫徳親子、ことにお雪のほうに眼をつけて、わざわざ横浜までやって来たのである。

当時から、アメリカのサーカスでは、刺青女がもてはやされていた。きれいな若い女が体のあちらこちらに沢山《たくさん》の模様を彫りこみ、舞台に立って裸になり、刺青を見せるだけで結構かせぎになり、サーカスにもお客が殺到するというのである。

ところが欧米流の刺青では、絵の全体に統一がない。竜や花や虎《とら》や人物の姿など、思いついたところに思いついた絵を彫るだけで、地肌《じはだ》はそのまま残すのだ。日本流に背中に大きな絵を彫りこみ、腕にはあしらいのような小さな絵を彫り、余白というべき地肌の部分に墨を入れて、青黒くぼかしていくわけではない。ところが、水夫の中に一人、片腕をぼかしをかけた日本流で染めあげて、本国へ帰った男がいた。その男がヴァンタムに会って、彫徳親子の話をしたというのである。

こういう刺青女は、サーカスの大テントのそばに専用の小テントをはり、自分の出番と次の出番の間には、希望者に刺青をしてやる例が多かった。欧米流の刺青は、小さな模様をならべていくようなものだから、たとえば薔薇《ばら》の花一輪を一時間以内で彫りあげることもかんたんなのである。

日本流の刺青をした若い女が裸になって肌の絵を披露《ひろう》し、合間にお客に日本流の絵を彫ってくれるなら、さだめしサーカスも繁昌《はんじよう》するだろう――ユダヤ人の血をひいて、儲《もう》けには眼のないヴァンタムが、この話を聞きのがすわけはない。どんな条件でもかまわないからこの親子をアメリカへつれて来いと命じて、腹心のベーコックを横浜へ派遣したのである……

この居留地で、彼は彫徳たちに会って、アメリカ行きの話を持ち出した。ところが彫徳は生粋《きっすい》の江戸っ子だったし、なにもいまさら言葉も通じない異国まで行って仕事をする必要はないとつっぱねてしまった。お雪にしてもそのとおり、わたしの刺青は異人さんの見世物になるため彫ったんじゃありませんと、にべもなくことわったのである。

それでも相手はあきらめなかった。彫徳の博奕好きのくせを見ぬき、ほとんど無制限に博奕の元手を貸しつけたのである。

その額が五百両に達したとき、彼はアメリカへ帰る日が近づいたから、貸金に利息をつけて返してくれ——と開きなおった。ただの借金の証文だと信じて名前を書いた英文の書類は、この金を返せないときは親子そろってアメリカへ行き、全額返済を終えるまではどのようなことをしても働きます——という趣旨の契約書だったのである。

真相を知らされた彫徳は真っ青になって驚いた。と言ったところで、いまさら娘にアメリカへいっしょに行ってくれとたのめるものではない。自分の不心得を許してくれ——と書置を残し、異人館の二階の窓から舌をかみ、まっさかさまに飛びおりたというのも、彼としてはせい一杯の謝罪だったのだろう。

「なるほど、気の毒な話だな」

そのいきさつを聞き終わって嘉右衛門は溜息《ためいき》をついた。

「ひとつ仏に線香をあげに行きたいと思うのだが、お雪のところへ案内してくれないか」

遺体とともにお雪は異人館の一室に監視つきでとじこめられているという。嘉右衛門は孫一郎を供につれてそこを訪ねた。

遺体に線香をあげて合掌すると、彼は金をつかませて見張りの者を遠ざけた。

「気の毒なことになったものだな。いちおう仔細《しさい》は聞いて来たが、お前はアメリカへ行きたいわけではなかろうな」

「はい……でもこうなっちゃ、どうにもほかにしかたがありますまい……」

お雪は消え入りそうな声で答えた。

「ひとつ、わたしにお前の手を見せてくれ」

「はい……」

涙ながらにさし出したお雪の手相を調べて嘉右衛門はひくくうなった。

前に顔を見たとき思ったのだが、女には珍しい貴相である。玉のこしに乗る——と言いたいところだが、正妻運は出ていない。また全身に大きな刺青を彫った女では、高位高官の男の正妻の座にはつけまい。その副妻ということになればいいとしなければならないだろう。そして、その相手は——初めて肌身を許した男のはずなのだ。

流浪《るろう》の相はたしかに出ている。しかし、今日の術語で言うなら旅行線、渡海の相は出ていなかった。しかもふしぎなことには、この手には万人を救う仏の相がある。おそらくはかなりの年月流浪をつづけて後に花和尚吉三と結ばれ、吉三のほうが立身出世し、新時代の指導者となって万人を救うような働きをするのだろうと嘉右衛門は解釈したのだった。

「やはり、旅だちの——流浪の相は出ているな。しかし、何年かたった後では、思わぬ玉のこしにのれる。もっとも一生日かげの身だが、それはあきらめねばならんだろうな」

彼はすなおに鑑定の結果を告げた。

「では、先生、何年がまんすれば日本へ帰れます？」

「ふしぎなことに、旅といっても——渡海の相は出ていない。日本国内の旅と考えるほかはないだろう」

「先生！」

この言葉で、お雪も初めて暗夜に一筋の光明を見出したのだろう。涙に濡《ぬ》れた両眼を光らせて、

「先生！　わたしには花和尚の吉三さんという命がけで惚《ほ》れこんだ男がいるんです。とっても刺青が好きで、白い肌の女には情が移らないというもんですから、わたしも、お父さんにせがんで、全身に刺青を彫ってもらったんです。アメリカで見世物になるくらいなら、いっそひと思いに舌をかみきって死んだほうがと思いますが、その生き恥をが

まんしたらもう一度あの人にめぐりあえるでしょうか」

と、血を吐くような声でたずねた。

「アメリカへは渡らないと言っている。待て。これ以上は一占たててみないとわからない」

嘉右衛門は肌身はなさず持ち歩いている筮竹《ぜいちく》と算木《さんぎ》をとり出して、まずお雪の運命を占った。

䷌『天火同人《てんかどうじん》』、五爻変《こうへん》——

同人、先に号咷《ごうとう》し而《しこう》して後に笑う。大師克《か》ちて相遇《あいあ》う。

なるほどと、彼は心にうなずいた。

一口に言えば、この卦は一人の美女が五人の男に慕われるような感じの易、女刺青師という商売のことを考えれば、まったくあたっているといえる。そして、五爻の変爻をとれば、そこには『離為火《りいか》』の易が出る。

火は絵ともとれるし、模様とも解釈出来るが、考えてみれば刺青も体に刻んだ絵模様なのだ。内卦、算木の下三本は自分自身をあらわすわけだが、女刺青師、弁天お雪と名のって、自分の刺青を看板にしているくらいだから、こっちのほうは問題ない。問題は相手をあらわす外卦、算木の上三本があらわす象なのだが、これは三本の陽の中央に陰《いん》がひそんで離《り》を暗示する象なのだ。おそらくは自分が前に想像したように薩州《さっしゅう》藩士、しかし今では刺青をひけらかすこともないだろうと彼は割り切った。

とにかく今はこの女も涙がかれるほど悲しんでいる。男が秘密を打ち明けず離れて行ったときにしても、悲嘆は同じことだったろうが、「後に笑う」とあるからには、かならず生きていてよかったと喜ぶこともあるはずなのだ。

大師克ちて相遇う――この言葉の意味を考えて、彼はとたんにはっと思った。

大師とは大きな戦《いくさ》のことである。この年、慶応二年といえば幕府の長州征伐が始まろうとしていた当時だが、薩長同盟はまだ成立してはいなかった。土佐の坂本竜馬《さかもとりょうま》などが必死に画策はつづけていたが、まだ事は表面化していなかった。いずれはこの二藩と幕府との間に大きな戦が起こるだろう。花和尚吉三も勝利者としてふたたび横浜の地を訪れ、お雪と再会を喜びあうのだろうと彼は読みきった。

次に彼は、吉三の運命を占ってみた。

䷆『地水師《ちすいし》』、二爻《こう》――

師の中に在り。吉にして咎《とがめ》无《な》し、王三たび命を錫《たま》う。

なるほど彼は今では本来の侍にもどったのだろう。もちろん無事なはずなのだ。何度となく手柄を樹《た》てて、重要な使命を負わされるとすなおに解釈していいはずだ。

それから彼はいろいろと角度を変え、何度か易を立ててみた。そして最後に会心の微笑をたたえて言った。

「男はいま西にいるな。いずれは横浜へもどっても来ようが、お前はそれまで待てないだろう。それで旅だちの相が出ているのだな」

「先生！」

「西からの敵を東が迎え撃つのか。東は西の産んだ子供のようなものなのか。その意味はまだわしにもわからないのだが」

「先生！　わたしは無学な女です。もう少し噛《か》みくだいたお話をうかがわないと、さっぱりわけがわかりません！」

「無理もない。足かけ六年、獄中で占いを学びつづけたおれが眼を丸くしているのだよ。まさか女のお前さんが、異国の軍艦、黒船の群れを追い散らせるわけはあるまいから、その吉三という男だろうが……ふしぎなこともあるものだな」

「先生、でもこれだけの借金は……」

「そのことならば心配はない。おれが立てかえてはらってやろう」

「先生！」

「ははははは、金は天下のまわり持ちさ。お前から返してもらおうとは思わない。日本のために投げ出す金だ。いずれは魚の——半匹分ぐらいになってもどって来よう」

「先生！」

「アメリカへは渡らんですむように話もつけてやる。今日明日というわけにもいくまいが、初七日までにはかならず吉報を聞かせてやる。だから早まったまねだけはしないでくれ」

「先生！　それがほんとうになりましたら、ご恩は生涯《しょうがい》忘れません。わたしで出来ることなら何でもいたします」

「まあ、いいからあと何日か待ってくれ」

この部屋を出た嘉右衛門はすぐ行動を開始した。孫一郎を通訳として、彼はベーコックに会った。そして彫徳の借金は一文のこらず自分が肩がわりして、眼の前に積み上げてみせようと言い切った。

彫徳の自殺に直面して、ベーコックが動揺していたことはたしかだった。その動揺を利用して嘉右衛門は易を離れたはったりを嚙ませた。自分がいま占ったところでは、この女には死相が出ている。船へのせれば、途中で病気になるか自殺するか、おそらく二つに一つだろう。とにかくどこかの温泉へでも静養にやり、元気をとりもどさせるほかはない。そういうことをくどいばかりに説明しぬいたのだった。

「それで、あの女をどうなさるのです？」

ベーコックも業《ごう》を煮やしたように聞いた。

「とにかく体をなおさせる。体がよくなったら女房にする。顔はもちろん美人だが、おれはあの背中の絵に惚れたのだ——と通訳してくれ」

「結婚なさる——というのですね」

「そうだ。それとも大金と手間ひまかけて、死体を二つお買いになるのですか」

しばらく沈黙した後で、ベーコックは利息の条件を切り出してきた。

七時間後に話はまとまった。この吉報を聞いたお雪が呆然《ぼうぜん》として耳を疑ったのも無理はない。そのうえにまた嘉右衛門は葬式の費用まで出してやり、四十九日がすぎたなら、京都の知恩院《ちおんいん》へ納骨に出かけてはどうだ、旅費ぐらいは何でもないとつけ加えたのだった。

「それでは申しわけございません。時期が来るまで、女中がわりにおそばへ置いていただけませんか」

微妙な含みを持った言葉だが、嘉右衛門はまた大きく首をふった。

「それでは吉三さんに悪いだろう。おれもお前さんと同じようにその人に賭《か》けてみたいのだよ。だいいちお前さんの心はとうのむかしに、西へ飛んでしまっているのではないかな。おれとしてもいまのところは仕事のほうが忙しい。まあ、何年か後に再会の日もあろう。それまで達者でいてくれよ」

たしかにそれから五十日、嘉右衛門も仕事に追いまくられて、お雪と顔をあわせるどころではなかった。京都へ旅だつという日の朝だけは、仕事場で出発の挨拶《あいさつ》は受けたのだったが……

そのようにして、女刺青師弁天お雪の流浪の旅は始まった。その後の彼女の運命については、この物語の後段でふれることになるはずだが、私はいま筆を転じて、嘉右衛門自身のその後数年の働きを追わなければならない。

嘉右衛門の出獄と相前後して、歴史は幕末最後の激動期に突入していた。

慶応元年（一八六五年）

十月十日　嘉右衛門出獄、将軍徳川家茂《いえもち》、徳川慶喜《よしのぶ》に政務補佐を命ず。

十一月七日　幕府彦根《ひこね》以下三十一藩に命じて長州征討を開始。

十二月十七日　朝廷典薬寮に西洋医法を混

用することを許す。
十二月三十日　越前《えちぜん》藩士中根雪江《なかねゆきえ》、徳川慶喜に長州征討中止を説く。

慶応二年（一八六六年）
一月八日　長州藩士木戸孝允《きどたかよし》等、京都の薩邸に入る。
一月二十一日　長州藩士木戸孝允、薩摩藩士西郷吉之助、小松帯刀《こまつたてわき》と同盟を密約す。
一月二十二日　長州藩の処分決定。
二月二十九日　神奈川、長崎、箱館に自由移住、自由交易が許可される。
三月十一日　幕府横須賀《よこすか》製鉄所を起工。
四月八日　幕府海外修業の渡航を許す。
四月十五日　薩摩藩主島津忠義《しまづただよし》、幕府に長州征討の不可を論じ出兵を拒絶す。
六月五日　長州包囲網成る。
六月七日　幕軍、長州との間に戦端を開く。
七月二十日　将軍徳川家茂大坂に没す。
八月二十六日　徳川慶喜徳川宗家を継ぐ。
八月七日　幕軍の敗報しきりに至る。
八月二十一日　休戦。
九月十九日　撤兵開始。
十二月五日　徳川慶喜将軍となる。
十二月十六日　孝明《こうめい》天皇ご発病。
十二月二十五日　天皇崩御《ほうぎょ》。宝算三十六。

慶応三年（一八六七年）
一月九日　睦仁《むつひと》親王践祚《せんそ》。
四月十二日　島津久光《ひさみつ》、兵七千をひきいて京都に入る。このころより王政復古の声しだいに高まる。土佐藩士坂本竜馬、海援隊を組織し隊長となる。
五月二十五日　兵庫開港許可。開港実施は十二月七日と決定。
六月八日　幕府陸軍所に歩・騎・砲の三科決定。伝習生を募集。
六月二十二日　薩摩、土佐両藩間に王政復古の密約成る。
十月八日　薩、長、芸、三藩連盟成る。
十月二十四日　徳川慶喜、大政奉還。
十二月九日　王政復古の諭告。
十二月十六日　徳川慶喜大坂城に入る。京都、大坂、伏見の間に戦機動く。

慶応四年―明治元年（一八六八年）
一月三日　鳥羽伏見《とばふしみ》の戦、幕軍大敗。
一月六日　徳川慶喜大坂城を捨て、軍艦にて江戸へ赴く。
一月十二日　慶喜江戸城に入り、和戦を決する会議を開く。
一月十九日　大坂遷都《せんと》の声高まる。
一月二十一日　江戸城内会議にて恭順決定。
二月十二日　徳川慶喜上野大慈院《うえのだいじいん》に退去。
二月十五日　慶喜征討の東征軍京都進発。
三月十五日　江戸城総攻めの計画中止。
五月十五日　彰義隊の乱。
六月十日　東京遷都内定。
七月十七日　江戸を東京と改められる。
八月二十二日　会津若松《あいづわかまつ》城攻撃開始。
八月二十七日　即位の大礼。
九月八日　明治と改元。
九月二十日　天皇京都御発輦《ごはつれん》。若松城落城。
十月十三日　車駕《しゃが》、東京着御《ちゃくぎょ》、江戸城を

もって皇居となす。

十月十九日　仮に五官庁を東京に設置。

こうして出獄後、明治元年までの四年間、彼は事業家として人が眼をみはるような大躍進を続けていた。

わずか四年と言ってはいけない。年表からもわかるように、この四年間は、ふつうの時期なら四十年、いやそれ以上にも相当する大変革の連続だった。横浜の外国公館に深く食いこんでいた嘉右衛門には、こういう天下の情勢は人よりはるかに早く耳に入った。たとえば兵庫開港を促進するために、パークスはじめ各国の公使は次々に大坂へ行き、大坂城で慶喜と交渉するのだが、その交渉の内容も彼の耳にはつつぬけだったのである。

この四年間で、彼が異人館建設によってあげた利益は実に十五万両に及んだ。その建築が一段落したときに、彼は弟徳右衛門《とくえもん》を一時兵庫に派遣し、神戸の領事館などの建築請負にあたらせている。

さらに彼は、英国公使とイギリス人技師、プラントンの周旋によって、全国の灯台建設の元請負をすることになった。体がいくつあってもたりないような忙しさの中で、彼はさらに将来に対する布石を打ち出した。新政府の誕生とほとんど同時に、横浜に大旅館「高島屋」を建設したのだ。

これはもちろん、現在横浜駅西口にある高島屋デパートとは何の関係もない。

それまでにも横浜に旅館はあったが、商人宿に毛の生えたようなもので、おえら方の宿泊出来るようなものではなかった。

彼は金と材料に糸目をつけず、思いきって豪華な和洋折衷《せっちゅう》の大旅館を建てたのだが、これはみごとに時流にのったのだった。

新幹線はおろか、鉄道などは一寸《すん》もなかったころのことである。江戸幕府は崩壊したといっても、江戸と上方《かみがた》の道中は江戸時代とまったく同じ、十日以上を要したのだ。ところが兵庫開港の三年後、明治二年には早くも米国の蒸汽船が定期便として、横浜兵庫間の航海をはじめた。この間に要する時間は三日間、陸路の約四分の一に短縮されたのだ。

上方と東京とを往復する参議、旧諸侯、政府高官などのおえら方は一人のこらずこの航路を利用するようになり、そのほとんどはこの旅館で宿泊するようになった。外国航路を利用する人も同様である。嘉右衛門は江戸深川の料亭などから腕ききの板前を呼びよせて、自慢の腕をふるわせた。刺身と鰻《うなぎ》の蒲焼《かばやき》は名物料理となったのだった。

人間もしかるべき者だけを集めた。たとえば江戸幕府お城づとめの茶坊主に髪をのばさせて給仕に仕立て、女は旧幕臣の娘や、幕府大奥または諸藩に女中奉公していた経験者を集め、旧幕臣の人物たちにこれを監督させた。

三条実美《さんじょうさねとみ》、木戸孝允、大久保利通《おおくぼとしみち》、西郷隆盛《さいごうたかもり》、副島種臣《そえじまたねおみ》、そのほか数かぎりない明治政府の大物たちが相次いでこの宿に宿泊し、嘉右衛門と親しくなっていった。なんといっても、嘉右衛門の易の力は当時から有名になっていたし、こういう顕官は宿泊のたびに、彼を部屋へ呼びよせ、いろいろな問題を占わせた。嘉右衛門としても、そのおかげで、いろいろな情報を手に入れられたし、この旅館は一挙両得以上の働きをしたのである。

ただ、こういう高官たちの中でただ一人だけ易を好まない人物がいた。参議・陸軍大将西郷隆盛、その人である。

もちろん彼は易や嘉右衛門を嫌《きら》いではなかったのだろう。自分の行動は自分で決するものだ——という信念のあらわれだったに違いないが、何となくそれが気になった嘉右衛門は、あるときひそかにこの英雄の運命を占って愕然《がくぜん》としてしまった。

○䷇『水地比《すいちひ》』、上六——
之《これ》を比《ひ》す。首《しゅ》无《な》し。凶。

比とは人に親しみ、和合するという意味の卦である。しかし、この爻《こう》は親しむべからざる人間に親しんで、その結果、命さえ危うくなるという含みを蔵している。

参議・陸軍大将ともあろう大人物にそのような不吉な卦が出るはずはない。これは自分の誤占なのだ——そう思った嘉右衛門は数年後までこのことを誰にも語らなかった。それから約十年の後、西南戦争の最後に城山《しろやま》で西郷が官軍の弾丸にあたって動けなくなり、部下に介錯《かいしやく》されて死んだときには、なるほどこのことの啓示だったかとは思ったのだが……

そのとき、彼は数人の人間に眼をつけた。

第一の人物は伊藤博文《いとうひろぶみ》——当時はまだ三十前で、新政府の役人としては最年少の一人だった。明治元年からは外国事務係、兵庫神戸在勤の大阪府判事、兵庫県知事などに任じられ、何度も高島屋に宿泊したのである。

「これは将来、新政府を背負って立つような大物になる」

初対面のときから嘉右衛門はそう思った。

この宿に泊まる長州藩出身の誰彼にたずねまわって、その経歴を調べたのも、その着眼から出たものだった。

伊藤博文は天保十二年九月二日、周防《すおう》国東荷村に生まれている。嘉右衛門より九歳年下だった。長州藩ではごく軽輩の家の生まれだったが、幕末の動乱時代には平素のような生家の身分などはしだいに無視されるようになってきた。その活動の第一歩は安政三年から四年にかけての三浦半島の警備である。彼はこのとき国元からの派遣部隊の一員に加えられて、ここまでやって来たのだが、この土地で警備隊長の木原良蔵《きはらりようぞう》に認められ、江戸藩邸との連絡係を命じられ、桂小五郎《かつらこごろう》──後の木戸孝允と顔をあわせるようになったのが、後日の飛躍のためにたいへんな布石となったのだった。

その年の暮れには帰国を命じられ、松下村塾《しようかそんじゆく》に入門したが、彼は吉田松陰の直弟子《じきでし》としてはほとんど最後の人物である。その後にもこの英雄の徳をしたって入門した藩士は少なくなかったようだが、多くは維新の戦乱で倒れ、あるいは中途で志を変えたために、後世──いや明治初めのこの時点まで門下生として通った後輩はほとんどなかったといってよい。

間もなく彼は京都屋敷詰をおおせつけられて上洛《じようらく》する。

この前後からいわゆる「安政の大獄」がはじまる。当時俊輔《しゆんすけ》といっていた博文は、その後藩命によって長崎へ赴くのだが、そこから萩《はぎ》へもどって来たのは、幕命によって松陰が江戸へ護送されてから二十一日目のことだった。

その後、彼は桂につれられて江戸に出る。そして斬罪《ざんざい》に処せられた松陰の遺体を小《こ》塚原《づかつぱら》の回向院《えこういん》に葬ることになる……これでいちおう安政の大獄は終わりを告げるのだが、その数か月後、安政七年の三月三日には、大老井伊直弼が桜田門外に要撃され、首をうばわれたのだった。

もちろん、この大老暗殺事件には博文は直接何の関係もない。しかしこれを企て実行に移した水戸の藩士たちは、長州藩を勤王運動の盟友と見なしていたのだ。しかし長州藩としてはなかなか藩論を統一出来なかった。

こういう政治的大混乱の時代には青年たちがまずはやり出す。博文は高杉晋作《たかすぎしんさく》たちとともに品川御殿山の英国公使館焼き討ちではその実行者の一人となった。

最初は公武合体という比較的温和な道を歩もうとしていた長州藩も、この青年たちにひきずられて尖鋭《せんえい》な攘夷《じょうい》実行派に変わって行く。

いわゆる生麦《なまむぎ》事件が外国艦隊による鹿児島砲撃をまねいたのは、乗馬のまま島津家の大名行列の前をかけぬけようとした外国人のほうにも非がないとは言いきれないが、関門《かんもん》海峡を通過しようとしていたアメリカの商船を砲撃し、その結果馬関《ばかん》を攻撃されたのは長州藩の政治的暴走に対する当然のむくいともいえないことはない。このとき博文はロンドンに滞在していた。

同行五人——その中には、後に井上馨《いのうえかおる》と改名し博文の生涯の盟友となった志道聞多《しじもんた》、後日の鉄道建設の父といわれた野村弥吉《のむらやきち》——井上勝も含まれている。

博文と聞多はこの外患のニュースを聞いて、せっかく万里の海を渡ってたどりついたロンドンからあわてて日本へ帰ってくる。二人が極力奔走したにもかかわらず四国連合艦隊の下関攻撃はおさえることが出来なかった。ただその直後の講和談判では二人の働きはたいへんなものだった。

この時点——明治二年ごろに嘉右衛門が博文の経歴について聞いたのはこの程度のことである。もちろん異色な働きだが、嘉右衛門はむしろこの青年の無限の将来を買ったのだった。その運命を予知させる手相にしても、百万人に一人と言いたいものだった。

自分より九つ年下のこの青年と、嘉右衛門はいつの間にかほんとうの兄弟のように親しくなった。そのせいか、彼は後日 箒御前《ほうきごぜん》といわれた博文の好色癖に一言注意したことがある。もちろん酒席の冗談としてだが……

「色をお好みになるのはおおいに結構ですが、やはり限度がございましょうな」

博文はにやりと笑って答えた。

「あなたがいま少し色をお好みなら、天下の英雄とうたわれましょうに」

わずかなやりとりにすぎないが、おたがいに相手を知り切った知己の応酬といえるだろう。これ以来、嘉右衛門は博文の女色については一言も注意することはなかった。

彼が眼をつけた第二の人物は、旧佐賀藩士の大隈重信《おおくましげのぶ》だった。もちろん後日の明治政界では大物中の大物といわれる人物で、鍋島藩と嘉右衛門の関係からいっても、博文以上の親交を結んでもいいはずなのだが、こちらはいちおうの仲に終始した。人間関係には往々にして見られる因縁というものなのだろう。

しかし、この二人に対しては英国公使パークスにしても早くからその将来を買っていたらしい。

「大隈、伊藤――あの二人の働き如何《いかん》によって、日本は近い将来の運命を決するようになるだろうな」

彼はそうつぶやいていたというが、たしかに明治二年には、東京――横浜間の鉄道建設の問題をめぐって、大隈、伊藤、嘉右衛門、そしてパークスとは微妙な役割を演じながら、からみあっていくのである……

そのことについては、後にゆずるとして、まず嘉右衛門が手をつけた最初の事業を紹介しよう。それは横浜市の清浄化――下水道の整備なのだった。

ある日、この宿、高島屋に宿泊した参議木戸孝允に呼ばれた彼は、非公式にこの問題について相談を受けたのだ。

「何といっても横浜は、日本の表玄関だ。外交にかけてはこの表玄関を通らないかぎり、何とも用はたりないのだが、その不潔さのことについては各国の公使館から苦情が相次いでおる。下水道が不完全なために、汚水が各所にたまり、溝《みぞ》からの悪臭も鼻をつき、町を歩いているだけで気持ちが悪くなるというのだな。わしもためしに視察してみたが、なるほど日本人ならともかく、西洋人にはがまんが出来まいと思ったものだった……なにかよい工夫がないものかな」

孝允は溜息《ためいき》をついて言ったが、嘉右衛門はこのことを予想していたような調子で答えた。

「横浜の広さはわずか坪数にして十万坪にすぎません。その程度の広さの土地の汚水の処理は造作《ぞうさ》もないことでございます。もし私におまかせくださるなら、着工後百日以内に工事を完成してお目にかけますが」

「具体的にはどうするのだね？」

「オランダという国は大部分、満潮時の海面よりも土地が低いと聞いております。そのために、まず海岸にセメントで堤防を築き海水の浸入を防いでおいて、そのかたわら国土の開発を進めていると聞きました。今日においても雨水は汚物とともにポンプで海に排出し、日常生活には何の不便もないと聞きました。なるほどと思って、前に一度計算をしてみたことがありましたが、横浜ならばせいぜいポンプ一台で足りるだろうという答えが出ました。また、この下水より生ずる泥土は埋め立てにも役だつと思われます。その埋立地の地代によって、下水工事のための費用も楽に償還できようと、私もざっと算盤《そろばん》をおいてみましたが……」

「十万坪の汚水をポンプ一台で……二台としてもたいしたことはない。工事も百日で完成出来るというのだね」

「はい……ただし百日とは正式のお話がありまして、着工以後とお考えください」

「よろしい。県令とも相談のうえ、工事を発注するとしよう。いまからそのつもりで見積書など作っておくほうがいいだろう」

その命令は数日後に下された。嘉右衛門は準備が整うまで百日の猶予を願い出て許された。蒸気ポンプをアメリカからとりよせるためである。六十九番館のダーソンのところへ注文のポンプが到着するまでに、彼はいっさいの準備を整えていた。

百日の工事期間に一日もおくれず横浜の下水は整備されてしまった。この点に関するかぎり、横浜は先進国の都市と肩をならべるようになった。

この男おそるべし——新政府の人々は、その後嘉右衛門に会うたびに、内心でこうつぶやいていたようである。壮年期の礼服を着た彼の写真には、晩年の写真からは想像出来ない精悍《せいかん》さがあふれている。まさしく智勇兼備の顔、新政府の要人たちにせよ、観相の感覚は自然に持っていたろうし、直接彼に接したときにはやはりそう思ったのではなかろうか。

嘉右衛門は着々と歩を進めて行く。

彼が商売を再開して間もなく、金札の問題が起こった。新政府の発行した紙幣、いわゆる「太政官札《だじょうかんさつ》」が、まだ政府の信用が足りないために大暴落したのである。百円の札一枚をドルに換算して逆に円を買うとすれば、四十数円になるという惨状に追いこまれ、新政府の財政も破産の一歩手前というような状態だった。

嘉右衛門はオランダ領事のタックから資金を借り入れ、金札相場を続けたが、買えば下がり、下がればまた借りて買い入れるということをくりかえしているうちに、買い入れた総額は十五万円となり、平均の買い値は五十七円になった。

この状態では破産は必定という土壇場まで追いこまれた瞬間に、金札一円は正価一円に通用することという太政官の指令が出た。

たちまち金札相場は暴騰し、おふれどおりの値段が出た。嘉右衛門も破産どころか、莫大《ばくだい》な差金の利益を上げたのである。

もちろん、彼は僥倖《ぎょうこう》として、この利益を誇らなかった。かえって、タックが不作を見越して買い入れた南京《ナンキン》米を五万八千両でゆずり受け、ふたたび凶作におそわれた南部藩に送って庶民を飢餓から救ったのである。それだけではなく、南部藩は新政府から七十万両の献金を命令されていたのだが、彼は三条太政大臣、岩倉右大臣、木戸、大久保の両参議などを説得して、この献金を十万五千両に値ぎり倒した。

そのとき、彼は土産《みやげ》に松皮餅《まつかわもち》を持参した。松の皮をはぎ、これに蕨《わらび》の根をまぜて作った非常食だが、南部藩ではこの年これを常食としていたのだった。

天下の珍味といわれて、これを試食した一同はさすがに眼をまるくした。これが常食だと嘉右衛門に説明されて、献金猶予の処置がとられたのだが、世間では、

「あの男の商才はたいしたものだ。よくも、ふつうの人間では喉《のど》も通らないまずい餅を五十九万五千両で売りつけたな」

と批評していたという。しかし、そういう悪口を嘉右衛門は少しも気にしなかった。

「これで親子二代にわたって、わが家は何十万人かの人の命を救ったのだ。言いたいやつには何でも言わせておくがいい」

それはたしかに彼の信条だったろう。こういう言葉が伝わるにつれて、かげ口も悪意の批評もかげをひそめた。

それだけではない。明治四年の廃藩置県のときには、南部藩は規定の十三万円に対して二十万円あまりの禄券《ろくけん》を受けている。これも嘉右衛門の働きだった。

その努力もけっして彼個人の利益をはかるためではなかった。

当時の大名は「借捨て御免」といわれたくらい、出入りの商人に対して借入金が多く、支払いもとどこおっていた。

高島屋の立替金も、その父初代嘉兵衛の代から計算して、三万五千円に上っていた。当時の物価から計算すると、当時の円はいまの数千倍から一万倍以上の値打ちがあったようである。かりに一万倍とすれば三億五千万円、個人とすればたいへんな金額だし、正当な商売上の立替金なのだから、何の文句もなく受けとっても誰も悪口をいう筋合いはない。

それなのに、彼は、この借財はそのまま新政府が肩がわりすることになっている、正式な書類を提出すれば、後日新政府の発行する国債で支払われることになっている――と説明してくれた南部藩の役人に、

「いま、新政府もたいへんな財政難に悩んでいることは私もよく存じております。廃藩置県が行なわれれば、これまで各藩から家禄をいただいてきた旧士族のみなさまは、生活の方法を失うことになりますから、一時金の形で国債をいただかれるのも当然至極《しごく》と存じますが、私は幸い商売も繁昌《はんじょう》いたしており、このお金は特に必要ございません。国家の財政から見れば、この三万五千円はそれこそはした金でございましょうが、それでも何かのお役には立ちましょう。私は断じてこのお金をいただきません」

と頑張《がんば》り通し、とうとう意志を貫いた。

この行動に対しては、馬鹿という者もあり、売名のための辞退だろうと冷笑した者もいたが、私はそうとは思わない。

この何年か、嘉右衛門が実際にやりぬいた各種の事業をあわせて考えれば、それが国家本位の考え方から出たものだったことは容易に推定出来るだろう。

第六章　東京↕横浜間の鉄道

明治二年の九月十日、大蔵大輔《おおくらたゆう》――現在では大蔵次官にあたる――大隈重信、大蔵小輔《しょうゆう》伊藤博文の二人は横浜のイギリス公使館を訪ね、その夜は高島屋に一泊した。

夕食のときに嘉右衛門は座敷へ呼ばれた。

「高島さん、まあ一杯いきましょう。ところでなにかためになるような話はありませんか」

大隈は杯をさしてたずねた。

「私のような一商人が、あなた方のような博学多識なお方に、下手なお話を申しあげるのは釈迦《しゃか》に説法のようなものだといわれるかもしれませんな」

杯を返しながら嘉右衛門は答えた。

「いや、なにも謙遜《けんそん》なさることはないでしょう。われわれはこのとおり目先の問題の処理で追われて、遠い将来の計画が樹てきれなくなっているのですよ。日本のためにいま一番の急務は何でしょうかね」

伊藤博文がかわってたずねた。

「蒸汽車の敷設《ふせつ》ではないでしょうか」

「蒸汽車？」

二人は顔を見あわせた。

博文も元治《げんじ》元年イギリスへ渡ったときにはとうぜん蒸汽車に乗っている。その便利さは身をもって体験して来たのだった。ところが日本ではペルリの来朝当時、模型の汽車が贈られただけだった。

横浜の応接館の近くで試運転が行なわれ、後に江戸城内で将軍や大名などに見せられたが、その後幕府の海軍操練所に保管中、火事で焼失してしまっている。

「いったい、あなたはいつ蒸汽車を見たのですか？　外国へは一度も行っていないのでしょう」

博文は不審に思って問い返したが、嘉右衛門は笑って答えた。

「耳学問でございますよ。異人さんたちと多勢つきあっておりますうちには、むこうの珍しい物の話も次々に聞こえてまいります。ところで蒸汽車というものは、地面をならしてレールをすえ、その上を走らせるものでしょう。最初は異人さんの技師の手を借りなければならないとしても、いずれは日本人だけの手でレールも敷け、機関車、客車も走らせられるのではありませんかな」

「まあ、将来はそうなるでしょうが、いったいいつごろのことですかな」

「あなた方がそうおっしゃるとは心細い。極端なことをいえば、明日からでも準備にかかるべきでしょうな。たとえば鹿児島と根室《ねむろ》の間はだいたい八百里あります。一日十里の道中でも最低八十日かかります。この間に鉄道が出来たなら、わずかに三日半ですよ。日本の東北と西南が三十五里の距離にちぢんでしまったと、そう言えるのではないでしょうか。

まあ、これは一例にすぎませんが、こうして各地が蒸汽車の鉄路で結ばれたなら、あらゆる物資の輸送も楽になりますから、全国的に物価も安定するでしょう。一朝事があったときの軍隊の派遣にも便利です。また、この御維新で禄を失った人間に、仕事を与えることにもなるはずです。一石数鳥の名案ではないかと私は考えますが」

「なるほどごもっともなご意見ですが、新政府創立後まだ日も浅く、かたづけなければいけない問題も山積《さんせき》していましてね」

「それはたしかにそうでしょうが……それでは個人の事業としてはどうでしょう。もしお許しをいただけますなら、私がおひきうけして、東京―横浜、その間の鉄道を建設いたしましょうか。そうなれば一日で用事をすませて往復することも夢ではなくなります。万事につけて便利かと思いますが」

「まあ、その話はいずれゆっくり考えましょう。それよりもう一杯どうですか」

二人は笑って話を打ちきってしまった。

しかし、嘉右衛門は真剣だった。二人の顔色から判断して脈があると思ったのだ。

その夜、嘉右衛門は易をたて、この鉄道の完成見込みを占って䷍。『火天大有《かてんだいゆう》』の二爻《こう》を得た。

「大車以《たいしゃもつ》て載《の》す。往《ゆ》く攸有《ところあ》り。咎无《とがな》し」

この目的にはぴったりするような爻辞《こうじ》である。四年以内に全通すると彼は判断した。

いったんこうと腹をきめれば、すばやく実行に移すのが嘉右衛門の本領だった。彼は横山孫一郎、富永冬樹《とみながふゆき》の二人に命じて、外国人から資金を借り入れることが可能かどうかの調査に移った。

ふつうの商取引だったらともかく、鉄道の建設となってくると、必要な資金も莫大なものとなってくる。最低百万ドルという条件ではなかなか応ずる相手もなかった。

ただ、居留地二十番館のホテルに滞在中だったリードというイギリス人がこれに応じてきた。担保は政府から出される鉄道敷設免状とし、三か年据《すえ》置《お》き四年目から元利を十か年に年賦償還するという仮契約が成立したのだった。

これだけの下準備を整えてから、彼は上京して大蔵省を訪ね、大隈大輔に面会し、鉄道建設の願書を提出した。

「東京側の中央停車場は、浅草あたりがよいかと心得ます。そうすれば将来、北へ鉄路がのびますときにも便利と存じますが」

大隈重信が願書に眼を通している間に、彼はすでに許可がおりたような思いで、こういうことさえ口走った。

「待て、まだ許可はしておらぬ……いったいこの資金はたしかなのかね」

大隈は厚い願書をデスクの上に置いて、嘉右衛門を見つめた。

「はい、たしかに約束してまいりましたが」

「冗談じゃない。百万ドルといえばたいへんな大金だ。それだけの金を一個人に貸せるならヨーロッパ切っての大金持ちだろう。それだけの大富豪なら、本国で王様のような生活が出来るだろう。それなのにわざわざ日本の横浜くんだりまでやって来て、不便なホテル暮らしをする——そういう理屈があるだろうか」

「外国人には外国人の考えがあります。特に冒険進取《しんしゅ》の気性は日本人はとうてい及びもつきません。大金持ちが単身横浜へやって来たところで、べつにふしぎはなかろうと思いますが。特にこの金は公債で集められるということです」

「とにかくこれは重大事だ。いちおう書類はあずかっておくが、許可不許可は追って沙《さ》汰《た》しよう」

「はい」

嘉右衛門としてもこの問題が即決されるなどとは思ってもいなかった。願書を読んでもらえれば事は半ば終わったというような思いでていねいに挨拶《あいさつ》し、足どりも軽く部屋を出たが、その直後、大隈はすぐ伊藤博文を部屋に呼びよせた。

「君、ひとつこの願書を読んでくれたまえ」

最後まで読み終わるのを待ちかねたように、

「どうだ。この計画をどう思う」

語気も鋭く大隈は聞いた。

「計画そのものはいかにもりっぱです。また彼ならばおそらくやりとげられましょう。ただ、政府の大方針とはいささか違うと私は考えますが」

「どこが違うというのかね？」

「例のポルトメン事件です」

「うむ」

大隈はかるく何度かうなずいた。

ポルトメンというのは、アメリカ公使館に長くつとめていた書記官だった。徳川時代から日本に住むようになったのだが、彼は役人を言葉たくみにだまし、老中小笠原《おがさわら》壱岐《いきの》守《かみ》から、彼個人に江戸横浜間の鉄道敷設と使用の免許状を下付させたのだ。ある意味ではたいへんな利権とも言えるだろう。

こういう免許があることなど、新政府では誰一人として知らなかった。つい最近、ポルトメンから、この免許を新政府名義のものと書きかえてほしいという要求があったので、初めて事は明らかになったのだった。

幸いにここには一つの逃げ道があった。

免許状の日付は慶応三年十一月七日となっている。徳川慶喜の大政奉還は同じ年の十月二十四日である。わずか十四日の違いだが、これはごく重大な違いだった。

政権が幕府から天皇に移った以上、将軍の補佐役たる老中には外国人と交渉をし、何かの許可を与える権限はない。権限のない人間の発行した免許状は無効である。

苦しい口上には違いないが、法理論としては一本筋が通っている。この一本の筋を楯《たて》として、政府は公使からの正式な要求も頑強《がんきょう》につっぱねたのだった。

小笠原老中としてみれば、このさい在任中の懸案はかたづけておこう——という程度のかるい気持ちで免許状を発行したに違いないが、これは新政府の方針とは完全に食い違っていた。日本の鉄道は日本人が経営するのがとうぜんだ。これは外国人に経営させれば、日本は外国の植民地同様になるではないか。

これがこの問題の責任者となった大隈、伊藤二人の一致した結論だった……

「ポルトメンは純然たる外国人、高島嘉右衛門は日本人、この違いこそありますが、一人の私人にこれだけの権利を与えたら廟議《びょうぎ》はどうなるでしょうか。反対者には何といって説得なさいます？」

鋭く博文は急所をついた。

「うむ、何といっても西郷さんがの」

重信も溜息をついてしまった。

大隈重信は佐賀の出身、伊藤博文は長州の出身で、薩摩出身の西郷隆盛とはどうも調子があわなかった。といって隆盛は新政府の最大最高の人物である。その西郷は鉄道建設に大反対の態度をとっていた。

「鉄道を作るくらいなら、その金で軍備を増強するがよい。そっちが先決問題だ」

大隈が、自分の私見だがとことわって西郷に鉄道建設への賛否をたずねたとき、隆盛は叱《しか》りとばすように言ったが、そのことは博文も大隈から聞かされて知っていた。

「討幕以来、西郷さんも変わられましたな。むかしはあんなお方ではなかったのですが、江戸城無血開城が西郷さんの最後の手柄でしたかねえ」

薩摩生まれのある高官が、酔余もらした一言を二人は忘れることもなかった。

二人はもともと蒸汽車のことにはくわしかった。洋行して自分で汽車の便利さを体験してきた博文のほうはもちろんだが、大隈にしても蘭学者《らんがくしゃ》、川本幸民《かわもとこうみん》の翻訳した『遠西奇器述』という本を愛読して、外国の新奇な発明品のことは残らず知っている。そういう文明の利器の便利さを身をもって体験してきた博文とも話はよく合う仲だった。

「まあ、西郷さんをくどきおとすまでにはたっぷり時間をかけるとして、この願書のほうはどうしようか？」

「とにかく一つ見のがせない急所がありますな。高島嘉右衛門という人は、ときに大ぼらも吹きますが、眼は鋭く計算は実に綿密です。その彼がリードなる男に会って、百万ドルの借り入れの約束をとりつけたとなれば、リードにしてもまんざらの山師とは思えません。ひとつわれわれが直接交渉にかかってはいかがです。個人相手に百万ドルを投げ出せるほどの男なら、われわれが政府代表としてのりこめば三百万ドルは借りられましょう」

「うむ、それでは高島さんを出しぬくようなことになるが、国家の大事だ。やむを得まい」

大隈も決心をかためたようだった。そばについていた秘書官に、

「至急馬車の支度を……これから伊藤君といっしょに横浜まで行く」

と言い渡したのだった。

その日のうちに横浜へ着いた二人は、高島屋には泊まらず、県令官舎の客となり、翌日早朝、居留地二十番館のホテルにリードを訪ね、非公式な交渉を開始した。非公式といっても日本政府の将来の重鎮となるべき二人の人物が、誠心誠意、交渉にかかったことである。リードも真剣に応対して、その日の夕刻、仮契約はまとまった。

嘉右衛門も一歩おくれて、ホテルへ訪ねてきたのだが、リードは急の風邪《かぜ》らしく高熱が出ていると称して、この会見をことわったのである。この仮契約がまとまると、二人はすぐ東京へひっかえしたが、もう時間は十時近くになっており、役所へは顔を出す余裕もなかった。当時大隈は、築地本願寺《ほんがんじ》近くの元の旗本戸川安宅《とがわあたか》の旧家に住んでいた。彼をしたって多勢の青年が居候《いそうろう》に住みついていたものだから、彼は自らこの屋敷を「梁山泊《りょうざんぱく》」と呼んでいたくらいだった。

伊藤博文の家もまたその近くにあった。彼の住居は敷地五千坪の梁山泊にくらべれば

小さかったものの、約五百坪の敷地がある。

一日三回、三十人分の飯をたいてそれでも足りなかった——といわれる大隈家ほどではないにしても、結構かなりの居候はころがっていた。博文や後の井上馨とともに、イギリスへ留学した井上勝もまた、この明治二年八月に帰国し、新政府へ就職の話もきまって、伊藤家の居候となっていたのである。

博文は家へ帰ると同時に、彼の部屋へかけこんだ。

「おい、喜べ、貴様の就職口はきまったぞ」

井上勝は首をひねった。

「はて、来月から造幣頭《ぞうへいのかみ》と鉱山正に任ずるということはうかがっていましたが、ほかに仕事があるのですか」

彼はロンションの的な短期間、イギリスに滞在しただけの博文とは違って、足かけ六年もロンドンにとどまり、ロンドン大学を優秀な成績で卒業して帰っている。いわば当時の新知識だったし、最初から造幣局長兼鉱山課長という要職につくのもとうぜんのことだった。

その住居がきまるまでの短期間、こうして旧友の家で世話になっていたことだから、ふつうの居候とはちょっと格が違う。貴様呼ばわりはしなかったものの、いくらかむっとした様子で問い返した。

「いや、その肩書はそのままだ。仕事もふつうにやってもらう。ただ貴様の一生の大仕事は、日本全土に鉄道の網を敷くことだ。どうだ、男児一代の仕事とするに足るだろう」

「日本全土の鉄道網をおれにまかせてくれるのか。いったいそれはほんとうか。それをこの手でやりとげられたら、その翌日死んでも悔いはない。その翌日といったところで、あと二十年、いや三十年はかかるだろうが」

「ところでこれはまだ機密中の機密だ。さっきようやく横浜で建設資金のめどをつけてきたばかりだ。最初の区間は東京―横浜、これには誰も異存があるまい。第二第三の区間はどこか、その見当をつけてもらいたい」

「第二の目標は東京―神戸、これにも何の異存もあるまい。京都、大阪を通るのだから。その次には支線で京都と敦賀《つるが》をつなぐ。第一期の目標はここまでだ。おれの寿命もそのへんでつきるだろうが、あとは後人に仕事をゆずってあの世から成果を見とどけよう」

「弱音を吐くな。なるほど、京都―敦賀の支線は朝鮮との交通の便を考えてのことか」

何といっても朋友《ほうゆう》の仲だった。乱暴な口はききあっていても、意とするところは一瞬の間にのみこめたのだった。

「よし、わかった。それではその線で行くとして、どのくらい金がかかるか、明日からひとつ、概算をはじめてはくれないか」

その夜、嘉右衛門は何だか寝つけなかった。床に入っても妙な胸さわぎがして、眼をとじても神経がたかぶってしかたがない。

思いきって、深夜床をはなれると、彼は水ごりをとって体を清め、自分の運命を占ってみた。得た卦《け》は「山地剝《さんちはく》」の上爻《じょうこう》だった。

䷖『山地剝』、上九——

碩果《せっか》食《くら》われず。君子は輿《こし》を得、小人《しょうじん》は盧《ろ》を剝《おと》す。

碩果とは大きな木の実という意味である。それが高い所にあるために、食えないというわけなのだ。君子には出来ることでも小人には出来ない——と、凶に近い卦というほかはない。

「山を崩すとは読めないかな」

彼は天井を見あげてひとりごとを言った。

この鉄道を敷くためには、各所の山を切り崩し、横浜のあたりでは海を埋めなければならなくなる。精密な測量はまだしていないが、そのぐらいのことはとっくに頭に入っていた。

おれはいったい君子なのかな？

彼は自分を反省した。何といっても出獄以来、自分のしてきたことは金儲《かねもう》けが主だったと思わないではおられなかった。そういう印象がつきまとっている以上、公益のために鉄道を敷くとしても、世間では新式の金儲けをはじめたかと冷たい眼で見るだろう。

いや、それだけではない。この卦には首を落とすという意味もある。旧士族の不満はいまでも巷《ちまた》に満ち、文明開化に対しては何でも反対するという不平分子も少なくない。

幸い、横浜は、山手に英仏両国の軍隊が駐留していて、ほかの土地にくらべれば治安も確保されているが、それでも辻斬《つじぎ》りの噂《うわさ》は絶えない。江戸では事件の数にしてもはるかに多いということだった。

「斬られるかもしれないな」

嘉右衛門は小声でつぶやいた。このごろ彼は何だか命が惜しくなりはじめた。金が出来たから死にたくなくなった——というような単純な理由ではない。自分はまだこの世になすべきことがある。その使命をはたすためには、命を大事にしなければならない——という信念からだった。

易を立て終わると、彼はふたたび床についたが、ふしぎなくらい眼がさえて、朝まで一睡も出来なかった。

東京へ帰ってから、大隈と伊藤は鉄道建設の下工作をはじめた。公家《くげ》出身の要人の中では岩倉具視《いわくらともみ》が強硬な保守主義者だった。

大隈は三日がかりで彼をくどき落とした。

「陛下が長く東京にとどまっておられるとすれば、御陵のご参拝はどうなさるのです。歴代天皇の御陵はほとんど全部関西にあるのですぞ。汽車が通じたら、京都往復も楽になります。陛下のご孝行のおためですぞ」

こういう言葉を錦《にしき》の御旗《みはた》のようにふりかざし、彼はとうとう岩倉を陥落させたのだ。伊藤博文は井上勝とともに、イギリス公使のパークスをくどき、その口からも鉄道建設を推進させた。

十一月二日には右大臣三条実美の屋敷で、パークスをまじえて会議が開かれ、十日には鉄道建設のための外資の借り入れが正式に決定された。

その直後、博文は外務小輔《しょう》、上野景範《うえのかげのり》とともに高島屋に嘉右衛門を訪ねて真相を打ち明けた。

「結果的にはあなたをだましたようなことになって申しわけありませんが、国家鉄道の幹線は国家が建設経営すべし——と廟議できまりました。したがって先日提出された願書はお返しいたします」

突然、こう切り出されたのに嘉右衛門は顔色一つかえなかった。

「先日、この問題と私の運命を占いまして、『山地剝』の上爻を得て以来、こういうこともあろうかと覚悟しておりました。ご承知のように、爻辞には君子なら出来るが小人には無理な大業だとあるのです。あなたがた官途についておられるお方は君子ですし、私のような一野人はそれにくらべて小人です。いずれにもせよ、東京—横浜間に汽車を通ずることは文明開化の一大慶事、つつしんでお祝い申します」

その口上もさわやかだった。

「いや、それについて、政府としてもあなたのお立場は充分考慮するつもりです。もしご希望がおありなら、政府とあなたとの間に特別の契約を結び、官民合同の企業としてもよいと考えているのですが」

博文の言葉が終わらないうちに、嘉右衛門はからからと笑い出した。

「はははは、何をおっしゃいます。政府ではリードさんとの間に、三百万ドルの契約を結ばれたでしょう。彼は私との面会をさけて、本国へ発《た》ちましたよ。いままでは百万ドルの契約もご破算、私としては政府と合同で鉄道を建設するほどの資力はないのです。これも国家のためですから、どうぞ政府だけで建設なさるよう私からもおねがいします」

「それで、あなたはこのことを、前から知っておられたのですか」

「私の耳は地獄耳です」

嘉右衛門は静かに微笑した。

「リード氏の本名は、ネルソン・リー、前に中国領事をしており、税関長の経験もあるようです。それほどの金持ちではありませんが、公債でそのぐらいの金は集められるだろうということでした」

信じられない話だが、博文たちはこのときまで公債という言葉を知らなかった。それでも弱みは見せようともせず、

「そうですか。先願の権利を放棄なさろうというお考えはまことにごりっぱです。それでは何か、ほかにお望みがありますか」

とたずねた。

「そうですね。汽車を通すためには、各地で山の切り崩しが必要となりましょう。そのなかで、神奈川青木《あおき》町から横浜石崎《いしざき》までは、入江が深く入りこんで、このままでは汽車も大迂回《うかい》しなければなりますまいが、この間をほぼ直線でつなげるよう、その間の埋め立てをお許しください」

「わかりました。正式の廟議にかけなければ確答はいたしかねますが、私見としてはまことにごもっともだと思います。私からもそれが実現するようお口ぞえをいたしましょう」

伊藤博文にしても大隈重信にしても、リードの件についてはいささか後ろめたいところもあったのだ。こういう内諾にしたところで、その償《つぐな》いといえないことはない。その言葉を聞いて嘉右衛門はにっこり笑った。

「さあ、これで相談はすみましたな。このうえは一日も早く工事に着手して、一日も早く完成させてください。その日を私は誰より喜び、指折り数えて待っています」

もちろん、何百万ドルというような金がリードのところにあるわけはない。彼はロンドンへ帰ってから、日本鉄道開設のための公債を募集し、自分はその手数料でかせごうとしたのだった。

この手数料の件が問題になったとき、大隈重信は、ネルソン・リーという名前だから、名将ネルソン提督の子孫と思った。それで完全に信用して万事まかせる気になったのだ――と苦しい弁解を行なっている。

結局政府はあわてて、解約金をうってネルソン・リーとの契約を解除し、イギリスのオリエンタル銀行と新たに契約を結んで、百万ポンドの公債を募集することにしたのだった。

各方面の反対をおしきって、明治三年三月二十五日、英人技師たちによって汐留《しおどめ》付近の測量が開始された。

横浜側の測量が終わった直後、嘉右衛門には願い出どおり、石崎・青木町間の埋め立ての許可が下りた。しかし、その工期は晴天百四十日と定められ、鉄道用地と国道のほかは嘉右衛門の私有地とするが、工事が遅れた場合には、一日について三百坪ずつの土地を罰金がわりに収納するというかなりきびしい条件がつけ加えられていた。

そんなことなど、嘉右衛門は少しも気にしていなかった。数千人の人夫を集め、自分は後に高島台といわれる大綱山《おおつなやま》の山頂に立ち、望遠鏡で工事を監督し、現場にはたえず伝令をとばしてすべてを指揮したのだった。

そのようにして、一日の遅れもなく、この埋立て工事は完了した。その報を聞いたとき、大隈、伊藤の二人は顔を見あわせ、嘉右衛門のために乾杯したという。

このようにして、明治五年五月、品川、横浜の間に蒸汽車は仮営業を開始した。

上下それぞれ二往復、品川、横浜間の時間は三十五分に短縮された。定員は上等車十八人、中等車二十二人、下等車三十六人で、料金はそれぞれ一円五十銭、一円、五十銭となっていた。切符のかわりに手形という言葉が正式に用いられていた。

当時ふつうの官員——たとえばふつうの巡査あたりの初任給は十円前後だったというのだから、物価にくらべて相当に割高な運賃だった。

この年九月十二日には明治天皇ご臨幸の、「新橋汽車お開き式」が行なわれた。新暦では十月十四日にあたっている。

天皇はじめ新政府の高官たちは、直衣《のうし》姿《すがた》という古風な衣裳《いしょう》で新式のこの乗り物に乗ったのだった。汽車ぎらいの西郷隆盛もお供せざるを得なかった。

午前十時に新装成った新橋駅出発、ふつうより列車の速度をおとして十一時横浜着、そこで式典が行なわれ、最初は高島嘉右衛門が市民を代表して祝詞を述べるはずだったが、彼が「あまりにもおそれ多い」と言って辞退したので、原善三郎《はらぜんざぶろう》がこれにかわった。

正午横浜発、午後一時新橋着。

新橋でも三井八郎右衛門《みついはちろうえもん》が市民を代表して祝辞を述べ、こうして記念すべき開通式は無事に終わった。

当時の新橋駅はいまの汐留《しおどめ》貨物駅であり、横浜駅はいまの桜木町駅にあたる。その間には、品川、川崎、鶴見《つるみ》、神奈川の四つの駅があった。開業式の日には一般用の汽車は運転されなかったが、翌日、九月十三日からはこの間二十九キロの間に、九往復の旅客列車が運転された。嘉右衛門はその日の横浜始発にのりこみ、一日に新橋まで二往復して子供のようにはしゃいでいたという。そのときお供をしたたいこもちが、

「箪笥《たんす》　長持《ながもち》　質屋に入れて　乗ってみたいぞ　岡蒸汽《おかじょうき》」

というたをうたってはやしたという。

直接、彼が手がけたのではないにしろ、彼の夢はこうして実ったのだった。

新橋、神戸間の東海道線、約六百キロが完成したのは明治二十二年――所要時間は約二十時間だった。ついで明治二十四年九月には、上野、青森間の東北線が開通した。日本にはこうして一本の大動脈が通ったのだ。

第七章　先駆者の道

高島嘉右衛門は創業に強く守成に弱かった――というのは当時からの定評である。たしかに彼は、時代の先駆者として、いろいろな事業に手を染めた。そのそばに集まった人材も、後日三井財閥の柱石といわれた益田《ますだ》孝《たかし》をはじめとして当時としてはけっして少ないとはいえない。おそらく彼が財界人として一生を終えようと志したなら、後日の三井財閥、三菱《みつびし》財閥と肩をならべる高島財閥も誕生し、成長したに違いない。しかし、彼はその道をえらばなかった。自分はただ、荒野に道を開くだけ、その後は余人にまかせよう――そう信じていたかもしれないのだ。

たとえば明治三年から、彼は高島学校創設の準備にかかった。教育のことは誰しも一生を賭《か》けなければならないような事業である。しかし彼は明治六年、この学校をずばりと横浜市に寄付してしまった。

当時、洋式学校というものは、東京三田《みた》の慶應義塾《ぎじゅく》、横浜に通訳養成のために定員四十名の伝習所があるだけだった。

慶應の塾長はいうまでもなく福沢諭吉、伝習所の校長は星亨《ほしとおる》である。伝習所は正式には「修文館」と呼ばれていたが、これだけの規模ではとても新時代の要求は満たしきれなかった。

嘉右衛門の計画し、設立した「高島学校」は定員七百名である。校舎は横浜伊勢山下《いせやました》、当時としては日本最大の規模を誇る洋式学校だった。

その開校に先だって、彼は礼を厚うして、福沢諭吉に校長就任を要請している。経済的には破格と言いたいほどの条件を出したのだが、さすがにこれはことわられた。

それでも諭吉はこころよく、自分の弟子の荘田平五郎《そうだへいごろう》、小幡甚三郎《おばたじんざぶろう》、村尾清二郎《むらおせいじろう》の三人を教師として分けてくれた。ほかに大学南校の教師をしていたスイス人のカドレー、アメリカ人のバラ兄弟、当時としては一流中の一流といいたいような顔ぶれをそろえ、英仏独の三国語を教授し、ほかに漢学科を設け、嘉右衛門自身も易学の講師を受け持った。

この学校は横浜市に寄付されて間もなく、明治七年には火災で全焼し、その後廃校になっている。歴史が短かったため、卒業生も少なかったが、それでもその中には、海軍少将・小田亨《おだとおる》、農学博士・宮部金吾《みやべきんご》、三井物産理事・渡辺専次郎《わたなべせんじろう》というような人々も出ている。おそらく長く学校が続いていたら、慶應と肩をならべる私立学校として、明治大正期の枢要《すうよう》な人材または中堅となる人物を続々送り出したのではないだろうか。

とにかく、彼はこの功によって、明治六年一月に、天皇から三つ重ねの銀杯一組をたまわっている。

後では銀杯賞賜もふつうのことになってくるが、このときまでには前例もなかった。その賞状にはこう書いてある。

「　　　　　　　　　　　　　　　　　　　　　　　　高島嘉右衛門

右は方今《ほうこん》の形成を体認《たいにん》して開化を助くる宿志篤《あつ》く、已《すで》に学校を建設し、教師を外国より雇い、書籍究理《きゅうり》機械等を購《か》い入れ、加うるに生徒の養育に至るまで彼是《あれこれ》数万金の費《ひ》耗《もう》を顧みずして心を尽す。其《そ》の志益々《ますます》勉励、其の功いよいよ堅硬、大いに進歩の首唱を成し候《そうろう》段奇特《きとく》の至りにつき、賞与《しょうよ》として三つ組の銀盃下したまわり候こと」

嘉右衛門はそれほどの大酒家ではなかった。

明治五年、アメリカの醸造技師コープランドが、居留地百二十三番館で作りはじめたスプリング・バレー・ブルワリーのビール、通称「天沼《あまぬま》ビヤ酒」は愛好していたということだが。

なおこのビールはキリンビールの前身である。コープランドはその後、明治十八年にビア・ガーデンを開いたが、事業界を引退していた嘉右衛門はときどきその店を訪ね、生ビールに舌鼓《したつづみ》を打ったということだ。といっても彼が特に酒好きだということにはならないだろう。この銀杯をうけたときにも、スイス領事のブラノールドは、

「あなたは日本で最初に勲章《メダル》をいただいたと聞いたものですから、それを拝見したいと思って礼服を着用してまいりましたが、これはカップではありませんか。天皇陛下はあなたをよほどの大酒家と思われたのでしょうな」

と、冗談まじりの言葉を吐いたということだ。嘉右衛門もこの批評には苦笑して、何とも答えなかったというのである。


先駆者はかならずしも大成の成功者ではない。

それについては嘉右衛門にも一つ苦い経験のようなものがある。

高島学校の開校直後、彼のところへオランダ領事のタックが訪ねてきた。

ドイツの貨客船の売り物がある。これを買いとって航海業にのり出せば、たいへんな利益が上がるだろうが、その気はないか——とすすめたのだった。

さすがに嘉右衛門の心は動いた。学校の開校でなにかと忙しく、資金にもあまり余裕

はなかったが、

「とにかく船を一見したうえで」

と答えると、タックは、

「それでは今からごらんに入れましょう。船で昼飯でも食いましょうか」

と言って彼を港につれ出した。

レイン号という名の三千五百トンの船である。上等客室が六つ、中等客室が四つ、貨客船としてはいちおうのものだった。

ゆっくり船内を見まわって食堂へ帰って来たとき、船は静かに動きはじめた。

「どうしたのです？」

「いや、あなたのために試運転してお目にかけようと——それが船長のご馳走《ちそう》だというのです。食事がすむころにはどこまで行っているか、それも一興ではありませんか」

タックはこともなげに答えた。

日本人には珍しい最高級のフルコース、正式な西洋料理である。しかもタックは酒豪と呼ばれることを誇りとしている。食後のデザートをすますまで、たっぷり二時間かかったのだった。

「ここはいったいどのへんでしょう？」

「もうじき浦賀の沖だろうと思いますがね」

「浦賀？」

「びっくりなさったのですか。このとおり船脚《ふなあし》はごく速いのです。最新式の蒸汽船、ふつうの外輪船ではとてもこれだけの速力は出ませんよ。どれ、食後の散歩でもしましょうか」

甲板に出たタックは双眼鏡で海岸のほうを眺《なが》めていたが、

「あれが観音崎《かんのんざき》ですから、浦賀まではあと二里か三里というところでしょうな。ひとつのぞいてごらんなさい」

と言って双眼鏡をわたしてくれた。

嘘《うそ》ではなかった。この快速に嘉右衛門は内心舌をまく思いだった。

「どうです。たいへんお得《とく》な買い物でしょう。この船をどうあつかうか、それはあなたの腕次第ですが」

そそのかすようにタックは言った。

「いや、たいへんな船だということはわかりますが、私も学校の開設などで、たいへんお金を使いまして、資金に余裕がないのです。値段が安ければいただくのですが」

儀礼としてつけ加えた一言をタックは聞きのがさなかった。

「値段のほうなら何とでもご相談に応じますよ。船主のほうにもいろいろな事情がありまして、この船を早く手ばなしたがっているのですから。いったいいくらくらいなら……」

「三万ドルなら買ってもいいと思いますが」

もちろんほんとうに買う気はないのだから、嘉右衛門は法外な安値をつけてみた。

「三万ドル……いかに何でもその値では。この船はかりに解体して鉄材を処分しても、それぐらいの値打ちはありますよ。もう一声、いかがですか?」

「それでは思いきって四万ドル、それ以上は一ドルも出せません」

「四万ドル……捨て値のようなものですね」

タックは苦い顔をしたが、それでも一瞬後には笑って右手をさし出した。

「結構、それではその値でおゆずりいたしましょう」

安い買い物には違いなかったが、やはりそれには裏があった。

嘉右衛門は金を支払い、船をひきとり、日章旗をかかげて「高島丸」と命名した。

横浜―神戸―長崎間には、すでにアメリカの船会社が定期航路を開いていて、個人の割りこむ余地はない。それよりも横浜と北海道の間に定期海運を開いて、その航路を独占しようというのが彼の考えだった。

そのつもりで免状の下付を願い出たが、それもすぐに許可された。いよいよ処女航海に出ようとして準備を整えていたとき、副島外務卿《きよう》、寺島《てらしま》外務大輔《たゆう》の二人が横浜のフランス公使館を訪ね、その後高島屋に一泊した。

嘉右衛門も呼ばれて部屋へ行ったのだが、二人とも浮かない顔だった。

「高島さん、あなたはあの船をお買いになるとき、易を立てられなかったのですか」

最初からこう言われて嘉右衛門もびっくりしてしまった。

「いや、なにしろ船の上の交渉で……ただ見るだけのつもりで出かけたものですから、筮竹算木《ぜいちくさんぎ》も持参せず、易を立てるひまもなかったのですが、それが何か……」

「いや、政府のほうも不注意でした。迂闊《うかつ》千万の話ですが、先日の認可は取り消さなければならなくなりました」

「それはいったいどういう理由で?」

「今日フランス公使に呼ばれて、厳重な抗議を受けたのです。ご存じないかもしれませんが、いまフランスとドイツは戦争中で、パリもドイツ軍に包囲され、落城寸前の状態だということです。もちろん敵味方のことですから、全世界のいたるところで、両国民はにらみあっているのですよ。ところで現在横浜にはドイツの軍艦十二隻と商船二艘《そう》が碇泊《ていはく》しています。それに対してフランスの軍艦四隻はにらみをきかしながら、横浜で待機しているのですよ。まあ、日本は中立国の立場にありますから、横浜港内で大砲のうちあいになるというようなことは、いかになんでも考えられませんが、もし商船でも浦賀沖三カイリ以上の公海に出れば、撃沈されてもしかたがない。万国公法にはそう規定されているのです」

「そういうことがあるのですか。私は少しも存じませんでした」

「まあ、ご存じだったら、こういう買い物は最初からなさらなかったでしょうな。とにかくここでドイツの船を買い、船の名前をあらためて箱館へ出港するというのは、中立国の義務を欠くものだ。買い手が国家であっても個人でも法の原則に関係はない。もし外海に出ようとするなら、艦隊は即刻追撃してこれを外海で撃沈すると、フランス公使から厳重な申し入れがあったのです。おたがいに一つしかない命です。あなたのようなお方なら、この船の処女航海にはかならず乗船なさるでしょう。航海を中止なさるには、一日も早くその準備が要《い》りましょう。そう思ったのでこうして部屋に来ていただき、非公式にご注意申しあげた次第です」

「わかりました。ご注意に対してはありがたく、厚くお礼を申しあげます」

ていねいに挨拶して部屋は出たものの、嘉右衛門は腸《はらわた》が煮えくり返るような思いだった。あの日も船をおりてから、いろいろと事情を調べ、タックはこの船を抵当として船主に金を貸しつけており、それが質流れになったので、船を処分する正当な権利を得たと、そこまではわかったのだが、万国公法——いまの国際法のことまではぜんぜん気がつかなかったのだ……

タックは彼が居留地の建築請負をはじめてからの金主だった。ずいぶん儲《もう》けさせてもらったことも事実だったが、そのたびにそれ相応のお礼もしている。いわば共存共栄といいたいような関係だったし、一方的にふみつけにされる理由はないはずだ。

「ええ、このままにしておけるか。おぼえていやがれ！」

怒り心頭に発した彼は、ふだんは使わないべらんめえ調で罵言《ばげん》を吐き出したのだった。

嘉兵衛は最近やとい入れたオランダ語通訳の森山《もりやま》多吉《たきち》をつれてタックを訪ねていった。

「あなたは文明国の領事でしょう。万国公法に詳しくなければつとまりますまい。私は後進国の一商人です。外交関係にも暗く、そのような法も知りません。ところがあなたは私の無知をいいことに、前からの友好関係を破って、私に封鎖中の船を売りつけましたな。これが文明国の人間のやることでしょうか。私はあなたにだまされたとも知らず、各方面から北海道へ送る荷物の輸送をひきうけましたが、船が動かせないとなれば、契約を破談として、荷物をほかの船にまかせなければなりません。重大な信用問題でたいへんな損害を受けることになりますから、その賠償を要求します。額は一万ドルを即刻、もし明日までのびるようだったら二万ドルを要求いたします」

顔には殺気のような緊張感がみなぎっている。日ごろおとなしい嘉右衛門がこれほど怒り出したのを見て、タックもしばらく呆然《ぼうぜん》としていた。

「おかしなこともあるものですね。あの船を運転できないわけはないと思うのですが……とにかく売り主に事情をたしかめて来ますから、しばらくここでお待ちください」

そう言い残して外出したタックは、一時間ほどして帰って来た。

「いずれにしろ、事情がそうだとしたならば償金はお払いいたしましょうが、いま二十五番館の館主が不在で、お金の都合《つごう》がつきません。明日の朝十時までお待ちください」

「いけません。明日になったら二万ドルですぞ。その約束を承知なさるなら」

嘉右衛門はどならんばかりの大声を出した。

それからかなりの押し問答の末、嘉右衛門は一日の猶予を認めた。

翌日の朝九時、嘉右衛門は懐中時計を手にして、五番館のタックの家の前に立って待っていた。外出しようとしたタックはこの姿を見て、あわてて入口の扉《とびら》を閉め、裏口から出かけて二十五番館を訪ね、また裏口から帰って来た。

午前十時に嘉右衛門は扉を割れんばかりにたたいた。やむを得ず面会しなければならなくなったタックは、彼の気勢にのまれたように一万ドルの手形を渡した。

これでいちおう話はついたが、このままでは船を動かせる見込みはない。そこで嘉右衛門は森山に相談を持ちかけた。

「どうだね。君のおかげで一万ドルは手に入ったが、もう一骨折ってくれないか。君の力であの船が動かせるようになったなら、千ドルほうびを出すつもりだが」

森山は喜んでこれに応じ、二人はさっそくフランス公使館を訪ねていった。

「とにかく貴国の抗議によって、私はせっかく手に入れた船を動かせなくなったのです。荷物輸送の件はすでに契約もすんでおり、これを破談にするときは、商人としてなにより大切な信用に傷がつくことになります。

フランスはもちろん大国です。その大国がこのような小さな理由で、中立国の日本の一商人が手に入れた船の航行を妨げられては、世界中のもの笑いのたねになりますまいか。願わくは閣下のご配慮で、この船の航海をお許しください」

いちおういままでの事情を説明したうえで、彼はこう懇願したのだが、公使はウイと言わなかった。

「私の仕事は陸上の平和的な外交問題にかぎられています。海上の軍事問題は、東洋艦隊長官の権限にあるので、私からはどうにも指図が出来ません」

これもとうぜんの理屈だったが、嘉右衛門はそのままひき下がらなかった。

「それでは長官に添書を書いてください。軍艦へ行って私がかけあって来ます」

「まあ、おいでになってもむだでしょうがね」

そう言いながらも、公使はしぶしぶ添書を書いて渡してくれた。

もちろん艦隊長官としてもこれを認めるわけには行かない。その件については、すでに政府に申し入れたとおりだ——とつっぱねたが、森山としても一千ドルが手に入るか入らないかの土壇場なのだ。必死に長官に食い下がり、

「もしお許しをいただけなければ、われわれ二人はこの軍艦をおりません」

と頑張《がんば》り通した。

長官もこれには業《ごう》を煮やしてしまった。とにかくいま一度、公使館へ行き、みんなで相談しようと言ってくれたのである。

しかし、公使をまじえての相談でも、話はなかなか進まなかった。

「これは法律の問題です。私情をはさむ余地はどこにもないのです。あなたがお困りになっているのはよくわかりますが、われわれ官吏は法律を厳守しなければならないので、どうにもご便宜ははかりいきれませんな」

長い談判の末に、公使はとどめをさすように言ったが、嘉右衛門はあきらめなかった。

「それでは、もし私の船が無断で出航し、浦賀から三カイリはなれた沖へ出たとしましょう。とうぜん艦隊は後を追いかけて来るでしょうが、その船脚が遅くて追いつけなかったらどうなります？」

「もし追いつけなかったら……まあ、そのときはどうにもしかたがありますまい。いくら何でも、北海道までは追いかけられません」

「それでは、私は夜品川を出るとき、無灯火でこっそり出航しましょう。気がつかれない可能性のほうが強いかと思いますが、万一発見なさったときは、それからゆっくり石炭をたき、充分に蒸汽の圧力をあげ、出来るだけゆっくり追いかけてください。これならば法律にも命令にも違反はしますまいが」

嘉右衛門はまじめな顔で八百長《やおちょう》の相談を持ちかけた。公使と長官もこの言葉には顔を見あわせ、腹をかかえて笑い出してしまった。


このようにして、高島丸は二日後、夜陰に乗じて品川沖を出航し、形式的に追尾して来た軍艦をふりきって無事箱館に入港した。日本人の手になる定期航路の開始である。間もなく、ナポレオン三世はセダンの陥落とともに降伏し、フランスとドイツの間には講和が成立した。この定期航路もこれで公認のものとなったのである。

しかし、事業として考えれば、その成績は香《かん》ばしいものではなかった。蒸汽船の便利さがまだ一般に広く知れわたっていなかったせいか、航海はそのたびごとに赤字を出し、嘉右衛門個人の力では事業も継続出来なくなった。やむを得ず、彼は北海道開拓使に補助金の下付をねがい出た。しかし、当時の官庁では海運の重要性を認識していなかったのだろう。充分調査することもなく、願いを却下してしまった。

このようにして、明治三年から五年にわたる約二か年で、高島丸の運航は停止されたのである。

もちろん新政府もその後間もなく、海運の重要性には気がついた。開拓使の役所には専用の汽船もそなえられ、新たに定期航路を開設しようとする者には、かんたんに補助金が出された。

岩崎弥太郎《いわさきやたろう》が、政府の軍事輸送を一手にひきうけ、後日の三菱財閥の基礎をきずいたのはこの数年後のことである。

公平に考えたなら、この海運業は失敗だったと言うべきだろう。しかし嘉右衛門はこれをかならずしも失敗とは思っていなかったようである。学校、ガス事業、横浜港埋め立てとともに、前半生の四大事業にあげているのもその証拠だと言えるだろう。

たしかに彼は新時代の開拓者の一人に違いない。日本船による定期航路も彼が創始したことは間違いない。これを四大事業の一つに数えあげたのも、開拓者の誇りというものだったのだろうか。

一時に一事——そういうことは嘉右衛門の念頭にはなかったようだ。天才というものの特性だろうが、彼は同時にいろいろの事業に手を出して、ほとんど全部にいちおうの成功をおさめている。多少順序は後先することはしかたがないとして、ここでガス事業のことをとりあげよう。

当時のガスはもっぱらガス灯に使われていた。とうぜんのことだが、これを各家庭にひいて、炊事や暖房に利用することなど、そのころでは誰も考えていなかったのである。もちろん外人たちは早くからこのことに気づいていた。明治二年、横浜のドイツ領事シキウオライスは、当時の神奈川県権令、いまでいうなら知事にあたる井関盛良《いせきもりなが》にガス灯に関する事業の許可を申請した。(現在の知事にあたる役の名称は、この当時、県令—権令—また県令とかわっている)

現在では考えられないことだが、当時は外交官が公務のかたわら、ほかの事業をいとなむこともふつうになっていた。シキウオライスも仕事のかたわら、生糸貿易でたいへんな利益をあげていた。このガス灯事業のためには、シキウオライス社という会社を作り、自分がその社長に就任していたのである。

「まあ、公人と個人と二つの顔を使いわけるようなものだが、このさいそのことを議論してもしかたがありますまいな」

明治四年の七月、嘉右衛門のところへ訪ねてきた井関権令は、この話をした後でこうつけ加えた。

「ところであなたのように、日夜を分かたず忙しくとび歩いているお方には、ガス灯で夜の街が明るくなればさだめて便利でしょうな」

「まあ、街が明るくなるのはまことに結構ですが、このお話は手ばなしで喜んでおうけになることはなりますまい」

「それはどうして？」

無条件で賛成してくれるものだと思っていた嘉右衛門に苦い顔をされたので、権令も不審そうに理由を問い返した。

「私は聞いたことがあります。つい最近まで上海《シャンハイ》の街はおそろしく道路が悪く、外国人の数が増えるにしたがってその改修を迫る声が日を追って高まったというのです。しかし、清国《しんこく》政府のほうではなにひとつ手をつけません。そこでフランス公使が自分で道路の改修をひきうけ、正式な契約書をとりかわして、その工事を完成したのは数年前のことだったと聞いております」

「それが、今度のガス灯の問題にどういう関係があるのです？」

「まあ、しばらく私の話をお聞きください。道路が出来たのはいいのですが、その取り締まりのほうもフランス側の手に渡って、清国の国民もまたその取り締まりを受けることになってしまったのです。独立国家としたならば、国家の体面にもかかわるような大事ですね。といって契約書にはたしかにそう書いてあるのですからしかたがありません。何年か交渉をくりかえし、やっと昨年、たいへんな金を払ってその権利を買いもどしたというのです。このことは今度のガス灯問題と何の関係もないでしょうか」

「なるほど、そのようなこともないとは言いきれませんな」

「とにかく公益事業を外国人にまかせるということはたいへん考えものですよ。ことに申してはなんですが、あの領事はたいへんな手腕家で、彼と生糸の取引をした人間は何度となく苦い目にあわされたと聞いています。もちろん耳学問ですが、ガス灯の光力はほかの灯火よりはるかに強く、その割りにたいへん安くつくということです。これがほんとうだとしたら、会社の利益も莫大《ばくだい》でしょう。日本としては黄金の卵を産む鳥をひよこの時代に売ってしまうようなことにはなりませんかな。それだけではなく、まだ文明開化の光も広く行きわたってはいない当今のご時世です。街灯を破壊するような乱暴者もかならずあらわれてくるでしょう。その数もけっして一人や二人ではありますまい。とにかく理屈っぽい外国人のことですから、犯人が誰かわからないからとはあきらめますまい。そのたびに政府を相手どって損害賠償の訴えをおこしますよ。煩雑でやりきれないどころの話ではありません。横浜の将来にとってはたいへんな問題にもなりかねません。この件については、いま一度、お考えなおしになってはいかがでしょうか」

「なるほど、もっともだとは思いますが、ほかに何か名案でもありますか」

「幸いに昨年、太田町の医者、青木陽斎《あおきようさい》先生がガス灯設置の請願をしたと聞いています。そちらが先願者なのですから、先生のほうに許可をお出しになってはいかがです？　もしも万一、先生のほうで許可はおりたが計画を実行するだけの資力がないということになりましたら、先生から横浜の有力者に事業を委託するという恰好《かっこう》になさってはいかがでしょうか。私としてもそのときは微力ながらも一肌《ひとはだ》ぬがせていただきます」

「わかりました。事は至急を要します。明日の午後、みなさんに県庁にご参集ねがいましょう。あなたも午後一時においでください」

その翌日の午後一時には、横浜の有力者九人が県庁に参集した。

県の大参事、内海忠彦《うつみただひこ》は九人に対してガス会社設立の件を説明した。

（後日、彼は子爵となったのだが、嘉右衛門の次女はその息子と結婚している）

「……そのような次第で、本日午前中に先願者の青木先生に県庁までご足労ねがってご相談しましたところ、ガス事業は県庁の指定する組織に委任しようとご快諾を得ました。本来ならばこれでこの件は落着《らくちゃく》ですが、横浜の場合、話はかんたんではありません。外国人居留地の問題があるからです。それで当県といたしましては、居留地以外のガス事業はみなさんのお作りになる会社にまかせ、居留地のほうは各国居留者の投票により、その票が過半数を越えた場合にかぎり、居留地内はシキウオライス社に任せようと思いますがいかがでしょうか」

かなり姑息《こそく》な手段だった。といっても、明治初年の情勢では、外国人――それも領事の申し出ではかんたんに一蹴《しゅう》するわけにもいかないのだ。このあたりが苦労の末の妥協案としては無理のない一線だったろう。

しばらく質問や話し合いは続いたが、やがて議論は一決した。出資のほうは誰も異存はないが、こういう前人未到の新事業をやりぬくためには、やはり人をえらばなければならない。それは高島嘉右衛門をおいてほかにはあるまいという結論だった。

こうして嘉右衛門はこの会社設立のための筆頭世話人という地位についたのである。会社が出来て事業を開始すれば、社長の座はとうぜん約束されたものだった。

このことはその日のうちにシキウオライスにも伝えられた。おそらく日本最初と思われる事業の国際競争はこうして選挙の形式をとって始まったのである。

家へ帰ってから嘉右衛門はしきりに首をひねった。居留地外のほうはぜんぜん心配ないが、問題は居留地内の票の動きだった。

その建築は、ほとんど全部彼が一手にひきうけている。顔は相当に売りこんだつもりだが、ガス灯となってくれば話はぜんぜん別なのだ。まさか希望者が一灯もないとは思えないが、外国人同士で共同戦線をはられたら、ぜんぜん何の勝算もない。

一晩思案したうえで明日早朝に易を立て、それによって運動の方針をきめようと思っていたところに、スイス領事のブラノールドから至急会いたいと使いがあった。

ガスのことだな——と嘉右衛門は一瞬に直感した。至急横山孫一郎を呼びよせて、居留地内の領事館へ、彼としては桶狭間《おけはざま》へ急ぐ織田信長《おだのぶなが》の心境に似た気持ちだったというのである……

ブラノールドは機嫌《きげん》よく彼を迎えた。ガス灯工事の競争のことも、さっきまわってきた回状で委細承知とのことだった。

「これはここだけの話ですが、彼と私はぜんぜん相容《あいい》れないのです。顔を見たり、名前を聞いただけでも吐き気がくるのです。こんな仲を日本では何と言うのですか」

よほど仲が悪いらしく、ブラノールドは相手の名前さえ口には出さなかった。

「犬猿の仲と言いますが」

「日本の犬と猿とはそんなに仲が悪いのですか。それはほんとうの話ですか？」

天才通訳といわれた孫一郎にしても、諺《ことわざ》の翻訳ともなれば、なかなか思うようにはいかないのだろう。嘉右衛門は「相性《あいしょう》が悪い」と言い直したが、これでやっと意は通じたようだった。

「それだったらよくわかります。彼と私はとても相性が悪いのです。それであなたが一つの条件をのんでくださるなら、私はあなたに味方して、この競争であなたに勝たせてあげようと思いますがいかがですか？」

「その条件とは？」

「ガス製造のための機械、配管のためのパイプ、ガス灯全部、いっさいのものを私から買っていただきたいという条件です」

各国領事が、公務はほとんど人まかせにして、自分の利益を得るための商取引に没頭しているというのは当時では常識のようなことだった。このブラノールドにしたところで、何かの取引でシキウオライスに負かされるかだしぬかれるかして、それを根に持っているのだろうと嘉右衛門は推量したのだが、そんなことはどうでもいい話なのだ。この競争の勝敗は居留地内の票を何票集められるかにかかっている。そして会社を始めるとなれば、誰の手を通じても機械その他必要なものは早急に輸入しなければならなくなる……

「承知しました。細かな品目は後のご相談として、いっさいの輸入をおねがいいたします。それで、必勝の策というのは？」

「彼の味方につくとわかっているのは、ドイツ、オーストリア、スウェーデン、あわせておよそ八百灯、これに対してスイス側は同じ八百灯を申しこみます。ほかにオランダ、イタリアのおよそ四百灯、これは私の思うとおりに動きます。英米仏三国はいまのところどっちともわかりませんが、私が積極的に動いたら三分の二はかたいでしょう。まあ、選挙は水ものと言いますが、ここまで来ればこの競争はあなたの圧倒的な大勝でしょう。あの男の吼《ほ》え面《づら》かくのが見ものですね」

その数日後、神奈川県庁で行なわれた投票では、その予想に違《たが》わぬ数字が出た。居留地内のガス灯の建設も日本人の手に帰したのである。

スイス領事の電報で、当時上海に住んでいたフランス人のガス工業技師のベルゲレンも横浜へやって来た。嘉右衛門は彼に内金十万ドルを渡してイギリスへ派遣した。

明治五年、東京、横浜間の鉄道開通直前に大江橋《おおえばし》から馬車道《ばしゃみち》、本町通りにかけての一帯と外人居留地の全部にガス灯はいっせいに点火された。その範囲は日を追って広まっていくのだが、明治三年横浜で初めて発行された日刊紙「横浜毎日新聞」には、このガス灯試験のことを報じて、

「不可思議なこともあるものかな。太陽西に没すると思いしに、ガス灯の光たちまち四方を照らし、街を行くに日中と異ならず。まさに文明開化の奇瑞《きずい》というべきなり」

と記してある。

なお東京の銀座、新橋間にガス灯がついたのは、明治七年のことである。これも工事は嘉右衛門の手にまかされたのだった。

明治七年三月十九日、明治天皇は嘉右衛門の家の一角にあった横浜瓦斯《ガス》局に行幸され、ガス灯の点火をごらんになり、嘉右衛門を御前に召されてお言葉をたまわった。民間人で天皇に拝謁《はいえつ》を許されたのは彼が最初だった。

この光栄を父母の霊とともに分かとうとしたのに違いない。彼は両親の位牌《いはい》を背中に背負って御前に出ようとしたのだ。当時の侍従長東久世《ひがしくぜ》伯爵も、最初この不恰好さに気がついてこれをとがめたが、彼の説明を聞いて納得《なっとく》し、そのまま御前に出るのを許した。

明治天皇もあとでこのことを聞かれて、

「あっぱれ孝子の鑑《かがみ》かな」

と側近の者にもらされたという。たしかに嘉右衛門にしても一生一度の家門の誉《ほま》れと感泣したに違いない。

この横浜ガスについては奇妙な後日談がある。町に街灯をつけたのはいいが、その料金の件があいまいになっていたのだ。明治八年に彼はこれを町会所に譲与して、その権利金をうけとったのだが、これが問題となって、横浜地方裁判所に訴えられた。民事裁判のことだから、結局和解は成立したが、嘉右衛門もこのことに関してはかなり頭を悩ましたらしい。先駆者の道に往々つきまとう皮肉な運命のあらわれだろう。

いまでも横浜の本町小学校前には「日本最初のガス会社跡」の碑が残っている。いまでは当時の面影さえ残っていないが、ここが嘉右衛門の旧宅の一つだったことは間違いないだろう。

事業家時代の彼の本宅は、現在「馬車道十番館」という明治調のレストランが建っているあたりだったらしい。ここことは桜木川をへだててかなりの距離があるが、歩いて歩けない距離ではないし、当時にしても馬車の便はあったのだし、それほど不便だったとは思えない。小学校の校舎校庭まで含まれていたと仮定すれば、当時のガス会社の敷地としてはおそらく充分以上の広さだったろう。

第八章　横浜高島町の不夜城

明治五年の夏のことだった。嘉右衛門は横浜県庁に県令陸奥宗光《むつむねみつ》を訪ねて一通の願書を提出した。

二人はもちろん旧知の仲だった。嘉右衛門の作った旅館、高島屋がその交際の糸口を作ったわけだが、この宿では陸奥は一杯の酒さえ口にしなかった。生来、蒲柳《ほりゆう》の質にして――と彼の伝記には述べているが、後に日清《につしん》戦争当時、伊藤内閣の外相となり、血を吐いて世を去って行く「剃刀《かみそり》外相」の肺の宿痾《しゆくあ》はすでにこのときからきざしはじめていたのである。

「今日はどういうご用件で？」

陸奥はずばりとたずねてきた。

「その願書をお読みください」

嘉右衛門は天井の一角を見上げて答えた。

「表紙を拝見すれば、内容は読むまでもありますまい。言語道断な願書かと——実は思っておりました」

剃刀の刃はとたんに鋭さをあらわした。

「ほう、そうですか。このお願いのいったいどこが悪いのです？」

「高島さんともあろうお方が……高島学校の創設者が……私は、正直なところ、いささか呆気《あつけ》にとられておるのですが」

「はて、それはどうして？」

「それがおわかりにならないのですか」

宗光の青白い顔はとたんに紅潮した。二つ三つ、小さな咳《せき》をした後で、

「ここには何と書いてあります？」

『高島町遊廓《ゆうかく》開設許可願』

いったいこれはどういうことです？」

「ほう、陸奥さんはいつカトリックの洗礼をお受けになりました？」

「私は和歌山生まれです。キリシタン——いやクリスチャンではありません」

「それなら話はかんたんです。この願書を表紙だけではなく、内容までじっくりご熟読ください」

「いや、このままお持ち帰りになっていただきましょう。これはあなたに不似合いのことです。あなたはすでに、教育に功労のある篤志家として、世の尊敬を受けておられるお方ですぞ。そのあなたの名誉のために、私は内容を拝見いたすまいと思ったのですが」

「陸奥さん、それは閣下に不似合いのお言葉ではございませんか」

「何とおっしゃる。あなたの信奉なさる易学では、売女の存在を認めておるのですか」

「易は陰陽――その和合が人生至上の原理だと説くのです。陰は女、陽は男、そのぐらいのことはおわかりになるでしょう」

「あなたは、あなたは……」

「その和合がなかったら、人類というものはいずれ滅びていくのですよ。そういう単純な理屈がおわかりにならないなら、あなたは一県の県令として、庶民を支配なさる資格がおありになりませんな」

陸奥はさすがに沈黙した。

「どのように文明開化が進んだとしても、男女の道はアダムとイブ――いや、これは人の受け売りですが、伊左奈美《いざなみ》、伊左奈岐《いざなぎ》の尊《みこと》以来かわりますまい。それがなければ豊《とよ》葦原瑞穂国《あしはらみずほのくに》も生まれなかったわけなのです。およそ人間たるものに性欲を断てといってもそれは無理、閣下もまだお若いし、私もまだ若い、これをいったいどうしましょう」

「あなたは……あなたは……」

「私は異人のカトリックの神父さんのところへこの願書を持って来たのではありません。政治家陸奥宗光閣下のところへ持ってまいりましたつもりですが、この県庁がカトリックの教会にかわったといわれますなら、いかにもこのまま持って帰るといたしましょう」

「…………」

「とにかく陽気の発するところ金石もまた通す——と、古人は言っております。金石ならぬ女の急所を貫き通すはあたりまえ、それをみごとに受け切って、りっぱな実を結ばせるのが女の役、そうではありませんかねえ」

「でも、それは夫婦というものの……」

「しかし閣下、それでは明治新政府の施策のすべてが実を結んだとお考えですか。明治政権誕生のおりには、大坂遷都《せんと》の案も出たそうな……大久保閣下のご発案だったと聞いておりますが、それは実現いたしましたか」

「それは……」

「まあ、人間というものはたしかにいろいろの妄想《もうそう》を思い浮かべるものなのです。それが実現するのはそのうち何分の一か、男のはなつ矢のうち、屋島《やしま》の官女の扇の的を貫くのは、それこそ百万分の一だと、西洋の医学にはそう説いているそうですな」

「高島さんは、いつ医学の勉強をなさったのです？」

「私は西洋医学のイの字も知りはしませんが、佃島に流されていたころに、シーボルトの娘さん、本人の言葉によれば当時二十七歳のとうのたった女を女房にした三瀬周三と義兄弟の約束をしたものですから、門前の小僧ならわぬ経を読む程度の知識はあるのですよ」

「シーボルトのお嬢さん……あの大村益次郎さんが宇和島へつれて行かれた……」

陸奥もさすがに愕然《がくぜん》としたようだった。

「そうです。とにかくそのぐらいのことはおわかりとして話を進めましょう。閣下もなかなかお忙しく、私の書類に眼を通すひまも惜しんでおられるようですから。とにかく、欧米諸国では、いわゆる売春に対して陽禁陰許の制をとっております。この陰陽は男女の仲や易の教えの陰陽ではなく、公然とは許さないが黙認しようという意味です。ところが、遊廓を不浄無用のものとして根絶したといたしましょうか。あえて機構を絶滅しても、人間の性欲は断ちがたい。いや、これまで除き去ったのでは、国家人民がほろびますな。三千数百万の国民では、とても世界の列強に比して国運を発展させることは出来ない。せめてこの倍の人口がほしいといわれたのは、いったいどこのどなたでした？　いや、よけいな憎まれ口はよしましょう。とにかく遊廓を禁じたら、女は街にあふれます。その買い手の男も町にあふれます。世に淫風《いんぷう》が吹きすさんだら、梅毒《ばいどく》も自然に蔓延《まんえん》し、西洋医学の力をもってしたところでどうにも始末は出来なくなりましょう。だから、公然これを許して一廓に隔離し、警察力をもってして病気と風俗の取り締まりを行なうのが、現実的な為政者の道と私は心得て、この出願に及びましたが、これが間違っておりましょうか」

「…………」

「もちろん私も神ではなし、自分の行動のすべてが正しかったとは言えるわけではありません。君子豹変《ひょうへん》、大人虎変《たいじんこへん》――『易経』の中にもありますように、いさぎよく前言をひるがえし、この願書は閣下のおっしゃるようにこのまま持ち帰りましょう。ただねがわくは、新政府も天下の遊廓を残らず全廃なさるよう、この儀おねがい申しあげます」

書類をとりあげ、丁重《ていちょう》に一礼して、嘉右衛門は部屋を出て行った。

宗光は腰がぬけたように椅子《いす》に深く身を沈め、二度三度咳《せ》きこんで机上の茶碗《ちゃわん》を口に運び、

「こいつ！」

　とひくくつぶやいた。

「閣下」

　同室していた秘書の秋川俊彦《あきがわとしひこ》がデスクに近づいて来て声をかけた。

「なにか？」

「高島さんはあせっておられるのではございませんか。あのとき埋め立てました高島町と嘉右衛門町、あの一角は海と線路にはさまれまして、人家は立っておりません。高島さんといたしましても、あれでは宝の持ちぐされ、投下資本を一日も早く回収しようとして、遊廓設置の案を持ち出したのではないかと、私はお話を聞きながら考えましたが」

「そうだろうかな。彼は六年の間、獄中で人の想像出来ない苦労をなめてきたお方だ。まあ、それだけの苦労を——あえて求めようとは思わぬが——わしが味わいぬいたとすればまたそれなりに、わしも悟るところもあるか知れないが……」

　陸奥宗光は立ち上がった。両手を腰のあたりに組み、二、三度部屋を歩きまわった後で、壁にかかっている横浜市大地図をしばらく穴のあくような鋭い視線で見つめていた。

「秋川君」

ふり返って彼に鋭く声をかけた。

「はい」

「港崎《みなとざき》の区長は、高田小八郎《たかだこはちろう》といったね」

「はい」

「すぐ彼をここへ呼んでくれたまえ」


「閣下、どんな御用でございましょうか」

二時間後、宗光の前にあらわれた高田小八郎は、案山子《かかし》が洋服を着たようにしゃっちょこばっていた。宗光はきびしい表情をさらにきびしくこわばらせて、ご苦労の一言さえ発しなかった。立ち上がって大地図の前に近づき、その一角を指さして、

「港崎にある遊廓は、太田久保山《おおたくぼやま》――この一画に移転するように。すぐに実地検分にかかってもらいたい」

と語気も鋭く言いきった。

「閣下！」

高田小八郎は真っ青になってしまった。

「閣下は、太田久保山がどういう土地か、おいでになったことはありますか？」

「知っている。墓地と火葬場以外何もない。それに崖《がけ》の多い土地だから、土工だけでも二年や三年はかかるだろうな」

椅子にもどって宗光は、眉毛《まゆげ》も一筋動かさないで言いきった。

「その二、三年――それは彼らにとって死活の問題でございます。区長としてもその間の風紀の問題に関しては責任を持ちかねますが」

「それでは辞表を提出するがいい。区長のかわりは何人でもいる」

「閣下！」

その叫びには答えもせず、宗光は秋川俊彦にむかって言った。

「馬車の用意を……これから高島のところへ碁を打ちに行く」

さすがの高島嘉右衛門も、その日の午後に、陸奥宗光が自分の家へあらわれたときにはびっくりしてしまった。

「閣下、御用は？」

「はて、それが占いではおわかりになりませんか？　今日はゆっくり碁を打とうと、それを楽しみにまいりましたが」

「閣下！」

「閣下はやめていただきましょうか。まあ、県庁へおいでいただいたら私が上手、白を持って上座にも坐りましょうが、石を持って碁盤に向かったら、あなたのほうがはるかに上手――まあ三目《もく》も置きましたら、上座にすえて先生と呼ばねばならない関係です」

「陸奥さん、それでは……」

「まあ、一局ご指南いただきましょう」

碁は一名「手談」とも呼ばれている。無言のままにおたがいの意を通じあう君子の遊びと言われているが、この日の一局にかぎってはえらく雑音が多かった。

「黒と白、碁石の色はそのままに、陰陽をあらわすものでしたな」

碁笥《ごけ》の蓋《ふた》を開けながら宗光は聞いた。

「なにをいまさら……」

「碁盤は四角、碁石は丸い。方円の理をあらわして、人生の生き方にたとえたとも言われているようですな」

「…………」

「石の打てる場所も十九路十九条、あわせて三百六十一――『易経』六十四卦のそれぞれ六つの変化、三百八十四には若干《じやっかん》足りません。まあ、どちらも太古の聖人の作ったものに違いありますまいが、微妙な――二十三ぐらいの違いはありますすな」

嘉右衛門は白石一個をつまんだまま、呆然《ぼうぜん》と宗光の顔を見つめていた。盤上におかれた黒石三つ——それは依然としてそのままだったが。

「たとえば先生が、先哲の教えをこの黒白の碁石のように、陰陽の理にのっとって丸く丸く解釈なさろうとも、それも行き方と考えます。しかしわれわれのように官途にあるものは、この碁盤のように角張り、縦横の筋目を通さなければなりませんのでな」

「お話はよくわかりました。それでは一局おねがいしましょう」

「では……」

黒白の石が盤上に入り乱れた。

「だいぶ腕をあげられましたな。どなたか先生におつきですか」

感心したように嘉右衛門はたずねた。

「村瀬《むらせ》秀甫《しゅうほ》先生に……あの先生も碁打ちにしておくのは惜しいもの、ほかのどの道に進んでも後世に名前を残しましょうに。まあ、人の運命というものは、ほかの人間が何を申しても、どうにもしかたありますまい。ところで、この石はどうなさいます」

「気がおつきですか。さっきからどうしようかと、首をひねっていたのですが」

「私ならばこういう難石は捨てて、ふりかわりを考えますね。たとえば今日港崎の遊廓が太田久保山へ移転を命じられたように」

嘉右衛門はぽろりと手にした石を畳の上におとした。

「まあ、久保山では眼を二つ持って活《い》きるための苦労はたいへんでしょうな。あれ以上の適地はまだまだあるはずです」

「…………」

「先生はこの出願の前にどういう易をお出しになりました?」

「すべて陰、䷁。『坤為地《こんいち》』の二爻《こう》を得ましたが」

「なるほど、直方にして大。習わずして利《よろ》しからざる无《な》し——と爻辞《こうじ》にありましたな。男女の道は長ずれば習わずして自然に悟るものです。碁や易とはおのずから違いますな」

嘉右衛門はにやりと笑いながら、次の一石を打ちおろしたが、宗光は間髪《かんはつ》を容れずに黒石を盤上において、

「残念ですが、御用繁多のことで、今日はこれまで、打ちかけということにしていただけませんか」

と嘉右衛門の眼を見つめて言った。

「さようですか。いや三目ではもうどうしても打ちきれません。次には二目でゆっくりお相手いたしましょう」

「おほめをいただいて恐縮です。まあ、碁の免状はこちらが願わなくても、実力がそなわれば自然にもらえるものなのですよ」

宗光がこの家を辞去してから、嘉右衛門は一間へ入って、何通かの手紙を書きあげた。それを手代に持たせて汽車で東京へ送ると、次に使いを出して、港崎の女郎屋「神風楼《しんぷうろう》」と「岩亀楼《がんきろう》」の主人を呼びよせた。

「今日おいで願ったのは、ほかのことではないのです。実は今日ある筋からの情報で、港崎のお店は全部、太田の山の上に移転を命じられたと聞きましたがほんとうですか」

嘉右衛門は開口一番切り出した。

「さすがにお早耳でいらっしゃる……実は先刻、区長の高田さんが県庁へお呼び出しを受けまして、県令閣下からじきじきに移転を命じられたとのことでした。われわれ二人はあの町の肝《きも》いりをしておりますから、さっそく話が伝わりましたが、何といってもこのことはわれわれの死活にかかわる大問題、何とかお取り消しがねがえないかと首をひねっていたところでした。高島さんなら、政府要路のお方とも多勢おつきあいがございましょう。何とかそちらに手をまわして、この命令はなかったことにしていただけませんか。お礼はいくらでもいたしますが」

いい伝手《つて》が出来たといわんばかりに、神風楼の主人、紙屋田兵衛《かみやたへえ》が言い出した。

「いや、そのことはなりますまい。そのかわり、それ以上の名案があるのです」

「名案とは……」

「私のほうも、高島町の土地を空地のまま遊ばせておくのはどうかと思いましてね。実はあそこに、東京根津《ねづ》の『八幡楼《やはた》』や『彦多楼《ひこた》』『中卍楼《なかまんじ》』『品川楼』、そういうところの出店を出そうと計画して、下話もほぼまとまったのです。まあ、あなた方は港崎でご繁昌《はんじょう》なさっていることですし、遠慮してお声もかけませんでしたが、太田へお移りになるなら、山の切りくずしだけでも、どれだけの時間と費用がかかるか知れませんよ。いっそこのさい、思いきって高島町へ合流なさってはいかがかと思っておいでねがったのですが」

二人は顔を見あわせた。たしかに高島町までは港崎からかなりの距離がある。しかし平地を行くのだから、山へ上るよりは便利なのだ。そして色街が出来れば自然に町へも人が集まり、土地も繁昌するということは、二人とも身にしみついている体験だった。

「それはまた、たいへんありがたいお話ですが、その許可はおりましょうか」

「私は政府との契約書を持っております。鉄道敷設のために海面を埋め立てたとき、鉄道用地と国道の部分は政府に献上し、残りは私の私有地として、どのような目的に使用してもいいという一札です。県令閣下もこの書類にはあえて物言いもおつけになれますまい」

二人は顔を見あわせた。願ってもない話なのだ。あえて別室に退いて、相談をしなおすこともなかった。

「それでは万事よろしくお願いいたします。さっきまではどうなることかと頭をいためておりましたが、そのお話をうかがって、ほっと安心いたしました。それでは今日はこれで立ち帰り、町中の者の意見をまとめて、あらためてまた参上いたします」

「いや、それはいけません。多勢のお方が集まってがやがや議論をつづけていては、まとまる話もまとまらなくなります。小田原《おだわら》評定《ひょうじょう》をつづけていては、いつ何時どのような邪魔が入るかもしれません。いっそあなた方お二人が、率先して高島町に移転なさる計画を実行に移されてはいかがです。そうすればほかのお方は、われもわれもと自然についてまいりましょう」

「計画を実行に移すとはどうするのです」

「失礼ですが、移転新築となれば先だつものはお金です。とりあえず一万両ずつ、無利子でお貸しいたしましょう。それを頭にお入れのうえ、これからすぐ東京へおいでなさい。まあこれからでも横浜発東京行きの汽車の最終便には充分間にあいます。途中で普《ふ》請《しん》のご相談をなさって、電報で棟梁《とうりよう》をお呼びになり、明日から深川木場で普請の切り組みをおはじめになり、それからお帰りになってはいかがです。蒸汽車のおかげで便利になりましたから、明日の夕方までにはお帰りになれましょう」

「なるほど、神速というのはこのことでございましょうか。まったく恐れいりました。ところでこういうことになるとは思っておりませんでしたから、印形《いんぎよう》も持参しておりませんが、そのことはどういたしましょう」

「私は夜逃げするつもりはありませんし、あなたがたのほうもご同様でしょう。男と男の話です。証文に判をおすなど後まわしでもいいじゃありませんか。ここからすぐ東京へおいでなさい。おたくのほうへは私どもから使いを出し、急用で東京へおいでになった——と伝えておきますから」


翌日の夜、横浜へ帰って来た二人は、すぐ町中の者を集めて相談に移った。この突然の移転命令には誰しも頭を痛めていたことである。そこへこの町の筆頭を争うような大店二軒が高島町に移転ときまったというのだから、誰一人反対する者もなかった。

われもわれもと同調して、結局高島町を全部借り入れようという計画がまとまった。

その敷金は数万両——こうして明治の初年、不夜城といわれた高島町遊廓は生まれて行く。

嘉右衛門はただ届書を提出しただけ、県令陸奥完光は一言もいわずにこれを受理した。

嘉右衛門は女性関係については案外淡白だったようである。後には妻のほかに妾《めかけ》を持ち、高島台の屋敷の別棟《べつむね》に住まわせ、渡り廊下で往来していたというのだし、男二人、女二人の子供も作っている。

遊びにも江戸の粋人《すいじん》というような感じがあったらしいが、あまり深い関係になった女性はいないようだ。

若いときは苦労の連続だったたし、出獄してからは事業に忙しく、隠退生活に入ってからは易の研究に心魂を傾けていたために、二人の妻妾《さいしょう》で結構満足して、ほかの女に心を動かすこともなかったのだろう。

ただ一人、恋人というより女友達といいたいような仲の女性は存在していた。

富貴楼《ふうき》の女将、おくらという名の女傑だった。もとは内藤新宿の安女郎だったが、年季が明けて横浜に来ると、小料理屋をはじめ、それから生糸の取引で財を成した甲州《こうしゅう》屋伝兵衛《やでんべえ》という商人から資本を出してもらって、富貴楼という高級料亭を開いたが、これが時流に投じたのだ。

伝法肌《でんぽうはだ》の姐御《あねご》タイプで、人あしらいもうまく、機転が人一倍きいたため、どこかに野性の残っている新政府の要人たちにも気にいられて、店はたいへんな繁昌だった。

嘉右衛門の後妻は神奈川の請負師、下田屋文吉《しもだやぶんきち》の娘だが、その名もやはりお庫《くら》という。この縁談の橋わたしをしてくれたのも、富貴楼おくらなのだった。

明治初年。ある年の夏のことである。富貴楼にやって来た嘉右衛門はおくらをつかまえて、冗談のような調子で言った。

「おい、お前、刺青《ほりもの》をする気はないか？」

「まあ、何を言ってるんです。旦那」

おくらは色っぽい眼で嘉右衛門をにらんだ。

「いや、お前の腕の勘さま命の起誓《きしょう》彫《ぼ》りはおれだって知っている。いつかお前は、いまとなっては恰好《かっこう》が悪いから、この上になにかきれいな絵を彫って、名前をかくしてしまいたいと言っていたろう。そのことを思い出したものだから」

「ああ、そういえば旦那にお話ししたこともありましたっけ。でも、こっちから刺青師の家へ通うのも何ですし、ここへ来てもらうのも世間体《てい》があると思いましてね」

「しかし、相手が女なら、世間体を気にすることもないだろう」

「女の――刺青師がいるんですか？」

「いる。弁天お雪といえばお前は知るまいが、おれが横浜へやって来たころ、ちょっと名前の売れた刺青師だったが、しばらく旅に出ていたのだ。なんでも上州《じょうしゅう》の太田《おおた》村で雲竜《うんりゅう》の清吉《せいきち》という顔役の世話になっていたらしいが、その親分に死にわかれて、また横浜へ舞いもどって来たんだな。そのころちょっと金を出してやったことがあったんで、その恩を忘れず、おれのところへ挨拶にやって来たんだが、思い出したのはお前のことだ。ひとつむこうの仕事はじめにやってもらわないか」

「そうですねえ。女は女同士、気をつかうこともありますまいね。ひとつご祝儀がわりに一肌ぬいで片腕まかしてあげましょうか」

こういうやりとりがあった後、翌日お雪はおくらのところへ訪ねてきた。

刺青のない白肌のときから、弁天娘と呼ばれていたほどの美人だった。苦労もむだではなかったのか、その美貌《びぼう》にはさらに凄艶《せいえん》さが加わり、女でも惚々《ほれぼれ》するような姿になっている。おくらもすっかり気に入ってしまった。

腕から肩にかけて牡丹《ぼたん》をいくつか彫り、男の名前は雲のぼかしの中に沈めてしまう。仕事は休みを入れて五回と相談はすぐにまとまった。そして三度目の仕事が終わってから、おくらはその身上話を聞いたのだった。

おくらもそのときはぎくりとした。

店のお客、明治政府の高官の一人が、りっぱな刺青を彫っている。その図柄も花和尚魯智深大蛇退治――お雪の恋人だったという、花和尚吉三の後身だとしか思えない。すぐそのことを打ち明けようかと思ったが、待てよ――とおくらは思いなおした。むかしはむかし、今は今、討幕のため市井《しせい》に身をひそめて、鳶《とび》あがりの渡世人をよそおっていたころはともかく、りっぱな政府の役人となったいまでは、むかしの古傷にさわられることなどいやだと言うかもしれない。そんな女にかかわりたくないと言われても、どうにもしかたのないことなのだ……

いちおう、むこうの気持ちを聞いてみたうえで、場合によっては自分一人の胸におさめておけばいいことだとおくらは腹をきめた。

それでも、いちおう念のため、嘉右衛門にだけは相談してみたのだが、彼もさすがに眼をみはっていた。

「そうだったのか。やはりあのときのおれの易はあたっていたようだな」

腹の底からしぼり出すような声だった。

「あの女には、命がけで惚れこんだ男がいたのだ。背中の弁天様の刺青もその男に対する心中だてだと、おやじさんが死んだとき、身上話を聞いたのだが、どれ、一占たててみるとしようか」

嘉右衛門は気合をこめて筮竹《ぜいちく》を割り、ほっと溜息《ためいき》をついて言った。

「東京へ行ってその話をしてやるのだな。むこうは喜んでとんで来るだろう。お雪も涙を流して喜ぶだろうし、これから二人がうまくいくことは間違いない」

「いったい、どんな卦が出たんです？」

嘉右衛門は算木を指さして、

「これ、このとおり䷼。『風沢中孚《ふうたくちゅうふ》』の二爻変《こうへん》だ。――鳴鶴陰《めいかくいん》に在《あ》り。其《そ》の子これに和す。我に好爵《こうしゃく》有り。吾《わ》れ爾《なんじ》とともにこれを靡《つな》ぐ。男女の仲を占っては、これ以上の易はめったに出ない。鳴鶴というのは美女をあらわしている。男はりっぱに世に出ていて、これからもどんなに出世するかわからない。これがこの好爵の暗示だな。二人の間には子供も出来よう。女が表に出られない立場になることはしかたがないが、この後二人は死ぬまで離れないだろうな」

おくらは眼に涙さえ浮かべていた。

「それじゃ、お雪さんとしても、いままで苦労のしがいがあったわけですね……この話を聞かせてやったらどんなに喜ぶことでしょう。これからすぐにも……」

「待て、喜びというものは小出しにしないほうがいいのだ。まず、東京へ出かけて行って男を呼んで来るがいい。そのうえで、お雪には何も言わずに、お前の店で二人をひきあわせてやるのだな。その後は……もはや他人の出る幕はない」

おくらはその翌日、東京に西郷従道《さいごうつぐみち》を訪ねて行った。いうまでもなく、元勲西郷隆盛の実の弟である。

「なんだと、お雪が……お雪が生きて横浜へ帰って来たと、そう言うのか」

西郷はまるで子供にかえったような喜色を浮かべた。

「別れのときには、おれもほんとうの素姓は打ち明けられなかった。それでめでたく東京へ帰ってから、人を横浜へ派遣していろいろ調べさせたのだが、おやじに死なれて旅に出た——というよりほかのことはわからない。なんといってもこのご時世だ。どこかで流行病にかかって死んだとしても、女一人のことだし噂《うわさ》が伝わってくるわけもない。そう思ってあきらめていたのだが、あいたい。ぜひあわせてくれ。あいにく今日明日は大事な御用があって東京を留守には出来ないが、明後日からは体があく。朝早く横浜へ飛んで行くからお雪をお前のところへ呼んでくれ」

西郷はたしかにその約束を守った。

その二日後、富貴楼に呼ばれたお雪は、おくらから、

「実はあんたに会いたいというお方が今日お店に来ておられるんだよ。こっちへ」

と言われて首をひねった。女中に案内されて部屋に入り、手をついて頭をあげたとき、そこに見出したものは、忘れようとしても一生忘れることの出来ない花和尚吉三の面影だった。

「あなた、あなたは……」

「お前の亭主の花和尚吉三、いまは新政府に出仕して、西郷従道という本名に返ったが」

「やっぱり……」

「お前もずいぶん苦労をしたらしいな。どれ、今日は幸いほかの用事もない。一別以来のお前の苦労話をゆっくり聞かせてもらおうか」

長い話が終わったとき、従道は溜息をついて言った。

「ずいぶん苦労をしたものだな。あのとき、だまってお前と別れたのは、たしかにこっちが悪かったが、お国のためだと思って許してくれ」

「いまとなってはお恨みなどいたしてはおりません。ご出世なさったごりっぱなお姿を拝見してほんとうに嬉《うれ》しゅうございます。せめて一目だけでもいま一度と、弁天様に願をかけましたからには、これで命を召されても、思いのこすことはございません……」

「待て、お前にここで死なれては、わしのほうが困るのだ……」

従道は口もとにかすかな笑いを浮かべ、

「あのときの話では、わしの刺青はあと二回か三回で仕上がるということだったな。いずれはお前のおやじさんに仕上げてもらおうと思っていたのだが、死んだとあってはどうにもならない。おくらの腕の牡丹も見せてもらったが、お前もずいぶん腕を上げたな。どうだ、ひとつお前がかわって残りを仕上げてくれないか。最後に『彫徳彫雪』と銘を入れ、それで刺青の針を捨ててくれれば、地下のおやじさんにしても、ああよかったと喜んでくれるのではなかろうかな」

と微妙な謎《なぞ》をかけたのだった。

この謎のかげの含みがわからないお雪ではない。涙を浮かべて両手をつくと、

「はばかりながら弁天お雪、一世一代の腕をふるって、仕事おさめをさせていただいたうえで、彫針を捨てさせていただきます」

ときっぱり言いきった。


その後間もなく、お雪は横浜を去り、東京で従道のそばにつかえることになる。もちろん日かげの身だったが、それもしかたがないことだった。

これが機縁で、従道は嘉右衛門と親交を結ぶようになった。梅ケ枝の場合とはちょっと事情は違うが、やはり女房が受けた恩義は自分の受けた恩義と同じだという考えが従道の頭にはあったのだろう。

もちろん彼の刺青《しせい》のことは正式な記録は残ってはいない。

しかし、西郷は大酒家だったようだし、酔余裸踊りに興ずることが多かったということは記録も残っている。大きな刺青があったとすれば当然人目についたはず、むかしの刺青師たちの間にその由来が伝承のように伝わったとしてもふしぎはなかったろう。

また、この刺青が実在しなかったとすれば、そういう「風説」は裸踊りの目撃者たちから一笑に付されてしまって、今日までには影をひそめてしまったろう。

そして、西郷従道もまた明治政府の高官として、嘉右衛門と親交を結んでいたことも事実である。その兄西郷隆盛が征韓論《せいかんろん》をめぐる政争に敗れて下野《げや》したときにも、行動をともにしようとして嘉右衛門に相談し、その易によって思い止《とど》まったという話もある。その啓示がどういう卦にあらわれたかはわからないが、そういう逸話があるものだから、私はかつて名刺青師二代目彫宇之《ほりうの》から聞いたこの伝承を紹介する気になったのだった。

私個人としてはこれは実説だと思っているのだが……

なお、この横浜港の埋め立てについては後日談がある。

明治十四年五月、嘉右衛門は神奈川県令、野村靖《のむらやすし》といっしょに熱海《あたみ》へ静養に出た。静養といっても同じ宿には、大隈重信、伊藤博文、井上馨、金子堅太郎《かねこけんたろう》など、新政府の錚々《そうそう》たるメンバーが投宿していたのだった。伊藤博文は当時、一時的に閑職に退いていたが、井上馨は外務卿、後の外務大臣にあたる要路についていたのだった。

その夜、野村県令にむかって伊藤博文はいくらか愚痴めいた言葉を吐いた。

「横浜港も最近ではだいぶ手狭《てぜま》になってきたようだな」

「はい、そのことについては私も日夜心をいためておりますが……」

「とにかく、高島さんのおかげで鉄道線路や国道を含む一帯は埋め立て出来た。われわれの当時の考えでは、これで三十年ぐらいは間にあうかなと思っていたのだが、いや、文明開化の進歩というのは恐ろしい。十年一昔という言葉もあるが、この十年は江戸時代なら百年以上に相当するかもしれないな。安政六年までは淋《さび》しい漁師《りようし》村だった横浜にくらべるのは何だが、この十年間に第二段の埋め立てを計画しなければならなくなるとは、われわれも予想していなかったなあ」

「はい、港に出入りする船も、この三年で倍増いたしました。十年前にくらべましたら、約十倍になりましょうか。第二次の埋め立て、新しい波止場《はとば》の建設は焦眉《しようび》の急務と存じます。このままでは、船の出入りをさばききれなくなりましょう」

「それはわれわれも考えているが、なにしろ港の拡張と整備には莫大《ばくだい》な金が要る。文明開化というものは恐ろしく金を食うもので、政府としても八方にやりくり算段をせねばならぬし、なかなか思うようには行かないのだ」

博文は溜息をついて言った。

「高島さん、あなたの占いをもってしても、名案はおそらく出ますまいな」

「私はそうとは思いませんが」

部屋に居ならぶ人々は、思わず呆気《あっけ》にとられたように嘉右衛門の顔を見つめた。

野村靖が機会を見てこの問題を切り出すことは、彼も事前に聞いていたのだ。そのために彼もいちおう予習のような占いをしたうえでこの席にのぞんだのだ。

「なにか、天から金が降って来るとでもいわれるのかな？」

井上馨は首をひねりながらたずねた。

「金は閣下の足もとのようなところに転がっております」

「何とおっしゃる？」

「去る文久《ぶんきゅう》三年の長州藩馬関の外国軍艦砲撃事件——あの時閣下はどこにおいでしたか？」

「伊藤君とロンドンに行っていた。その報を知ったのは翌年、元治元年の二月、タイムズの新聞記事を読んでのことだが、われわれ二人はほかの三人を残したまま、あわてて日本へもどって来たのだ。日本へ着いたのは六月だったが、ちょうど蛤《はまぐり》御門《ごもん》の戦の直前、わずかの間に天下の情勢がここまで一変しようとは思いもおよばぬことだったが

……」

「その年、八月五日から六日にかけては、いわゆる馬関戦争が起こっておりますな。十七隻の外国艦による下関砲撃、そのときお二人は講和談判の通訳にあたられたのではございませんか。その直後、閣下は異人の走狗《そうく》と誤解され、攘夷《じょうい》派の藩士たちから闇討《やみう》ちされ、たいへんな重傷を負われたのではございませんか」

「うん、手当てだけでも約四時間、五十幾針縫われてな。いまでもときどき古傷が痛んでならぬから、ひまなときにはこうして湯治で体をいたわっているのだが、それが

……」

「閣下は直接関係なさらなかったでしょうが、そのとき幕府が長州藩にかわって諸国に支払いました賠償金は総額でいくらでございましたか。ご存じでいらっしゃいましょうな」

「うむ、総額三百万ドルだったそうだが」

「そのうち米国の取り分は？」

「たしか七十五万ドルだったかな」

「その金はいまどうなっておりますか？」

一座の人々は思わず顔色をかえて坐りなおした。

井上、伊藤の二人は直接この馬関戦争の後始末にあたった当事者である。その償金の支払いは幕府が代行したにもせよ、その二人さえ知らない外交関係の秘密をどうしてこの一易者が知っているのだろう？

嘉右衛門はにこやかに微笑した。

「いまはもう故人となりましたが、私の作った旅館、高島屋で番頭をしていた菊名千太夫《きくなせんだゆう》、旧幕時代は勘定組頭をしていた男から前に聞いていた話がございます。当時イギリスはこの金を香港《ホンコン》へ持って行き、金銀の相場の差額で大儲《おおもう》けしたようです。私は国内で同じことをやりましたために、六年入牢《にゅうろう》させられましたが……ところが当時のアメリカの財務長官、名前のほうは忘れましたが、この男がたいへんな傑物だったのですね。わが国は後進国の日本を指導し長く友好関係を保とうとするために、開国を迫ったのだ。日本にしても前代未聞のことを始めるのだから、誤解による衝突、摩擦ということもともとうぜんあり得るだろうが、そのために賠償金を支払わすとはどういうわけか。アメリカ政府にそのような不浄の金を入れておく金庫はない。一時預かりという形をとり、将来両国のためになるような目的のために支出するがよかろう。こういうことを言ってそのとおりの処置をとったようですが、この話はお聞きになってはいませんか？」

「ぜんぜん……いまが初耳です。だが、それは確《かく》たる事実ですか？」

「まあ、新政府との事務引き継ぎの場合には、とうぜんこの話も出たろうとは思いますが、何といってもあのときは、天地がひっくり返ったようなものですから、ごたごたにまぎれてこの話が上まで伝わらなかったとしても無理はありますまい。いま一度、当時の書類をお調べなおされてはいかがでございましょう」

「それはさっそく、帰京次第あらため直しましょうが、その金はあなたの占いでは返してもらえる目当てがあるのですか？」

「いちおうの自信がなかったなら、お耳を汚《けが》しはいたしません。熱海へまいります前に、真剣に易を立て、䷃『山水蒙《さんすいもう》』の四爻《こう》を得ました。ご承知のように、蒙は蒙昧《もうまい》、後進未開の状態をあらわしております。四爻の爻辞《こうじ》は、『蒙に苦しむ。吝《りん》』とありますし、まだ機は熟しておりませんが、来年になれば五爻となるはずで、爻辞にも『童蒙の吉。……以《もっ》て巽《したが》えばなり』とございます。とりあえずこのことを申したて、アメリカの意向にしたがえば、明年にはこの金もとうぜん返還されましょう。それを横浜港の埋立て整備に利用すれば、アメリカとしてもその便利には喜びましょうし、一石二鳥の名案と存じますが」

「なるほど」

井上馨もうなずいた。

「さっそく、むかしの記録を調べたうえで外交交渉に移りましょう。あなたの言うとおり、その金が返却されたなら、全額横浜港の開発にあてることを約束いたします。このことはここにおられるみなさんが証人ですよ」

万事は嘉右衛門の占いどおりに展開した。

横浜港の第二次埋め立てで、この日本の表玄関もどうやら近代貿易港としての形を整えはじめた。現在でも名前を地図にとどめている高島埠頭《ふとう》は、この第二次の埋め立てで初めて出来上がったものである……

高島台からその威容を見おろして、嘉右衛門は会心の微笑を浮かべていた。

第九章　財閥を望まぬ高士

明治七年一月十日——

前に征韓論の争いに敗れて下野した前司法卿、江藤新平《えとうしんぺい》は横浜から九州へ去ろうとし、横浜で便船を待つ途中、高島邸を訪ねてきた。

いうまでもなく、彼は肥前——明治の初めから、佐賀と呼び名は変わったが、この土地の出身者である。親子二代にわたる鍋島藩との関係からいって、嘉右衛門は佐賀県人とも親交のある人間が多い。江藤新平もまたその一人だった。

「しばらく国へ帰ろうと思いまして——まあ半年ぐらいはお目にかかれますまい。ちょっとお顔が見たくなってお寄りしましたが」

挨拶《あいさつ》の言葉ははっきりしているが、嘉右衛門はその顔と声音《こわね》に不吉なものを感じた。

もともと江藤新平は下野以前には、新政府でも有数の頭脳と言われた人物だった。西洋法典の研究も深く、旧法制の改革を次々にやりぬいていたのだが、大久保流の考え方にはとかく反するものがあり、事ごとに意見の衝突があったというのも周知の事実なのだった。

「さようですか。ご餞別《せんべつ》に易など立てましょうか」

「ぜひ」

「それではしばらくお待ちください」

別棟の神易堂へ入って、心を鎮《しず》め筮竹をさばいた嘉右衛門は愕然《がくぜん》とした。人相から感じていた凶兆が算木の上にはっきりした形をとってあらわれたのだ。

「これはいけない」

嘉右衛門は思わず声をあげた。本来易断というものは二度も三度もくりかえすものではないが、このときだけは設問を変え、ありとあらゆる角度から未来を読みとろうとしたのだった。

三十分ほど占いを続けて嘉右衛門は溜息《ためいき》をついた。

「天なるかな。命《めい》なるかな」

悲痛な言葉をつぶやいて、嘉右衛門はそのまま客間にもどった。

「お待たせしました……今度のご出発はお見あわせになってはいかがです」

「ほう、悪い卦《け》が出ましたか？」

新平は顔色も変えずに問い返した。

「悪いも悪い、大凶の卦でございますよ」

「どんな卦です？」

「このさいですから、言葉を飾らず申しあげましょう。まず旅の前途を占ったところが、䷝『離為火《りいか》』の四爻《こう》となりました。『突如其《そ》れ来如《らいじょ》、焚如《ふんじょ》、死如《しじょ》、棄如《きじょ》』とありますな。平たく言えば『飛んで火に入る夏の虫』ということになりましょう」

「なるほど……」

「もう少しくわしく申せば、二つの火が燃えさかっている状態です。私の聞いているかぎりでも、佐賀では現在、征韓党に愛国党、この二つの党派が競いあい、いつ火を噴くかわからない状態にありますとか、おそらく近い将来には暴動化するものと思われます。あなたがここでご帰国なさるのは薪《まき》を背負って火の中へ飛びこむようなものだと解釈するほかはありません」

「いや、たしかにそのような危険はありましょう。だからこそ私は行かなければならないのです。現在の新政府の方針はまったく見るにしのびません。いったんいまの政府を転覆させ、西郷閣下をおしたてて、第二の新政府を作らなければ、日本の国も危ないのですが、まだその機は熟しておりません。私が帰国する目的は若い者たちの暴発をおさえるためなのですが」

「そのお考えはわかります。しかしそれは失礼ながら、あなたのお力では無理なのです」

新平はありありと不快そうな表情を見せた。

「いや、私でなければ出来ますまい。国元からも毎日のように催促がありました」

嘉右衛門は大きく溜息をついた。

「まあ、あなたのねらいが達せられるかどうか、それは見解の相違だと言われるならば、私もどうにもなりません。しかし理詰めですべてを割り切ろうとなさるあなたのご性格には、このさいたいへん危険がともないます。すべて世の中の動きには、自然の勢いというものがあります。佐賀の城下はこの易で見るかぎり爆発寸前、あなた一人のお力では狂瀾《きょうらん》を既倒《きとう》にかえすことは出来ますまい」

「まさか……私が乗り出せば……」

「そう言われるなら、もう一つ、あなたの近い将来に対する占断を申しあげましょうか。䷪『沢天夬《たくてんかい》』の上爻です。『号《よば》う无《な》し。終《つい》に凶有り』とありますが、私はむかし伝馬町のお牢で名主に同牢の者たちの刑を占わされました。そのときこの卦を得た男は翌日打ち首獄門となったのです」

「私も打ち首獄門になるとおっしゃるのですか。その刑は私が司法卿当時作った新刑法で廃止されましたよ。そして以前の江戸時代からの法律でも、士分——いまの士族の人間は、獄門の刑には処せられなかったのです」

「まあ、私も神ならぬ身、誤断誤占もありましょう。しかし暴動が突発し、あなたも戦にまきこまれることがないとも言えますまい。そのとき重傷を負われて介錯《かいしやく》されるようなことでもあれば、結果は同じようなことではありませんか」

「そのようなことがあったら、どうにもならない運命とあきらめるほかはありますまい……武士道とは死ぬことと見つけたりという『葉隠《はがくれ》』の教えを思い出しましょうか……そうそう、たしか佐久間象山《さくまぞうざん》も召されて京都へ上るとき、この卦を得たという有名な故実がありましたな……出発をとどめた門弟に『男子たるもの国家のために死ぬのなら命は惜しくない』とひきとめられたのをことわって、『王庭』と名づけた馬にまたがって京へ上り、三条木屋町《さんじようきやちよう》で暗殺されたと言いますな。たしかあの卦のどこかには『往《ゆ》く所有るに利《よろ》し』とあったと思いますが」

嘉右衛門はもう一言も言えなくなった。もちろん江藤新平は稀代の才人には違いないが、自らの才をたのむことが過ぎて、人の言葉は聞き入れない。世の中のことはすべて自分の考えどおりに動くものだと思っている。そういう性格的欠点はいまさらかんたんになおるわけもないとあきらめてしまったのだ。

ほかの占断については何もふれずに、嘉右衛門は家人にボルドーのワインを運ばせ、

「それではあなたのご健康をお祈りして乾杯をいたしましょう」

と暗涙にむせびながらグラスをあげた。


佐賀にもどった江藤新平は旧士族たちの勢いをおさえきれず、ついにいわゆる「佐賀の乱」をおこすようになった。

その年二月のことである。

十六日には佐賀県庁も占拠したが、それが彼らの力の限界だった。文武の全権をまかされた大久保利通は、ほとんど同時に福岡へ着き総攻撃を開始した。二月二十七日に江藤新平は鹿児島へ逃走し西郷隆盛の蹶起《けっき》を懇請するが、西郷は同調しなかった。新平はそれから土佐に入って援助を求めるが、有力者林有造《はやしゆうぞう》、片岡健吉《かたおかけんきち》、民権運動の同志たちもやはり首をふりつづけた。

新平は土佐国甲浦《かんのうら》で三月二十九日に捕えられ、佐賀に送られる。

彼は東京へ送られ、国事犯として裁判にかけられると信じていたのだが、大久保は断じてこれを許さずに、四月十三日死刑を宣告させ、その日のうちに処刑を終わった。し

かも、旧法が適用され、士族を除族された後で斬《き》られた江藤たちの首はただちに獄門台にさらされた。司法卿としてこの刑を廃止した彼がこういう目にあったのは、なんとも皮肉な話だが、これも各地の旧士族たちの蜂起《ほうき》、ことに西郷隆盛の挙兵を恐れた利通の苦肉の策のあらわれだったろう。

この知らせを聞いた嘉右衛門は涙を浮かべて言ったという。

「彼は西欧法律の理には精通していた。ただ天運の理のいかなるものかを知らなかった……」

明治九年秋、嘉右衛門は突如として事業界からの引退を声明した。

彼はこのとき数えの四十五歳である。当時の感覚ではけっして若いとは言いきれないが、といって老いこんだと見られるほどのことはない。八十三歳の天寿を全うし、しかも自分の寿命を占いによって一日の狂いもなく予知していたことから考えても、健康を極度に害していたためだとも思えない。

横浜ガスの裁判で厭気《いやけ》がさしたためだろうと解釈する人もあるが、これにしても民事訴訟にすぎないし、充分の理がある裁判なのだ。過去の獄中生活の経験を考えあわせれば、このぐらいのことで引退にふみきったとも思えない。嘉右衛門はそれほど弱気な性格ではなかった。

このとき彼は『天山遯《てんざんとん》』の上爻《じょうこう》と『水風井《すいふうぜい》』の上爻と二つの啓示を受けている。

䷠『天山遯』、上九——

肥《ゆた》かに遯《のが》る。利《よろ》しからざる无《な》し。

この爻辞《こうじ》の意味を一口に言うならば、「功成り名とげて退くは天の道なり」ということになる。

彼としては九地の底から昇天し、開拓者としての道をたどって莫大な財を築いたのだ。これ以上現実的な面で成功して何になる。それこそ当時の彼の心境ではなかったろうか。東洋にはむかしから、高士、隠士という思想がある。いちおう現実世界での使命を達し終えた人間は、後人にそれ以後の仕事を託し、悠々《ゆうゆう》自適しながら好きな道に余生をついやすこともまたこの世の大事だという考え方なのだが、彼のように易学の極致をきわめたといえる人物は、このあたりで一つの悟りを開いたのだろう。もはや後顧の憂いもない。余生は易学の研究にささげ、かげながら明治の国家を指導するのが自分に残された使命だという信念に徹したのだろう。

いま一つの占断も、その道を教えるものだった。

䷯『水風井』、上六——

井《せい》汲《く》みて幕《おお》う勿《な》し。孚《まこと》有り。元《おお》いに吉。

井とは井戸の意味なのだが、ここではむしろ泉にたとえていいだろう。泉はもちろん動かないが、その水を求める人々はむこうからこっちへやって来る。その水は滾々《こんこん》と湧《わ》き出て尽きることもなく、求める人が多いため、蓋《ふた》をすることも出来ないというのである。

たしかに、その後も彼の易断を求める人は高島台を訪ねてたえることがなかった。特に政府の高官たちは、横浜駅から馬車を走らせ、その占いを聞くことが始終だった。

これだけの人脈にめぐまれたことである。もし彼が望むなら、いわゆる「政商」の道をたどることは何の造作《ぞうさ》もなかったろうし、後年の三菱、三井財閥に匹敵するような高島財閥も誕生したに違いないが、それは彼の求める道ではなかった。

この明治九年という年は実に微妙な時点である。

いわゆる西南戦争の突発はこの翌年、明治十年の一月末のことである。私学校の生徒二十数名が鹿児島の火薬製造所を襲い、その製品を奪ったのがその発端と考えられる。二月十五日、西郷軍は政府尋問のために東上すると称して鹿児島を出発した。十九日からは熊本城の攻略が始まっている。

三月三日からは田原坂《たばるざか》の激戦が始まり、二十日まで続いている。二十三日からは熊本城の包囲も解けたのだった。

その後は、西郷軍にとっては相次ぐ敗北、敗走の連続だった。九月二十四日には最後の拠点となった鹿児島城山が陥《お》ち、西郷隆盛もここに五十一歳の生涯《しょうがい》を終わった。桐《きり》野利秋《のとしあき》、村田新八《むらたしんぱち》、別府晋介《べっぷしんすけ》など西郷軍の幹部たちもこの日ほとんど死んでいる。

この年、長州出身の元参議木戸孝允も久しく胸を病んで療養中だったが、五月二十六日世を去った。年はまだ四十四歳にすぎなかった。

こうして維新の三傑といわれた人々は二人まで相次いで世を去ったのだが、さらにその翌年明治十一年五月十四日には、新政府の柱石といわれた大久保利通が東京紀尾井坂《きおいざか》で暗殺された。彼はこのとき四十七歳、内務卿とはいうものの事実上総理大臣にあたる人物だったのである。

公平に見て西郷、木戸の二人はこの世で成すべき使命を達し終えたと考えられないこともない。木戸はともかく、西郷の役割は徳川幕府を倒すためにこの世に生をうけたともいえるのだった。

しかし大久保利通の場合は少し違っている。彼は十年ごとに一つの目標を立て、着々とそれを実現しようとしていた。明治十年まではその草創期、明治二十年までは諸制度整備の時代、明治三十年までに国力兵力を充実させ、完全に新政府の基礎を確立させて、後人に後事を託そうとしていたのだった。その第二期に足をふみ入れて、非業《ひごう》の死をとげた彼の無念さは想像するにあまりある。

しかし、その志は伊藤博文、西郷従道、大隈重信、山県有朋《やまがたありとも》など明治の賢臣たちによってみごとに受けつがれた。泉下の彼もおそらく満足して成仏《じょうぶつ》したことだろう。

もちろん、明治九年、嘉右衛門が引退を表明した時点ではまだ西南《せいなん》の役《えき》は起こってはいない。木戸、大久保の二人も健在だったのだが、易聖といわれた嘉右衛門のことだから、とうぜん近い将来の変化は予測出来たのだろう。

間もなく次の時代が来る。そのときに国家の大方針を占うためには一分《ぶ》の私心、私欲があってもならないと決心していっさいの事業から手をひき、易学の研究に徹する決意をかためたのではないだろうか。

後日、彼は東京市街鉄道、日本鉄道株式会社、北海道炭礦《たんこう》株式会社、愛知セメント株式会社などの事業にも、あるいは大株主として、あるいは社長として、参加している。そのすべては公益事業と称してよいものばかりだし、北海道炭礦の場合は日清戦争の直前なのだ。

当時の軍艦はいうまでもなく石炭を燃料として動いていた。一朝事ある場合には、この石炭も何かの役に立つだろうという信念が胸中のどこかにひそんでいたのではなかろうか。

人は時代の子だともいえる。伊藤博文たちが指導者として働いた明治政府が大目標として「富国強兵」を根本政策として選んだのも、当時としてはとうぜんのことだったろう。

たとえば対韓政策などでは後日に悔いを残し、後人の批判の的となるようなことも少なくなかったのだが、当時の為政者たちにしてみれば、これこそ日本の将来に寄与する絶対必然の道と信じていたことは間違いない。

とにかく、明治時代の日本の躍進は世界史上の奇蹟《きせき》だとさえ言われている。もちろん高島嘉右衛門は政治の表面には出ていないが、為政者たちを激励し、あるいはしかるべき進言を行なって余生を無事に終えたのは、やはり人生の達人と言ってよいのではなかろうか。

私はこの稿を進めている途中、思いたって前に訪ね残した高島台——嘉右衛門隠棲《いんせい》の地を訪れた。

現在の地図でいうなら東急東横《とうよこ》線の反町《たんまち》駅付近、トンネルの真上の丘である。本覚寺《ほんがくじ》という寺は横浜市地図にも出ているが、そことは眼と鼻というべきところに嘉右衛門の旧居があり、いまでもその子孫のお方が住んでおられるようである。近くには大きなマ

第十章　日清戦争の予言

順序はいささか前後するが、ここで伊藤博文の明治初期以後の業績について、かんたんにとりあげてみたい。

明治年間——西南の役にいたるまでの西郷隆盛をめぐる政局と歴史の動きについて、歴史の専門家でない一般読者がいちおう以上の知識を求めようとするならば、司馬遼《しばりょう》太郎《たろう》氏の名著『翔《と》ぶが如く』以上のものがあるとはまず考えられない。前に述べた江藤新平の悲劇的運命にしても『歳月』と題する長編に活写されている。どちらにしても、私の愛読書なのだし、記述にも多少似かよったところが出るかもしれないが、その点をおことわりしたうえで次の筆を進めることにしよう。

明治三年、博文はアメリカ出張をおおせつけられ、その翌年五月九日に帰朝している。そして十一月四日には、岩倉、大久保たちの遣欧使節団の一員としてヨーロッパを訪ねている。

彼らの留守中に持ち上がったのが、韓国出兵——いわゆる征韓論だった。

一足先に帰朝した大久保、木戸の二人にしても、西郷隆盛が命をかけて主張したこの理想論に対しては正面から反対することは出来なかった。そして伊藤博文は明治六年九月十三日に帰朝し、翌日から征韓論反対の政治工作を開始する。

超劇的な場面場面の連続の後に、十月中旬から下旬にかけて、十数日の間に政局は一変した。

十月二十三日、西郷隆盛は参議、近衛《このえ》都督を辞して野《や》に下り、翌二十四日には後藤象二郎、江藤新平、板垣退助《いたがきたいすけ》、副島種臣たちが辞表を提出した。そして二十五日には篠原《しのはら》国幹《くにもと》を中心とする近衛将兵、薩摩出身の幹部たちが次々に辞表を提出した。伊藤博文が参議兼工部卿に任ぜられたのもこの日のことである。

征韓論の完敗ともいえる政変なのだった……

この征韓論の後遺症ともいえる明治七年の佐賀の乱、明治十年の西南の役——あるいはそれにさかのぼる各地の内乱によって、統一国家としての日本の基礎はほぼかたまったと考えてよい。そして明治十八年十二月二十二日、日本には初めて内閣制度が敷かれ、伊藤博文は初代の総理大臣、兼宮内大臣に就任したのだった。

そのときの閣僚のメンバーを調べてみよう。

首相兼宮相　伊藤博文
外相　井上馨
内相　山県有朋
陸相　大山巌《おおやまいわお》
蔵相　松方正義《まつかたまさよし》
海相　西郷従道
法相　山田顕義《やまだあきよし》
農商務相　谷干城《たにたてき》
文相　森有礼《もりありのり》
逓相　榎本武揚《えのもとたけあき》

いちおう日本の歴史に名前を残すような人々だけである。当時としては最高の人選だったといえるだろう。

ただ、ここに一人の問題がある。

海相　西郷従道

という一行なのだ。

この内閣、大臣制度が発足する以前、明治五年からは後日の陸軍大臣に相当する陸軍卿という制度が敷かれ、彼は明治十一年の十二月から十三年の二月までその地位にあったわけなのだ。西郷隆盛の実弟で陸軍中将だったのだからこれはちっともおかしくない。

明治六年に西郷隆盛、明治十年に熾仁《たるひと》親王——この二人以後の陸軍大将は二十三年の山県有朋までは一人も存在しなかったのだ……それなのに陸軍中将の序列のほうでは任命順にならべると、

1　山県有朋　明治五年三月五日
2　西郷従道　明治七年四月四日
3　黒田清隆《くろだきよたか》　明治七年六月二十三日

ということになる……

それではついでに海軍卿の歴代人事を調べてみよう。

1　勝《かつ》　安房《あわ》　明治六年十月
2　川村純義《かわむらすみよし》　明治十一年五月
3　榎本武揚　明治十三年二月
4　川村純義（再）明治十四年四月
5　西郷従道　明治十八年十二月

というようなことになってくる……

ことのついでにいま一つ、海軍大将の名前を任命順に列記してみよう。

1　西郷従道　明治二十七年十月
2　樺山資紀《かばやますけのり》　明治二十八年五月
3　伊東祐亨《いとうすけゆき》　明治三十一年九月
4　井上良馨《いのうえよしか》　明治三十四年十二月
5　東郷平八郎《とうごうへいはちろう》　明治三十七年六月六日
6　山本権兵衛《やまもとごんべえ》　同右

かんたんな表には違いないが、対応比較すると興味津々《しんしん》たるものがある。

勝安房、榎本武揚――という二人の幕臣の名前が海軍卿のリストの中に見えるのは何のふしぎもない。日本海軍草創期には、この二人の経歴を越せる人間は新政府側には一人もいなかったのだ……

明治十年の西南戦争以後、日本には「長の陸軍、薩の海軍」といわれたほどの派閥関係が定着する。その結果、幕府の海軍伝習所出身の薩摩の長老、川村純義が二代、四代の海軍卿に就任したのもおかしくはない。

しかし、西郷従道はただ一人、陸軍中将から五代目の海軍卿、そして第一代の海軍大将という常識では信じられないようなコースをたどったのだ……
たとえ第一代の内閣組織にともなう非常人事としても、誰しも首をひねるだろう。そして伊藤博文自身、あるいは弁天お雪を通じての西郷従道との親交関係からいって、この人事に高島嘉右衛門の占断による進言が反映していたと判断するのは、私一人の妄想《もうそう》だろうか。

この明治十八年末の時点で、山本権兵衛はイギリスへ発注した軍艦浪速《なにわ》の引き取りのため日本にはいないが、明治二十四年の六月には官房主事として海軍省へ入っている。そして二十八年三月十一日、西郷従道はふたたび海軍大臣に就任した。

西郷―山本、日本近代海軍生みの父母といわれたこの名コンビはここに登場した。少なくとも、海軍の分野において日清戦争の諸海戦を勝利に導いた主導者はこの二人だったといっても過言ではあるまい。

日清戦争の原因、そして個々の戦況に関しては、ここではくわしく述べる余裕がない。たとえば司馬遼太郎氏の名著『坂の上の雲』などをお読みいただきたいと思うが、運命学的にこの戦争は征韓論の二十年後における再現と言えないこともないだろう。

当時の首相は伊藤博文、海相は西郷従道、この二人に日本の期待をかけた高島嘉右衛門の夢は実現されたのだった……

この日清戦争の開戦にさいして、嘉右衛門の得た占断は『水天需《すいてんじゅ》』の三爻《こう》だった。

䷄『水天需』、九三――

需は孚《まこと》有り光亨《とお》る。貞吉、大川《たいせん》を渉《わた》るに利《よろ》し。泥《でい》に需《ま》つ。寇《あだ》の至《いた》るを到《いた》す。

これについては、嘉右衛門自身が『増補、高島易断』の巻末にくわしい説明を書いている。その概略を現代文になおしてみれば、

「需とは水気が天上にある象である。黒雲《こくうん》が天上に在《あ》るときはかならず雨が降るのだから、百事につけて待って功を挙げられるとみてよい。

この卦は下の内卦を日本と見る。三つの陽が連帯し、剛健をもって進もうとするが、清国は水の危険を設けてわが国をおとしいれようとしている……日本としては敵の策略におちいらず、時機の至るのを待って開戦すべきである。現在は六月ですでに危険は迫っているが、いまは『泥に需つ』という言葉どおり、進退の自由を欠いて動きがとれない。『寇の至るを到す』とは、敵に有利な条件がそなわっていると見るべきだ。

これよりおよそ四十日、要地に陣をかまえ、自重して動かず、八月上旬をもって開戦にふみきれば、『大川を渉るに利し』という言葉どおりに、海軍は堂々たる勝利をおさめ、海を渡った陸軍も連戦連勝を続けるだろう。

これに対して清国側からこの卦を見れば、全体を転倒させるから䷅。『天水訟《てんすいしょう》』となるわけだが、これはいわゆる逆運で、計謀策略はすべて食い違い、一つとして望みを達することの出来ないくらい運気は衰えている。本来ならばどのような手段をとっても隠忍自重、戦を避けなければならないところだが、おそらく日本何者ぞ――という強気の態度をとり、戦によって事の解決をはかるだろう。しかし陸でも連戦連敗、海軍もその軍艦が覆没し、海底の藻屑《もくず》となるのは必定である。

ただこの戦争の終末は、『水天需』の上六と考えられる。『速《まね》かざるの客三人来る。之《これ》を敬すれば終《つい》に吉』とあるのはおそらく露英米の三国の干渉のことだろうが、このさいはその勧告を入れ、一歩をゆずって早期の戦争終結にふみきるべきである……」

原文は格調の高い漢文調の名文で、この倍程度の長さだが、とにかく嘉右衛門はこれを高島台を訪れた伊藤首相に伝え、六月二十八日には「国民新聞」「報知新聞」に発表した。

七月二十三日、ついに戦は始まったが、その決定的瞬間は九月十五日の平壌《へいじょう》占領、つづいて十七日の黄海《こうかい》海戦だった。

しかし、その前哨《ぜんしょう》戦といえるのは、七月二十五日の豊島沖《ほうとうおき》海戦、二十八日から三十日にわたる成歓《せいかん》、牙山《がざん》の陸戦だった。この陸海の勝利は、嘉右衛門の占断の日から三十数日目にあたっている。ここまで将来を読みきればもう人智を越えた名占と言ってよいだろう。

戦後のいわゆる「三国干渉」は、露独仏の三国によるもので、嘉右衛門の予想とはちよっと違っている。しかし、開戦前の微妙な時点、後日の外国の干渉など誰も予想していなかった段階で、こういう予言を新聞に公開したとすれば、これはもう人智の極限といえるような予断ではなかろうか。

とにかく、この予言を公表し、それが九割以上の精度で適中して以来、「易聖、呑《どん》象《しょう》」の名は高くなる。占いにかけては日本一の大名人だという声は、日本中にひろまったのだった。

この年、明治二十七年の九月十五日、広島第五師団師令部内に大本営が設置された。博文も総理大臣として行幸に供奉《ぐぶ》したが、途中の列車内で高熱を発して名古屋で途中下車、三日間医師の手当てを受けたうえで、十八日に広島に着いている。海軍大臣の西郷従道もとうぜん広島まで供奉しているが、その出発前に嘉右衛門は非公式に同行をさそわれた。

このときまでには戦局も勝利の見込みはついていたが、時とともに不測の事態が発生し、千変万化して行くのが戦というものの姿なのだし、いよいよという場合になにかと相談にのってもらいたかったのだろう。

しかし嘉右衛門は固辞してこれを受けなかった。

「大本営の近くにおれば、個々の戦況はつぶさに耳に入りましょう。戦というものの常として、ときには局部的な敗戦もないとはいえますまいが、あまりに戦況の報告を聞きすぎますと、細部にこだわりすぎるあまり、大局を誤る恐れがございます。私のかわりに、弟徳右衛門をおつれください。おたずねがあれば、その都度《つど》易を立て、弟を通じてご進言いたしましょう。私にとってはこの丘ほど心身を統一し、神気に浴することが出来るところはございません」

その理由が嘉右衛門の言葉どおりだったかどうかはわからないが、彼はこういう方法で、何度となく大本営の伊藤首相、あるいは西郷海相に参考となるような進言を行なっている。

そのいくつかをあげてみよう。

十一月十五日、山県有朋大将の率いる第一軍は旅順《りよじゆん》に迫ったが、そのとき彼は䷡。『雷天大壮《らいてんたいそう》』の五爻変《こうへん》を出している。「羊を易《やす》きに喪《うしな》う。悔无《くいな》し」という爻辞《こうじ》を彼はこう解釈した。

「敵はわが猛威に畏怖《いふ》して砲台の守りを捨て、その境から逃脱しようとしている。わが軍は連勝の勢いで、猛虎《もうこ》が群羊を追うようにこれを駆逐《くちく》するだろう。羊は前から牽《ひ》くときには抵抗するが、後ろから追うときは御《ぎょ》しやすいものである。旅順の砲台にしても後方から攻めるときは時日を要せず、これを陥落させられることは間違いない」

この易はもののみごとに適中した。

戦闘開始後数日——実際には一日ちょっとといってもよい。旅順はこんな攻めやすい要塞《ようさい》かという先入主は、後日、日露戦争における乃木《のぎ》軍の大苦戦の遠因をまねいたのだ。しかし、これは高島嘉右衛門の責任だったとはいえない……

次に海城《かいじょう》の問題がある。二十七年十二月十三日、日本軍は海城に入ったが、敵の将軍宋慶雪《そうけいせつ》は逆襲してこれを奪回しようとした。雪で連絡が不通となった機に乗じてのことだったが、一時は大本営としても、孤立した部隊が全滅するのではないかと危うんでいたのである。

これに対して嘉右衛門は占って䷛。「沢風大過《たくふうたいか》」の二爻変《こうへん》を出し、心配はないと断定した。

爻辞《こうじ》は「枯楊稊《こようてい》を生ず。老夫其《そ》の女妻を得。利《よろ》しからざる无《な》し」というのである。

彼はこれをこう解釈判断した。

これは大坎《だいかん》の卦なのだから、両軍ともに氷雪のため困難を味わっていると考えられる。

枯楊稊を生ずとは春暖のときを待ち、わが軍が突出し萌芽《ほうが》の出るように敵を追いまくると見るべきだ。老夫が若い娘を得るとは、新しく援兵を加えて力をよみがえらせ、破竹の進軍を再開すると見るべきだろう。

これもみごとに後日の戦局を予言している。

その後第二軍は蓋平《がいへい》を占領し、海域を包囲した敵軍を後方から強圧した。そして二月十四日の太平山《たいへいざん》の戦闘で、孤立した部隊を救い出し、その後三月四日に牛荘《ニューチャン》を、六日には営口《えいこう》、九日には田庄台《でんしょうだい》と次々に要地をおとしいれ、全戦局の勝利に向かって大きく前進した。

草木の春風に乗じて、萌芽を発するような勢いとはこのことかと、嘉右衛門は自讃しているが、その言葉も誇張とは言いきれないほどの適中だといえるだろう。

そういう占例はまだまだ多いが、ここでは講和に関する占断の一つをとりあげることにしよう。

開戦当時、外国では日本の軍事的勝利を予想する者はほとんどいなかった。腐っても鯛《たい》という言葉もあるが、当時の清国は「眠れる獅子《しし》」とも呼ばれていたのだし、かりに日本が緒戦で勝利をおさめても、それはただ獅子の寝込みを襲ったような一時的な現象にすぎない。完全に眼ざめた獅子が全力をあげ出したなら、戦局はたちまち逆転し、結局は日本軍の大敗に終わるだろうという予測が圧倒的だったのである。ところが日本軍の善戦敢闘はこの予測を完全に裏切った。

二月十二日、威海衛《いかいえい》の北洋艦隊十一隻はわが軍に降伏し、司令長官丁汝昌《ていじょしょう》が毒をあおいで自決したことをきっかけに、それまで始まりながら進捗《しんちょく》しなかった講和会議も一挙軌道に乗った。

二月二十日、下関春帆楼《しゅんぱんろう》で、首相伊藤博文、外相陸奥宗光は、清国代表、李鴻章《りこうしょう》、その子李経方《りけいほう》と講和談判を開始した。

三月二十四日、第三回の会談を終わって、宿舎の引接寺《いんせつじ》にひきあげようとした李鴻章は、途中で小山六之助《こやまろくのすけ》という凶漢にピストルで狙撃《そげき》され、左頬のあたりに重傷を負った。幸い命に別状はなかったが、思いもよらないこの事件に博文たちも動揺した。せっかく始まったこの交渉も、急に暗雲にとざされたように、前途の見通しがつかなくなってしまったのだ。

下関からの急電に接して、嘉右衛門は交渉の前途を占っている。とうぜんのことだが、彼はまず李鴻章の運命を占って『沢天夬《たくてんかい》』の三爻《こう》を出している。

䷪『沢天夬』、九三——
頄《つらほね》に壮なり。凶有り。君子夬《かい》を夬《さだ》む。独《ひと》り行きて雨に遇《あ》う。濡《うるお》うが若《ごと》く慍《いかる》る有り。

咎《とが》无《な》し。

この卦の上爻を得るときは、有名な佐久間象山の最期の占いのように、名望顕著な人物が猜忌《さいき》のために災害にかかる象であり、命を絶たれると見るべきだが、三爻変はその災いがもっとも浅く、頬骨に傷を受けただけにとどまる。「頄《つらほね》に壮なり」とはこのことをいうのである。また「咎《とが》无《な》し」というのだから、治療も功を奏して命にかかわるようなことはないであろう。

また講和談判の成り行きについては、『雷地豫《らいちよ》』の四爻変だった。

☳☷『雷地豫』、九四――

由《よ》りて豫《よ》す。大いに得る有り。朋盍簪《あいあつま》る。

豫とは雷が地中より出でて奮《ふる》うという象である。威厳が広く行なわれ、順にして動く意味があるから喜びが有ると解釈してもよい。ことにこの四爻変は、袋の口を開く形で、自分も相手もおたがいに心中を吐露し、かくしごとがないというのだから、講和は成ったのも同然だと考えてよい。近い将来、事は整い、両者が会同して喜びあうようなことになるだろう。

嘉右衛門は伊藤首相にこう具申したのだが、占いどおり李鴻章の傷は比較的浅く、四月十日には会議に出席できるようになった。その後数回の交渉の末、十七日には講和条約の正式調印が行なわれ、台湾《たいわん》、澎湖《ほうこ》島、遼東《りようとう》半島の割譲《かつじよう》と償金二億両《テール》、約三億円の支払いが決定され、日清戦争はいちおう終結をみたのである。

ただ、その直後には前に嘉右衛門が予断した三国干渉が事実となった。露、独、仏の三国が遼東半島の還付を要求し、これに応じないときは一戦も辞せないという強硬な態度をとったのである。

正直なところ当時の日本には、ロシヤとの新しい戦にふみきるだけの余力はどこにもなかった。外相陸奥宗光は病床で血を吐きながら、必死の外交工作をつづけたが、どうすることも出来なかった。

伊藤首相もやむを得ず、三国の申し入れを受諾した。勝利に酔った国民は、この決定に憤慨したが、博文は「臥薪嘗胆《がしんしようたん》」という言葉で国民の怒りをおさえた。

しかし、この後フランスは広州湾《こうしゆう》の租借《そしやく》権を獲得し、ドイツは膠州湾《こうしゆう》を租借し、ロシヤは旅順、大連《だいれん》を租借して、清国分割を現実の問題としはじめた。特に日本人を怒らせたのは、最初わが国のものとなるはずだった旅順、大連が事実上ロシヤのものとなったことである。

後日の日露戦争への道はこのとき開かれたと考えられる。

こういうふうに、表面には出ていないにせよ、日清戦争で嘉右衛門のはたした役割はけっして小さなものではなかった。

もちろん、彼がいなかったとしても、伊藤首相、西郷海相、陸奥外相などの責任者はそれなりに最善の努力を払ったことは間違いない。その結果もおそらく現実のものと大差はなかったろう。

だが、それは一種の結果論のようなものである。現実に事が動いているときには、無限の可能性が残されている。甲乙二つの道のどちらかをとるだけで、結果はがらりと変わってくるのだ。その選択に当事者の責任がかかっていることは言うまでもない。とすれば、その占神に入る——と言われた嘉右衛門の数多くの進言は、たしかにこの三人を動かしたろうし、日清戦争の数多い勝因の一つになったと断言しても、言いすぎとはいわれないだろう……

第十一章　日露戦争の予言

　その後十年、いわゆる臥薪嘗胆の時代に、陸奥外相は宿痾《しゆくあ》の肺患で明治三十年八月二十四日に世を去り、日露戦争当時には小村寿太郎《こむらじゆたろう》がその跡を継いでいる。西郷従道は胃癌《いがん》のために明治三十五年七月十八日に死亡した。

　生きていたなら、総理大臣は間違いないと言われていたほどの人物だったが、その懐《ふところ》刀と言われた山本権兵衛は健在で、日露戦争当時には海軍大臣の職についていたのだ。

　伊藤博文は、明治二十九年八月三十一日、首相の地位を退き、元勲の優遇をうけている。

　明治三十一年一月には第三次伊藤内閣が生まれ、六月まで首相を続けた。明治三十三年八月には立憲政友会《せいゆうかい》を組織してその総裁となり、十月には第四次伊藤内閣が成立した。

　それに継ぐのが桂太郎《かつらたろう》を首相とする内閣であり、博文は政友会総裁を西園寺公望《さいおんじきんもち》にゆずり、枢密院《すうみついん》議長として日露戦争を迎えるようになった。

このような変動期に、嘉右衛門は高島台の一角から内外の情勢を睨《にら》みつづけていた。一時期、明治三十六年には、東京市街電気鉄道会社の社長となるが、これも名目だけのことにすぎない。彼は近い将来、日本が運命を賭《か》けたロシヤとの戦にふみきらなければならなくなることを予想し、その必勝の方策を頭に練りつづけていたのである……

もちろん表面上は一個の占い師、責任のない野人にすぎないが、いつの間にか肝胆相照らした博文は、元勲枢密院議長として、国家の大事については万事相談を受ける立場にある。嘉右衛門は表面にこそ出ていないが、そのかくれた参謀、ブレイントラストのような立場にあったのだった。

その一例をあげてみよう。

開戦前、衆人が適任者と信じていた日高壮之丞《ひだかそうのじよう》中将を退けて、舞鶴《まいづる》鎮守府司令長官東郷平八郎中将を連合艦隊司令長官に起用したのは山本権兵衛の英断であり、日露戦争の勝因の一つといわれている。

しかし、そのかげには伊藤博文、山本権兵衛の相談にこたえての嘉右衛門の進言があったのだった。

もちろん、この進言だけが日本最高の人事を決定させたはずはない。しかし、常備艦隊司令長官日高中将の名前は広く知れわたっていたし、それにくらべて東郷中将の名前は海軍部内以外では知る人も少なかった。元老や内閣の間にも、

「古武士の風格を持った日高中将こそ、帝国海軍をひきいる最高指導者としては適任者でなかろうか。東郷中将はそれ以上の人物とは思えないが」

という声もあったのだが、山本海相は、

「海軍軍人の人事権は海相の権限である」

という法理論をふりかざし、頑《がん》としてこのことをゆずらなかった。

これは後日の話だが、日露戦争後、東京に定住するようになった東郷は、毎月数回、紀尾井町の屋敷に高島徳右衛門を訪ね、易を学んでいたそうである。表面には出ていなかったにもせよ、呑象高島嘉右衛門に、自分の戦功だけではなく、日本の勝利を感謝する気持ちのあらわれではなかったろうか？

東郷は自分の就任の条件として、参謀人事の一任を要求した。これは問題もなく受け入れられたが、そのポイントは海軍最高の頭脳といわれた秋山真之《あきやまさねゆき》少佐の艦隊参謀就任だった。博文からこの人事を聞かされた嘉右衛門は、何度か大きくうなずいて答えたという。

「東郷中将の重厚さ、秋山少佐の鋭敏さ、みごとな組みあわせと言えますな。いまの帝

国海軍でこれ以上の人事は考えられますまい」

嘉右衛門はさらに秋山評をたずねられてこう答えた。

「秋山さんはたしかに稀《まれ》に見る天才です。しかし天才というものは、精神の危険性と紙一重《ひとえ》というような性格を持っています。私は一度しか会ったことはありませんが、そのことははっきり見とどけました。おそらく秋山さんは晩年道をあやまるでしょう。しかし、それは日本の将来には何の関係もありません。いまはその天才を充分に発揮させるべきでしょう」

たしかにこの予言も実現した。

大正五年、水雷戦隊の司令官をしていた秋山少将は舞鶴から、京都府綾部《あやべ》の大本教《おおもときょう》本部を訪ね、怪物といわれた出口王仁三郎《でぐちわにさぶろう》とたちまち意気投合してしまった。それだけならば何でもないのだが、突然彼は何かにとりつかれたように、

「大正六年六月二十六日夜、東京を中心とする関東地方には大地震が突発する」

という妄想《もうそう》に捕われたのだ。この予言は大本教とは何も関係はなく、ただ彼一人の脳《のう》裡《り》に浮かんだ考えだったらしいが、とにかく彼は黙っておられず、要人の邸宅を次々に歴訪して、大地震突発の予言を説いてまわったのだ。

もちろん、その予言は実現しなかった。

「秋山君は少し頭がおかしくなったんじゃないのかな」

という噂《うわさ》がひろまったのもとうぜんだろうが、彼はとたんに大本教を否定する側にまわり、王仁三郎を罵倒《ばとう》しはじめる。そして翌大正七年二月四日、小田原の友人宅で五十三歳の寿命を終えるのだ。

王仁三郎は自分で喪主となり、大本霊社にその霊を祭った。たとえ一時のいざこざはあっても、秋山真之はやはり一代の傑物だ、日本海海戦を勝利にみちびいた大功労者だと考えていたせいだろう。天才、秋山中将がいま少し生きながらえていたら――と嘆じた人も少なくない。しかしこういう妄想にとりつかれるようでは――と嘆じた人も多いのだ。

たしかに嘉右衛門が占ったように、天才というものには一面に危うい性格がともなっている。こうして両方の性格がはっきりあらわれ、記録に残っていることも珍しいが、その天才は日本の勝利におおいに役だったのだし、その危うさはべつにたいした影響はなかった――公平に見てそういうことは言えるだろう。

この日露戦争の陸戦関係でも、嘉右衛門はいくつもの占断を行なって易聖の本領を発揮している。

しかし、ここではそのいっさいを省略して日本海海戦前後に話をしぼりたい。

明治三十八年三月十日——いわゆる奉天《ほうてん》の会戦によって、陸戦はいちおう日本側の勝利という形で中断された。

ロシヤ側の旅順艦隊はすでに姿を消していたが、海の脅威はまだ現実に残っていた。五月中旬、ロシヤのバルチック艦隊が刻々日本近海に迫りつつあったからである。

五月十四日にこの大艦隊が仏領安南《あんなん》ヴァンフォン湾を去ったという知らせが東郷艦隊に伝わったのは、五月十八日のことだった。

その目的地はわかっている。ウラジオストック以外には目ざす湾はあり得ない。ただ問題はそのコースだった。

理論的には三つのコースが考えられた。

太平洋を迂回《うかい》して、宗谷《そうや》海峡または津軽《つがる》海峡から日本海へ入るコース、そして対馬《つしま》海峡から直接日本海へ入り、そのままウラジオへ直進する最短コースだった。

そのうち宗谷海峡経由のコースはまずあるまいと推定された。あまりにも距離がのびるのと、この時期にはせまい海峡に濃霧の発生することが多く、大艦隊の運航には悪条件が重なっていると判断されたからだった。

ただ、後の二つは別だった。

津軽海峡経由のコースは、全体としてはやや距離が長いが、そのかわり日本海へ入ってからウラジオまでの距離ははるかに短いし、充分の可能性があると推定されていた。

この当時、連合艦隊の主力は朝鮮の鎮海湾《ちんかいわん》にあり、水雷戦隊は対馬の浅茅湾《あそうわん》、竹敷《たけしき》まで進出していた。東郷長官があくまで敵艦隊の対馬海峡通過を予想し、出来るなら沖《おき》の島《しま》海域でこれに決戦を挑《いど》もうとしていたからである。しかし、これを補佐する幕僚たちの頭は乱れに乱れていた。

彼らは敵艦隊の航行速度を実際よりもはるか過大に見つもっていた。その結果、出航後十日近くになって、まだ敵が姿を見せないのは、津軽海峡へ向かったためではないか

――という声が強まった。

対馬海峡通過を前提とすればこそ、鎮海湾待機の策がとられたのである。もし津軽海峡に敵があらわれたという知らせによって、急遽《きゆうきよ》出航したとしても、ウラジオ入港を食いとめられるかどうかはわからない。むしろ津軽海峡の西口まで進出し、そこで敵を待つべきではないかという意見がしだいに強まった。

しかし、それでは敵が対馬にあらわれたときには逆に戦機を失する恐れがある。この両案の妥協案としては、艦隊を隠岐島《おきのしま》近くの海域へ進め、両方の可能性に備えるべきだという案もとび出した。

日本海軍の至宝といわれた天才秋山参謀にしても、この時点でははてしない緊張の連続のために疲れも体力の限界を超え、半ば錯乱といいたい状態だったらしい。

東郷長官の許可も得ずに電報を東京の大本営海軍部へ送り、伊東《いとう》軍令部長以下の幹部を驚かせた。

「相当の時機まで敵艦を見ないときには、艦隊は随時に移動する」

という電報は、こういう方針に対して大本営はどういうご意見か——という意味の問いあわせだったようだが、大本営ではこれを東郷長官の決意の通告だと受けとったのだ。

緊急会議が開かれて、

「なお鎮海湾に止《とど》まることを得策とする」

という返電が打たれたが、それと入れ違いに、明らかに焦慮を感じさせる電報があった。

「二十六日正午までに当方面に敵影を見ざれば、当隊は北海道に向かって移動する」

五月二十五日のことである。疲労しきったこの天才は、完全に錯乱状態におちいっていたのだった。

この夜、伊藤博文は高島台に嘉右衛門を訪ねている。大本営の一幕僚から耳にした連合艦隊の混乱ぶりが心配でたまらなかったからだった。彼が何より心配していたのは、日本の国力の低下だった。もはや本土の陸軍の予備兵力はいくらも残されていない。疲れきった満州《まんしゅう》遠征軍と全面的に交替させるだけの余裕は絶対にない。そして財政面からいっても、国庫は破産寸前の状態だった。

これでもしバルチック艦隊の大半が、少なくともその主力の十隻程度がウラジオに逃げこむようなことがあったら、相次ぐ敗北に意気消沈しているロシヤ側もとたんに息をふき返す。日本の艦隊もウラジオ周辺に釘《くぎ》づけされ、戦争の長期化はさけられない。そうなればたちまち逆転敗戦の可能性が強くなってくる。まさに日本の運命の分かれ道だといえるのだった。

「だいぶご心配のようですな。しかし、ここ数日のご辛抱でございますよ」

博文の顔を見るなり、嘉右衛門は励ますようにこう言った。

「まあ、われわれが東京で心配してみてもどうにもならないが、艦隊もだいぶまいっているようだ。鎮海湾の守りを捨てて北方へ移動する。それも明日の夕方だとか、大本営に入電があったのだ」

「二十六日の夕刻に？」

嘉右衛門は眉《まゆ》をひそめて首をかしげた。

「それは東郷長官のご決断でしょうか」

「細かな点まではわからぬが……」

「私は前に申しあげましたな。東郷長官には大なたのような重みがあり、秋山参謀には剃刀《かみそり》のような鋭さがあると――もちろん絶妙の組みあわせではございますが、こういう段階に直面しますと、剃刀は折れたり刃こぼれしたりします。おそらく秋山さんが不眠と疲労のあまり、神経を乱されたのではありますまいか」

「わしもそうではないかと思うのだが」

「まあ、東郷長官は鎮海湾から一歩たりとも動かれますまい。戦機はいまやぎりぎりのところまで熟しております。遅くてもあと三日、二十七日いっぱいには敵の動きもはっきりしましょう。あとは大なたで蛇《へび》を両断するような動きとなりましょう。私が戦の成り行きを占ったところでは䷧『雷水解《らいすいかい》』の上爻変《じょうこうへん》でございます」

「うむ……公用いて隼《はやぶさ》を高墉《こうよう》の上に射る。之《これ》を獲《え》て利《よろ》しからざる无《な》し――とあったな」

「さようでございます。隼はすなわちバルチック艦隊、おそらくは戦史に残る撃滅戦でございましょう」

「うむ、前に東郷が参内したときの上奏では『かならず敵艦隊を撃滅し』という一言があったのだ。大言壮語を好まない東郷としては、たいへんな自信だと、話を聞いたときには、わしも感心したものだが」

「まあ、ご安心なさいませ。敵艦隊の動きは☲☳。『火雷噬嗑《からいぜいごう》』の初爻《しょこう》と出ました。足かせをかけられた形で思うように歩けない——そのような象でございますから、対馬海峡にかかるのも予定より遅れていると見ましたが」

「なるほど、艦隊主力はともかくとして、それに従う石炭船などの速力は非常に遅い。足手まといの現象が起こっているというのだな」

「おそらくさようでございましょう。くれぐれも申しあげますが、あと二日、現在位置から動かれぬよう、閣下からもしかるべきご配慮を願いとう存じます」

「わかった。大丈夫とは思うが、山本にも話しておこう。ではこれで……」

博文はあわただしく座を立った。

結局、連合艦隊は鎮海湾を離れなかった。

二十五日朝、バルチック艦隊の長官、ロジェストウェンスキーは、艦隊に随行していた六隻の輸送船を分離して上海《シャンハイ》へ送る。この六隻は二十六日上海へ入港し、そのことはすぐ連合艦隊へ伝えられた。

対馬沖の海戦はいまや必至のものとなった。もう幕僚たちも一人として、艦隊の北上を言い出す者はなくなった。

五月二十七日午前四時四十五分——

哨戒艦《しょうかいかん》、信濃丸《しなのまる》はついに敵艦隊を発見した。

「敵艦隊、二〇三地点に見ゆ」

必死に連続的に打ちつづけるこの無電は間もなく旗艦「三笠《みかさ》」に伝わった。

「しめた！」

秋山参謀はこの瞬間、大きく叫んで踊り出した。そして自分の部屋へかけもどり、一気に大本営へ送る電文を書きあげた。

「敵艦見ユトノ警報ニ接シ連合艦隊ハタダチニ出動、コレヲ撃滅セントス。本日《ホンヒ》天気晴朗ナレドモ波高シ」

後世に残る名文である。なお本日をホンヒと読むのは海軍独自の語法だった。

各艦はすぐ錨《いかり》をあげて出港態勢に移った。航行準備が始まると同時に「石炭捨て方はじめ——」という空前の号令がかかり予備の無煙炭はのこらず海中に捨てられた。津軽海峡行きにそなえて甲板上にまで積みあげられていたものだったが、これでとうぜん重心も下がり、船脚もまた軽くなった。

午後一時三十九分――

連合艦隊旗艦「三笠」の艦橋で人々は濛気《もうき》の中を北上して来る敵艦隊を確認した。距離は約一万二千メートルである。

午後一時五十分――

三笠のメーンマストには四色のZ旗がひるがえった。

皇国の興廃、此《こ》の一戦に在り。各員一層奮励努力せよ――

この旗旒《きりゅう》信号のあらわす言葉は、すぐ肉声で全将兵に伝えられた。

午後二時二分――

敵艦隊との距離約八千メートル――

艦橋上の東郷は右手をあげた。左へ大きく半円を描いて一閃、この時点では誰一人予想していなかった艦隊運動だった。

「取舵《とりかじ》一杯！」

三笠は艦体をきしませながら、大きく左へ旋回した。海軍戦史に有名な敵前回頭「T字戦法」の開始である。

それまでどおりの艦隊運動を続けるなら、とうぜん両艦隊は高速ですれ違うことになる。ごく短時間の砲戦を終わって艦隊を反転させても、次の戦闘まではかなりの時間がかかるはずだ。東郷が創始したこの「T字戦法」は、肉を斬《き》らせて骨を斬るという東洋戦術の極意《ごくい》を海戦にあてはめたものともいえるだろう。

軍艦の主砲はすべて回転式の砲塔におさめられているから、直進方向に対しては前方砲塔しか使えない。しかし左右の方向に対しては全砲塔が使えるのだ。

そういう意味で単縦陣、つまり一列縦隊に進行して来た艦隊を、敵の前途をさえぎるような一列横隊に変えるなら、敵の砲力は半減し、味方は全砲力を発揮できる。これがT字戦法の有利な点だ。

しかし、理屈はかんたんだが、実戦となれば事はそれほど容易ではない。全艦隊はまず旗艦の旋回した地点まで進行し、ほとんど同じ位置で進路を変えるのだから、敵が連続的にこの地点に砲弾をたたきこめば、たちまち艦隊は全滅する――そういう重大な危険をともなう離れわざとさえいえるのだった。

現にバルチック艦隊司令部でも、

「東郷、ついに狂したか!」

と歓喜の叫びをあげた参謀もいたという。

三笠はたちまち砲弾の雨をあびた。しかしこの回頭運動を終わるまで、こちらは一弾さえ応射は出来なかった。

午後二時十分——

旋回を終わった三笠はとたんに主砲の発射をはじめた。敵艦隊との距離は六千八百メートル、そして後に続いた敷島《しきしま》、富士《ふじ》、朝日《あさひ》、春日《かすが》、日進《にっしん》と全艦がすべての主砲を働かせた。

午後二時十五分——

二番艦オスラービアは大火災を起こした。つづいて旗艦スワロフ、三番艦アレクサンドル三世が次々に火を吹き出した。

戦闘開始後約三十分の間に戦の大勢は決したのである。

この日の第一艦隊と上村《かみむら》中将の指揮する第二艦隊の猛攻で、敵主力新式戦艦五隻のうち四隻までが撃沈出来た。

その日の夜戦でさらに一隻の戦艦が撃沈され、さらに夜が明けるまでに大破していた一隻が沈んだ。

二十八日午前十時三十分——

連合艦隊全艦に包囲されたネポガドフのひきいる残存艦五隻は、白旗をかかげて降伏した。

結局、この二日の海戦でロシヤ軍は十九隻を撃沈され、五隻を捕獲され、六隻は中立国の港に逃げこんで武装解除され、ウラジオへ逃げこんだものはヨット改造の小巡洋艦一隻と駆逐艦二隻、運送船一隻だけだった。

それに対して、日本側の損害は水雷艇三隻にすぎなかった。

伊藤正徳氏はこの「日本海海戦」を世界戦史上他に例を見ないパーフェクト・ゲームと評している。

それはたしかに事実だが、当時の人々の眼には日本のこの大勝は奇蹟《きせき》としか思われなかったろう。その勝因は数えきれないくらい考えられる。

たとえば下瀬《しもせ》火薬や伊集院《いじゅういん》信管のような技術の向上のため、日本の砲弾は敵の十倍以上といわれる威力を発揮していた。

連日連夜の猛訓練のおかげで、艦隊各艦の練度も、長期の航海を続けて訓練の間もなかった敵とは比較にもならないくらい高まっていた。精神的にも闘志には格段の差があった。

バルチック艦隊のロジェストウェンスキー長官は、凡将というような人物で、指揮にもたいへんな誤りがあった。それに対して東郷の指揮ぶりはほとんど完璧《かんぺき》とさえいえる。

秋山参謀もまた、開戦前の混乱はあったものの、みごとな作戦を樹《た》てていた。その性格には神がかりなところもあったらしく、敵の艦隊隊形を始終夢に見ていたというのだが、最初に認めた敵艦隊は彼が夢見たとおりの隊形だったのである。

その計画立案した七段構えの戦法は、昼の主力艦隊による砲戦、水雷部隊による夜戦を三日半にわたってくりかえす大撃滅戦だったのだが、これも三段目、一日半の攻撃で目的を達したのだった。

まさに奇蹟的と言いたいくらいの条件が重なったのだった……


この日本海海戦大勝利の報が東京に伝えられて三日目、高島台の嘉右衛門のところを訪ねて来た一人の女性があった。

かつての女刺青師、弁天お雪だった。

年はもう六十近くになっているはずだが、天成の美貌《びぼう》の名残りはいまでも残っている。その眼には悟りをひらいた尼僧のような、澄んだ光がただよっていた。

「ほんとうに今度はありがとうございました。これでわたくしもあの世への土産《みやげ》話が出来ました。もういつ死んでも思いのこすことはございません。あの世の西郷閣下にかわってお礼を申しあげにまいりました」

「まったく月日のたつのは早いものですな。閣下がなくなられたのもついこの間のような気がしますのに、もう間もなく三周忌が来ますなあ。しかし、西郷閣下、山本閣下が心血を注いで創《つく》りあげた海軍を、東郷、秋山のお二人がみごとに使いこなしてこの大勝利をまねいたのです。閣下もあの世でさだめてご満足しておられるでしょう」

「わたくしもそう思っております。まあ、癌《がん》というような病気ではどうにもしかたがございませんが、いま生きていて、自分の耳でこの話を聞きましたらと、それだけが残念でたまりません」

お雪は静かに涙をぬぐった。

「先生は、ほんとうに神様のようなお方でいらっしゃいますね」

「何をおっしゃる」

嘉右衛門はおだやかな微笑を浮かべた。

「私はただの人間です。占いの道では神技とかおっしゃるお方もありますが、私自身はまだまだ未熟者だと思っています。まあ将来はそれこそ占いの道で神に通じる名人も出てくるでしょうが」

「ご謙遜《けんそん》でございますが、わたくしは先生こそ神様だと思っています。もしも父が死んだとき、先生に助けていただかなかったら、とうぜんアメリカへつれて行かれたでしょうし、あの人とめぐりあうこともなかったことでしょう。いままで無事に生きのびることも出来たかどうかわかりません」

「いや、あなたはそういう運命を持って生まれてこられたのですよ。私はただそのお手伝いをしただけのこと、もし私があのとき飛び出さなかったとすれば、誰《だれ》かほかのお方がかわってお父さんの借金を払い、あなたが日本にとどまれるようにしたのではないでしょうか――そうなれば、かならず西郷閣下ともどこかでめぐりあえたろうと思いますよ」

お雪は大きく首をふった。そして嘉右衛門にむかって両手をあわせた。

「先生が何とおっしゃっても、私には先生は神様としか思えません。これ、このとおりでございます」

と言いきった。

「困りましたな……とにかく、せっかくおいでいただいたことです。この大勝利をお祝いして乾杯でもいたしましょうか。いま家のものに支度をさせますから」

「喜んでお酌《しゃく》をさせていただきますが、その前にもうしばらくわたくしのお話をお聞きください。本来陸軍畑だったあの人を海軍に転進なさるようおすすめなさったのは、いったいどなただったのでしょう」

「おそらく伊藤閣下でしょうな。まあ、あの場合は誰かが海軍の建設をひきうけなければならなかったのですよ。もちろん閣下は専門的な海軍軍人としての教育は受けておられなかったけれども、一艦あるいは艦隊を動かすのはそれなりの専門家がいるのです。

草創期からの海軍建設は大政治家の役目です。閣下はみごとにその大任をはたされたといえるのではありませんか」

「大政治家と申しますなら……あの人はたえず申しておりました。先生が政界へのり出したら、一省の大臣は間違いない。あるいは運にめぐまれたら総理大臣にもなったかと――あの人もまた先生を神様のように思っていたのです……」

「それは過分のお言葉ですなあ。人間にはそれぞれ固有の運、固有の器《うつわ》というものがあるのです。伊藤閣下はとうぜん首相の器、西郷閣下もお病気さえなければいずれ総理にもなられたでしょう。つまり器量は充分でもご運がなかったのだと言えますな。ところが私という男は本来隠士の性格で、一国の政治を動かすような大運、大器量は持ちあわせていないのです。いうなれば秋山さんのような参謀運、いやそれほどの才能もありませんよ。しかし、今度の海戦でも、大砲の砲手も必要でしたし、かまに石炭をくべる人間も必要だったでしょう。そのぐらいのお役にはたったろうと自分では思っているのですが」

「先生のお働きは、その程度のものではございません」

嘉右衛門は苦笑しながら手をたたき、あらわれた女中に酒の用意を言いつけた。

「それで日本はこれからどうなるのでございましょう?」

女中の去るのを待ってお雪はたずねた。

「どうなりますか——というようなことを言っては無責任のようになりますが、四季の移り変わりと同じことで時代も自然に変わります。生きている役目をはたし終えた人間は自然に去って行くというのが天の摂理です。国家の政治を芝居にたとえては何ですが、日清戦争と日露戦争では舞台に上る立役者もがらりと顔ぶれが変わったでしょう。そういうふうにこれからも時代は変わり、人間も変わって、種々様々な場面を描いて行くでしょう。今度の二度の戦争では幸い勝利をおさめましたが、遠い将来には戦で負けることもないとは言えますまい。ただ日本は滅びない。二度と鎖国のむかしに帰ることもない。そのぐらいのことは言えるでしょうね」

「あの、わたくしがおうかがいしておりますのは、この戦争の後始末でございますが」

「そのことですか？　ここまで来れば講和は時間の問題です。おそらくアメリカのルーズベルト大統領を仲介者として、アメリカのどこかで談判が行なわれるんじゃありませんか。ただ、その結果はかならずしも、日本の望みどおりにはいかないと、私の占いではそう出ています」

「それで、魚のほうはどうなりましょう」

「魚とは？」

「お忘れでございましょうか？　居留地で最初にお目にかかったとき、先生は私にお金をお出しになる前に、

『国家のために投げ出す金だ。お前から返してもらおうとは思わない。いずれは魚の半分ぐらいになって帰ってくるだろう』

と、ふしぎなことをおっしゃいましたが」

「そうそう、そんなこともありましたな。よくおぼえておいでです」

嘉右衛門は静かに微笑した。

「あのときどんな卦が出たか、いまではちょっと思い出せませんが、講和のさいに問題となるのは領土の割譲でしょう。おそらく樺太島《からふと》の南半分、そのぐらいは日本のものになるんじゃないでしょうか」

「それでは……わたくしの身代金《みのしろきん》も、どこかでお国のお役にたったわけですね」

「私もそう思います」

二人は顔を見あわせてうなずきあった。

たしかに日露戦争の後始末、講和条約の締結は当面最大の問題に違いなかった。

三月十日には奉天の大勝、五月二十八日には日本海の海戦と陸海両方の戦勝で日本の

勝利は確立したように見えたが、国力はまったく底をついていた。もしもロシヤが後方の予備兵力を動員して北満に送り、長期戦に出るようなことがあったら、戦局自体も一変し、日本の敗北に終わる恐れは充分以上にあったのだった。桂首相はじめ大山大将以下の遠征軍の首脳たち、その他心ある有識者は一人のこらずこのことを心配した。だが深い事情を知らない国民の多くは戦勝の喜びに酔い、ハルピンはおろかシベリヤまで兵を進めるべきだという素人《しろうと》戦略が巷《ちまた》に横行する始末だった。

幸い平和への好機は到来した。

特使金子堅太郎の働きでアメリカ大統領セオドール・ルーズベルトが動いたのだ。ロシヤとしても国内に共産主義者の妄動《もうどう》という大問題をかかえている。革命の心配さえあるだけに、表面はともかく内心は喜んでルーズベルトの仲介に応じた。

講和談判の場所はアメリカのポーツマス軍港と決定したが、問題は全権代表の任命だった。伊藤博文もとうぜんその候補にあげられたが、彼は固辞して受けなかった。結局、外相小村寿太郎、駐米公使高平小五郎《たかひらこごろう》が任命され、七月八日アメリカへ向かったが、博文はこの日一行を新橋駅に見送り、ひそかに送別の辞を述べている。

「今日の見送りはたいへん盛大だったが、帰朝のさいの出迎えはおそらく今日と正反対の状態だろう。今日君を万歳の声で送る国民もそのときは石を投げ罵声《ばせい》をあげて迎えるだろうが、誰も出迎人がなくとも、わしと桂君はかならずここまでやって来る。充分覚悟のうえ、自重して大任をはたしてもらいたい」

というような内容だった。

博文がこの任命を固辞したかげには、とうぜん嘉右衛門の忠告があったはずだった。その内容は、谷干城が博文に送った手紙と似たようなものだったようである。その手紙の一部を紹介すれば、

「老台《ろうだい》は才学あれども、知識に短《たん》なり。浮乎《うか》と乗ぜらるるの短処あり。これ野夫《やふ》が老台の為《ため》に惜しむ処《ところ》なり。今度の戦役は二十七八年とは正反対にして平和後の内地は惨憺《さんたん》たる状況たるは火を見るより明らかなり。この度《たび》の談判は誰が任じても妙案なし。桂、小村にて沢山なり。いたずらに馬鹿者の怨《うら》みを買うは愚の至りなり。桂や小村に煽動《せんどう》さるるとも決して動くことなかれ。

先日お目にかけし愚案中の樺太島の譲与も浦塩《うらじお》の商港の注文もみな撤回すべし。ただ大連湾及びハルピンに達する鉄道は、支那《しな》より露に与えたる権利をそのまま譲り受け、わが商業地とせば足れり。旅順はむろん支那に返す。朝鮮は無論ただいまの姿勢を維持すべし。

朝鮮はもともと我の支那と戦いてまで独立国とせしところなり。而《しこう》して今や各国み

な公使を派遣し、純然たる独立国なり。しかるに日韓議定によれば、ほとんど属国にして独立国と認め難し。平和回復の後は各国より苦情の起こる憂《うれい》なきや。かつまた満州に対する支那との談判も存外面倒にはこれ無きや。もし露人巧みに支那人を煽動すれば案外面倒ならずや……」

谷干城はいうまでもなく、西南戦争当時熊本城を死守した勇将である。その後陸軍中将で退任し、第一次伊藤内閣では初代の農商務大臣をつとめている。当時は貴族院議員だったが、この時代では軍人というよりも政治家に変わっていたと考えてもいいだろう。彼もまた高島嘉右衛門と『易経』を介して交流をもっていたようだ。この手紙にも、嘉右衛門の意見が強く反映していたものと思われる。

とすれば、嘉右衛門が博文に進言した条約案の内容もこれと大同小異のものだったろうが、これは現実に結ばれた講和条約の条件にくらべてはるかに後退した案なのだ。しかし、後日の歴史に照らしてこの案を検討すれば、国家百年の大計のためには、非常な名案だったともいえる。歴史に仮定は禁物だが、もしこの案が実現していたら、満州事変にはじまる東洋の動乱も未発に終わったかもしれないとさえ言えるだろう。

しかし、その時点ではこのような理想案は絶対に実現不可能だったろう。もし博文がこの条件で講和を実現したら、国賊、売国奴というような非難はその一身に集中し、おそらく暗殺の非運に見まわれたに違いない。

『易経』はある意味では現実主義にもとづく実践哲学ともいえる。少なくともこの時点では嘉右衛門もその後の博文の活躍を期待したろうし、この任命を辞退するようにすめる以上のことはあえてしようとしなかったのだろう——というのが私の推理である。

それはともかく、この談判は八月九日から始まった。ロシヤ側の代表は大蔵大臣ウィッテと前駐日公使のローゼンだった。

談判はかなり難航を続けた。償金の件は最初から問題にならなかったが、問題は樺太の割譲だった。

日本政府もついにあきらめて、この要求を撤回するよう打電したが、電信局長石井《いしい》菊《きく》次郎《じろう》はその直後、ロシヤは樺太一部の割譲ならば応ずるつもりだという情報を聞きこみ、そのことを桂首相に急報した。

訓令は二度にわたって変更された。ルーズベルトがこのときウィッテを食事にまねき、卓上の鮭《さけ》の皿《さら》を示して、

「これを半分日本にゆずりませんか」

と言ったのはいまも語りつがれている逸話だが、とにかく北緯五十度を境とする南樺太の割譲という条件で、講和は辛うじて妥結した。調印は九月五日のことである。

しかし、政府の軟弱外交を非難する国民の怒りはついに爆発した。この日、日比谷《ひびや》公園に集結した数万の群集は町にあふれて警察署、派出所などを焼き討ちし、外務省や首相官邸などに投石、新聞社を襲うなどの一大暴動となった。政府も戒厳令をしき、軍隊を出動させ、ようやく騒ぎを鎮圧した。

十月十六日、小村全権をのせたエンプレス・オブ・インディア号は横浜埠頭《ふとう》に到着したが、出迎えた人々は少なかった。その一人は伊藤博文だった。

「よくやってくれたな。実にみごとだった」

「どうにか使命を全うしたつもりです」

握手して最初の挨拶をかわして二人の眼には熱い涙が光っていたという。

二人はすぐに汽車に乗り、新橋停車場に到着した。桂首相、山本海相もここまで出迎え、左右から小村の身をまもるようにして馬車に乗り、参内して任務の達成を報告した。

こうして日露戦争は終わった。

博文は間もなく、韓国統監に就任する。排日運動はその日から、朝鮮半島の至るところに燃え上がった。

いわゆる「日韓併合」が行なわれたのは明治四十三年八月二十九日、博文の死後のことだった。

第十二章　虚空《こくう》無限

明治三十九年ごろから嘉右衛門は腰をいため、ほとんど寝たきりの状態となって、高島台の自宅から一歩も外出出来なくなった。

この病気はおそらく腰椎《ようつい》ヘルニアかと思われるが、彼もこのとき七十五歳になっているのだし、いかに強健な体質だといっても、青壮年期にはほとんど休みなしに働きつづけたことである。足腰が立たない状態となっても当時の医学ではどうすることも出来なかったろう。

しかし嘉右衛門としては満ち足りたような心境だった。日清、日露両戦争の勝利によって、日本が近代国家として世界屈指の存在になってきたことは火を見るより明らかだったし、かげながらでもその勝利に一役買ったことを思えば、もうこれ以上この世になすべきことが残っているとも思えなかった。

「時代は変わった。おれも老いた。あとは若いものの出る幕だ」

彼は病床でたえず口ぐせのようにくりかえしていた。だが易学に対する情熱だけは最後まで彼の心に燃えつづけていた。病間の天井には六十四卦のおのおのの図を描いた紙をはりつけて、易の話をするときには、寝ながら長い棒でその図を指さし、陰陽の易理を説いて時間も忘れたという。

明治三十七年の『易断漢訳』は、彼自身の訳ではないが、『神人交話』『周易占筮《せんぜい》秘伝』の両著は、この時代の口述筆記をまとめたもので、大正元年、二年に出版されている。

腰の病いで動けなくなったといっても、口は弱っていなかった。

「うちの連中は、おれにうまい物を食わせて黙って寝かしておけば、それでいいと思っているらしい」

彼は自分の自伝を口述した「実業之横浜」の社長で笠山《りゅうざん》・石渡道助《いしわたみちすけ》にこう語っている。

「このごろ、横浜の『西洋亭』では『勝烈《かつれつ》』とか言って、高座豚《こうざぶた》を天ぷらのように衣で包み、油で揚げた料理を売り出したようだな。これが案外日本人の口にあって、料理は大評判、店は大繁昌《はんじょう》らしいな。出前というわけにもいかないから、店から料理人を呼び道具と材料を運ばせて、この家で作らせてみたが、なるほどたいへんうまかった。もう一度あれが食いたいな」

ともらしているようだから、最期まで食欲のほうは衰えなかったのだろうか。一種の愚痴には違いないが、この高齢に達してもまだ鬱々《うつうつ》たる雄心が残っていた証拠だとも解釈出来ないことはない。

だが、その雄心もしだいに衰えていった。彼の晩年に最大のショックだったと思われる伊藤博文の暗殺事件が起こったときには、

「これで、おれの仕事も終わったか。あとはただお迎えを待つだけだ……」

と悟りきったような悲痛な言葉をもらしたという。

伊藤博文と嘉右衛門の親交は、姻戚《いんせき》の仲になるほど深まっていた。博文の長男博邦《ひろくに》は嘉右衛門の長女たま子と結婚して、二男六女をもうけている。主として宮内省式部官としてのコースを歩み、後には式部長官にまでなっている。もちろん父の七光のようなものがあったためだと言えるだろうが、嘉右衛門はまだ若いうちから、

「大ぼらを吹けぬやつには娘をやるな」

と豪語していたのだ。この博邦にしたところで博文の血をひいていることだから、青年期には相当以上の野心家だったに違いない。宮内省のようなところに入らず、その青春期の野心を燃やしきったとすれば、あるいは別の方面で、

「この親にしてこの子あり」

といわれるような人物になったかもしれないが、それも一つの想像にすぎない。

とにかく、伊藤博文は明治四十二年十月、六十九歳の老軀《ろうく》に鞭《むち》うって、満州旅行の旅に出た。ロシヤの蔵相ココフツェフとハルピンで会見し、満州問題について討議するためである。

十月七日には母琴子《ことこ》の七回忌をいとなみ、九日には参内、十一日には山県元帥と会談、桂首相の送別晩餐《ばんさん》会、十二日おそくには大磯滄浪閣《おおいそそうろうかく》に帰り、十四日には大磯から汽車で西下するというあわただしい日程だったが、その十二日には高島台を訪ね、汽車の時間のぎりぎりまで嘉右衛門と話しあっている。ちょうど池上本門寺《いけがみほんもんじ》のお会式《えしき》の日だったが、これが二人の死別をかねる生別の日だった。

「閣下、急病になってはいただけませんか」

病間に博文を迎えた嘉右衛門は、突然思いがけないことを言い出した。姻戚——というよりも四十年の親交のおかげで兄弟のような仲だったが、嘉右衛門は博文に対しては始終ていねいな口をきいた。その輝かしい経歴に敬意を表していたのだろう。

「病気といわれても、わたしはどこも悪くはない……仮病《けびょう》を使ったところですぐに見やぶられるでしょう」

博文は温顔をほころばせた。

「しかし、閣下もお年です。急の病いにかかられてもべつにふしぎはありません。たとえば私のように腰の病いとおっしゃるなら、現在の医学では真偽は判断できませぬ」

「はて」

さすがに博文も首をかしげた。

「あなたがそこまでおっしゃるとは――私の旅の前途を占われたのでしょうな」

「はい……たいへんな凶兆でございます。おそらく閣下はこの旅から無事にお帰りにはなれますまい。閣下は文字どおり国家の柱石、これからもまだまだ天下のお役にたっていただかねばならない大事なお体でございます。参内、送別会などもおすませになり、ロシヤ側との約束もすまされ、めったなことではご予定も変更出来まいとは存じますが、そのような事情は重々承知のうえでおひきとめいたします。高島嘉右衛門一生一度、最後のおねがいだとお考えください」

「それで卦は？」

「はい、䷳。『艮《ごん》為《い》山《さん》』の三爻変《こうへん》でございました」

「なるほどな。其《そ》の背に艮《とど》まりて其の身を獲《え》ず。其の庭に行きて其の人を見ず――とあったな……これは艮為山の爻辞《こうじ》だったが、ハルピンといえばロシヤの勢力範囲だし、そこまで足をふみこめても、目ざす相手には会えないという意味だろうか」

博文はひとりごとのようにつぶやいた。

彼にしてもとうぜん漢学の素養はある。六十四の各卦の卦辞をそらんずるぐらいのことはかんたんに出来たのだった。

「さようでございます。そしてその三爻変は『其の限《げん》に艮《とど》まる。其の夤《いん》を列《さ》く。厲《あやう》く心を薫《くん》す』とあります。私の著作にも、

『……この爻、労苦して幸福なし。止塞《しそく》開きがたし。自ら事を設け、意の如《ごと》くならず、心痛のあまり背筋凝結《はいきんぎょうけつ》して卒倒するの象あり。門前にて怪我《けが》する象あり。党類の首長、其の心堅固にして手段を尽し、半途にして腰折る意あり』

と解説してあります。まあ、このような卦、このような爻ですから、閣下がここでご出発を断念なさってても日本の将来のためには何の悪影響もございません。むしろいったんおとどまりになり、次の機会をお待ちになるほうがしかるべきかと考えましたが」

「まあ、易の力に関するかぎり、あなたは『その占神に入る』とさえ言われるほどの人だから、その判断は信用いたしましょう。しかし今度の満州旅行だけは、どう言われてもやめられません」

「閣下！」

「先生、私は北海道に行ったとき、あなたの石狩《いしかり》の牧場に泊まりましたな。そのとき作った漢詩ですが、

蹇蹇《けんけん》匪《ひ》躬《きゅう》　奚《なん》ぞ帰るを念《おも》わん
満天の風露　征衣を湿《うる》おす
秋宵《しゅうしょう》石狩　山頭の夢
尚《な》お黒竜江《こくりゅうこう》上に向かって飛ぶ

という詩です。ちょっと文字を書きかえたなら、これはそのままいまの私の心境をうたったものと言えるでしょうな」

「閣下……」

「蹇蹇匪躬――陸奥君の外交回想録の『蹇々録』にしたところで、この上の二文字をとったものですな。お国のため陛下のためならばこの身はどうなってもかまわない。ただその時々に全力をつくすべきだというのが臣たる者の道だというのが『易経』の教えではありませんかな？」

「………」

「私の友人たちは何人と数えきれないくらいこの御維新の戦乱の中で命を落としましたよ。その中にはもし彼がいまでも生きていれば、私などは影もうすくなっていたろうと

思われる人間も少なくないのです。私にしても、何度命を落としそうになったことか、幸いに運よくここまで来られましたが、いま往時をふりかえると自分でも生きのびられたのがふしぎでたまらないのです」

「…………」

「経書にも、人間還暦の年を過ぎ、あまり苦痛のない病いで床の上で息をひきとれれば、天寿を全うしたといえる――とありますな。ただその二つの例外は武人が戦場に骸《かばね》をさらすか、政治家が自分の信念を貫こうとして暗殺されることだとか。私はもはや六十九、余命はあといくばくもありますまい。寿命のあるうちに満州の戦跡をひとつ自分の眼でたしかめたい。それが最後の願いなのです」

「閣下！」

「まあ私の残した仕事は後人の誰かがやりとげましょう。吉田松陰先生が刃の露と消えられても、私の先輩、松下村塾の門下生たちがその志をついだように――かりに私が暗殺されても、その死はけっしてむだにはなるまいと思いますが」

「閣下、もうおひきとめはいたしません」

嘉右衛門は暗涙をぬぐって言った。

「ただ、このご旅行中『艮』とか『山』とか、この字の名前の人間は絶対におそばへお近づけなさらないでください……」

それからしばらく二人は公私両面にわたる密談を続けたが、別れのときは迫ってきた。

「それではこれで……」

「くれぐれもお体にご注意を」

「あなたもどうぞお大事に」

かんたんな挨拶《あいさつ》をすまして博文は病間を後にしたが、玄関を出たとき、停電で電灯が消えた。

ランプだ、蠟燭《ろうそく》だ——というさわぎになったが、いちばん最初に出されたのは岐阜《ぎふ》提灯《ぢようちん》だった。その間博文は暗闇《くらやみ》の中にたたずんでいたが、どこからか風にのって流れて来るのは熱狂的な法華太鼓《ほっけだいこ》の音だった。

「法華の太鼓に送られて出て行くか」

それが高島家に残した博文の最後の言葉だった。

博文は十月十四日に大磯を出発、十五日には思い出の馬関春帆楼に一泊、十六日午後門司《もじ》から「鉄嶺丸《てつれいまる》」に乗船、十八日に大連に到着した。二十日には旅順の戦跡を訪ね、二十五日には長春《ちようしゆん》着、夜行列車でハルピンへ向かっている。ハルピン到着は二十六日午前九時、その二日前からここへ到着していたココフツェフは、その汽車に特に連結しているサロン車に入って最初の挨拶をした。

このときの博文の印象をココフツェフは後日こう語っている。

「伊藤公の容貌《ようぼう》は非常に強い印象を与えた。身長は低かったが頭は非常に大きく、眼光は私を射すくめるようだった。顔はカルムイク族タイプで柔和だったし、好意が満面にあふれていて、期せずして人をひきつける魅力があった」

二人は後刻の会談の予定を打ちあわせ、それから歓迎式に移った。そろってプラットフォームに降り立ち、ロシヤの守備隊を閲兵し、各国領事団の列に近づいて握手をかわし、日本人歓迎者のほうへ向かって数歩進んだとき、突然参列者の後方から洋服断髪の一人の男がおどり出た。警護の者がはっと眼をみはったときには、六発の銃声が鳴りひびいた。

博文はよろめき、随員の一人にささえられながら、

「三発あたった。あの男の名は……」

と、かすかな声でつぶやいた。そして人々にかつがれて列車の中にもどり、随員の医師小山善及《こやまぜんきゆう》の手当てを受けた。二発は肋間《ろくかん》に入って盲管銃創となり、一発は腹を射《う》っ

て腹筋《ふっきん》に残ったが、どの一発でも致命傷という状態だった。

「なんという男だ……」

気つけのブランデーをすすりながら、博文は譫言《うわごと》のようにたずねた。

「名前はまだわかりません」

「馬鹿なやつじゃ……」

それが最期の一言だった。顔色はしだいに蒼白《そうはく》の度を加え、二杯目のブランデーをすすり終えた三十分後には心臓の鼓動もとまった。十時数分前であった。

犯人は七連発の拳銃《けんじゅう》の六弾を発射したが、博文はそのうち三発を浴びたのだ。のこりの三発はハルピン総領事川上俊彦《かわかみとしひこ》、田中《たなか》満鉄理事、森《もり》秘書官にあたったが、どれも軽傷にとどまった。

急遽《きゅうきょ》、遺骸《いがい》還送のことがきまり、午前十一時四十分、ロシヤ軍楽隊が哀悼の楽を奏する中を列車はふたたび大連に向かって動き出したのである。

この犯人は韓国人安重根《あんじゅうこん》という名で、ロシヤに帰化した排日家、崔歳享《さいさいきょう》の部下だった。前年三月から小指を切りあって伊藤統監はじめ韓国大臣たちの一人一殺の計画を同志と誓いあったのである。

とうぜん彼は最後の一弾を発射する前に、ロシヤの警官にとりおさえられた。その後日本側にひき渡され、旅順地方法院の裁判にかかり、翌年二月十四日、死刑の判決を受け、三月二十六日に刑を執行されている。

柩《ひつぎ》は大連で軍艦「秋津洲《あきつしま》」に移され、一路横須賀へ向かった。横須賀到着は十一月一日、そして二日の午後一時七分、柩は新橋停車場へ到着した。

嘉右衛門もこの日は家人に助けられて、不自由な身をはこび、高島台の上から眼下を通過する汽車を見送り、最後の別れを告げたのだった。

十一月四日の午前九時から国葬の式は始まった。当日は暗雲が深くたれこめ、風は少しもなかったが、日比谷公園の式場での行事がすべて終わったときには、冷雨が蕭々《しょうしょう》として降り出し、天もこの英雄の死を悼《いた》むのかと、人々に溜息《ためいき》をつかせたのだった。

長春行きの列車の中で、満鉄総裁中村是公《なかむらぜこう》に示した漢詩は、その不測の絶筆とされている。

「万里《ばんり》の平原南満洲《なんまんしゅう》
風光闊遠《かつえん》一天の秋
当年の戦跡余憤を留《とど》む
更に行人《こうじん》をして暗愁《あんしゅう》を牽《ひ》かしむ」

その後四十日あまり、嘉右衛門はかたく門をとざして誰にもあわなかった。しかし、彼が博文に対して下した最後の占断の話はいつの間にか市井《しせい》に伝わっていった。

それはおそらく、博文がこの旅行の途中どこかで随員の一人に、

「高島の占いではこう出たのだが……」

というような調子で、この話をしたためだろう。その随員たちにしたところで、子供のころには四書五経の素読をさせられた者が多かったろうし、「艮為山の三爻」はどういう文章かすぐにわかったに違いない。

それはともかく、この後嘉右衛門は責任のある占断はしなかった。易の講義や自伝の口述はその後も続けていたらしいが、もはや八十歳を越えた老人のことである。それもともすればとだえがちになった。

彼はその死の直前まで、

「虚空《こくう》無限」

という一言をつぶやきつづけたようである。

釜石《かまいし》の地で、自分の死期を悟り飄然《ひょうぜん》とどこかへ姿を消した仙人《せんにん》のような占い師、白雲道人の書き残した言葉がよほど心にのこっていたせいだろうか。

彼は最後には、病床に横たわったままの状態だった。しかし天井を見あげると、そこ

には易の六十四卦がはっきりうつったはずなのだ。虚空は直接眼には見えなくとも――そういう意味で、この一言は「易の神秘は無限である」という含みだったとも解釈出来ないことはない。

そして、死の数日前に、遺言のように残した一言は、

「ことごとく易を信ずれば易なきにしかず」

という謎《なぞ》の一言だったようである。

どのような名占断を下しても、実行するのは人間だし、人によって占断の結果も自然にかわる――というような含みがあるともいえるだろう。

大正三年十月十七日未明、嘉右衛門が枯れた大樹の倒れるように最後の息をひきとったとき、後に住友《すみとも》総理事となり、第二次近衛《このえ》内閣の蔵相として国家財政を支えた小倉正恒《おぐらまさつね》は、嘉右衛門に易を学んだ学生時代のことを思い出し、

「いまこそ明治の世は終わった」

と沈痛な一言をもらしたという。

小村寿太郎伝によれば、頭山満《とうやまみつる》は乃木大将の殉死の報を聞いたとき、その前年に世を去った彼のことを思い出し、

「先帝陛下も小村を先にし乃木を後にして、黄泉《よみ》へ行幸遊ばされたが、さだめてご満足

だったろうな」

と語ったという。ある意味でこの言葉は、

「伊藤を先にし、高島を後にし」

と言いかえられないこともない。伊藤博文の業績を知る人は多いが、そのかげで高島嘉右衛門のはたした役割は、ただ知る人ぞ知る秘密である。

あとがき

――本書の成り立ちと「易占《えき》い」の方法について――

私は前から、明治の易聖、呑象《どんしょう》・高島嘉右衛門《かえもん》の伝記を書きたいと思っていた。この一冊はその宿志をはたしたものと言えるのだが、一部の専門家をのぞいてはあまり名の知られていない人物だけに、その一生の足跡をたどるためには先人の著作を参照しなければならなかった。主として参考にしたものは、

呑象高島嘉右衛門翁伝　植村澄三郎（大正三年刊　講談社図書室蔵）

であり、これにあわせて、

高島嘉右衛門自叙伝　口述（大六）石渡道助（横浜山手十番館蔵）

の記録を補足した。私が嘉右衛門の生涯について比較的くわしいことを知ったのは、

乾坤《けんこん》一代男　紀藤元之助（昭三一・実占研究会・大阪市浪速区恵美須町三―二七）

だが、これは紀藤氏（私と旧知）が前二著を参考とし、嘉右衛門と生前から関係のあった人々の追憶などを加えてまとめたものと思われる。

女流推理作家・藤本泉《せん》さんの調査では、国会図書館その他にも各種の資料はあるようだが、私はそれを見ていない。

その他、脇筋《わきすじ》の資料としては、

伊藤博文伝　春畝公追悼会　全三冊

歴代顕官録

山本権兵衛と海軍　海軍省編

開国五十年史　上下　大隈重信編

小村寿太郎　黒木勇吉

国史大年表

などを参考にしている。また本文にも書いておいたが明治年間の歴史を一般読者にわかりやすく書きあげたものとしては、司馬遼《しばりよう》太郎《たろう》氏の一連の著作に上まわるものは今後も出ないと思われるし、史実関係に関しては私も部分的に参考にさせていただいた。

なお占例に関しては、私の蔵書である

高島易断　上下二冊（明二八）

と、神戸高島家から貸していただいた

増補・高島易断　全十七冊（明三四）

を参考とした。

なお、この本には嘉右衛門の名占と思われる例を二十あまり紹介してある。易についてくわしいことを書くのは本書の目的ではないが、高島易に関してごく一般的な説明を書き加えておこう。

易というのはいうまでもなく、五十本の筮竹《ぜいちく》と六本の算木《さんぎ》を使う占いだが、名人となればたとえば鳥の鳴き声の数などから啓示を読みとれることもある。また擲銭法《てきせんほう》と称して六枚の銭を投げ、占うこともできるのだ。

そういう特例は別として、ふつうの方法を紹介すると、まず五十本の筮竹を扇形に顔前にささげ持ち、一本をぬき出して机上におき気息を凝《こ》らして二つに割る。左手に残ったものに机上の一本を加え、八本ずつ分けていけば、後には一本から八本までの数が残る。その残数によって、三本の算木をならべていく。

☰1（乾《けん》・天《てん》）☱2（兌《だ》・沢《たく》）☲3（離《り》・火《か》）☳4（震《しん》・雷《らい》）☴5（巽《そん》・風《ふう》）☵6（坎《かん》・水《すい》）☶7（艮《ごん》・山《さん》）☷8（坤《こん》・地《ち》）

⚊は陽、⚋は陰をあらわすことになっていて、算木の四つの側面に二つずつ刻みこまれている。左側のカッコの中に書いてあるのは、各卦《け》の名称で、上は原語そのもの、下はその解説とでもいうべきものである。これを見ると古代中国（周代）には、八元論的宇宙観があったことも容易に想像できる。つまり、

天、沢（海も含む）、火、雷、風、水、山、地

この八つが宇宙の八要素であるという思想なのだ……。

これ以上くわしい説明は省略するが、この操作をいま一度くりかえす。第一回の操作で得た卦を内卦と言い、第二回の操作で得た卦の三本の算木はその上にならべてこれを外卦という。これで六十四の卦があらわれる。

たとえば、1――3という数字が出たとすれば、

☲(3)
☰(1)

という配置になり、これを「火天大有《かてんだいゆう》」と読むのである。

この六十四卦の占いだけでもある程度の占いはできるが、これはいわば初等科の易占なのだ。

第三段の操作としては、前と方法は同じだが、今度は六本ずつ分けていく。残数は一本から六本となるわけだが、それを初爻変《しょこうへん》、二爻——五爻変、上爻変と呼ぶのである。つまり六十四卦の六倍、三百八十四の変化があるわけだ……（なお、変爻の場合にはもとの爻の陰陽によって、たとえば、上六、九二、初六、六三というように呼ぶこともある）。

この三百八十四の変化に占例を加えてくわしく説明したものが、易者の聖典といわれる『高島易断』なのである。私も前にかんたんな解説をまとめて一冊とし、『易の効用』という題で「講談社」から出版した（これは後日、『易占入門』という題で再版された）。

この三段目の占いはもとの卦の陰と陽とをひっくり返す操作である。たとえば「火天大有」の五爻変だったなら、

火天大有《かてんだいゆう》
5 ☲ ☰

↓

乾為天《けんいてん》
5 ☰ ☰

となるわけだ。この基本的な啓示と変爻の啓示によって、人事万端を占おうとするの

が高島易の基本であって、嘉右衛門の著書『高島易断』は「運命学の芸術」とでも言うべきみごとな作品である。私は前にこの漢文調の格調高い原文全部の現代訳を考えたことがあるが、病身のために断念した。藤本泉さんもまたこの大業を志しておられるようだが、ぜひ成功なさるよう祈りたい。

この方法を略筮《りゃくぜい》または三変筮と呼び、嘉右衛門は一生ほとんどこの方法にたよっているが、ときには時間のかかる中筮または六変筮と呼ばれる筮法も用いたらしい。たとえば浅草溜の牢《ろう》で破獄の相談を持ちかけられたときの占いだが、くわしい説明を省略して一口にいうならば、これを名人が用いたときには、六十四卦がまた新しい六十四卦を生むと見てよい。つまり六十四の二乗、四〇九六とおりの啓示の一つを受けたことになる。略筮の三八四の変化にくらべても、はるかに精密な占いだと言えるだろう。しかし、六回も気息を凝らし無念無想の心境で筮竹を割るのは容易なことではない。嘉右衛門がふつう三変筮を用いたというのも私にはよくわかる。

(なお、内卦を自分と見、外卦を相手と見、六本の算木を全部ひっくり返して、啓示を読みとろうとする方法もある。日清戦争開戦のときの占例を参照されたい。)

昭和五十四年六月十五日

高木彬光

解説

山《やま》前《まえ》譲《ゆずる》
（推理小説研究家）

二〇〇九年、横浜の街は開港百五十周年で大いに賑わった。テーマイベント「開港博Y150」を中心に、さまざまなイベントや展示が催されるなか、過去を振り返り、今を語り、そして未来を切り拓く横浜。街全体に活気が漲《みなぎ》っている。

一八五九年七月（安政六年六月）、前年に締結された日米修好通商条約に基づき、横浜港（現在の関内付近）が開港した。なんでもアメリカ側は、東海道五十三次のひとつである神奈川宿の神奈川湊を主張したが、外国人と日本人の接触をなるべく避けたい幕府によって、新田開発をしていた寒村の横浜村が開港場に選ばれたという。開港百五十周年関連記事で当時の写真が紹介されていたのを目にしたが、ポツンポツンと民家らしきものがあるけれど、たしかに紛れもなく寒村である。

それから百五十年、横浜港は日本を代表する港となった。二〇〇六年の統計資料によれば、入港船舶数は四万二千隻余り。貿易額は十一兆円を超えている。さまざまな船が出入りしているが、豪華客船が横浜ベイブリッジの下を通過していく時などには、世界と日本を繋ぐ港を実感するに違いない。港とともに横浜の街も発展した。二〇〇九年の人口は三百七十万人ほど、市町村では全国最大の人口を誇っている。

そうした横浜の歴史を語るとき、とりわけ開港して間もないころの幕末から明治初期にかけての飛躍的な発展を語るときに、欠くことのできない人物が高島嘉右衛門（一八三二～一九一四）なのだ。実業家として卓抜の才覚を見せたその高島嘉右衛門の、波瀾に満ちた生涯を描いたのが高木彬光氏の『「横浜」をつくった男』である。

高島嘉右衛門は「ハマの恩人」とも言われる。その詳しい謎解きは本書に委ねるが、一例を挙げれば鉄道だ。日本初の鉄道は、一八七二（明治五）年、新橋・横浜間に走った。この時の新橋駅は後の汐留駅であり、横浜駅は現在の桜木町駅だが、じつは、現在の横浜駅の辺りはまだ入江だったのである。鉄道路線を敷設するにあたって、ショートカットするように入江の一部を埋め立て、東京から最短距離で横浜と結んだのだ。その工事を請け負ったのが高島嘉右衛門である。

幅六十三メートル、長さ千四百メートルほどの堤を造成したのだが、まだ文明開化という言葉も誕生していない時代である。工事用の機械も十分ではなかったろう。かなりの難工事だったに違いない。しかし、見事にやり遂げる高島嘉右衛門だった。

埋め立てがさらに行われ、関東大震災後には現在の横浜駅ができる。公共用地以外の埋め立て地は嘉右衛門の土地となり、高島町と名付けられた。今もその町名はちゃんと残っている。東急東横線の高島町駅は廃止されてしまったが、代わって、みなとみらい線に新高島駅ができた。

異人館や外国公館の建設、旅館の経営、学校の設立、さらにガス、水道、電気、下水道整備といった公益的な事業など、本書で触れられている実業家としての活躍ぶりは、「ハマの恩人」どころか、「ハマの大恩人」と言ってもいいほどだ。

ただ、けっしてその歩みは一直線ではない。材木商であり建築業者でもあった父の後を継いだわけだが、大きな借金を抱えたこともあった。牢獄に入れられたこともある。それでもめげず、ひたすら前向きに事業を展開していく高島嘉右衛門の姿に、元気づけられる人は多いはずだ。明治維新という激動の時代だからこそ誕生した人物かもしれない。

こうして実業家として注目されていた高島嘉右衛門が、一八七六（明治九）年にいったん実業界から引退する。なぜか？　易学の研究に没頭し、『易経』と占例を記述した『高島易断』をまとめ上げるのだった。号は呑象《どんしよう》という。易は筮竹《ぜいちく》と算木《さんぎ》を使う占いで、いわゆる「当たるも八卦、当たらぬも八卦」の卦を立てるわけだが、呑象の的中率は驚くほど高かったという。

幼い頃から儒教の基本となる五経のひとつ『易経』は学んでいたけれど、本格的に研究しはじめたのは入獄したときである。牢内に偶然『易経』があり、それを暗誦できるまで読み耽《ふけ》った。ただ、一言一句記憶したからといって、占いが当たるわけではない。やはりそこには天性のものがあったに違いない。

自らの事業にかかわる決定事項に、その占いを生かしていたのはもちろんだろう。そして、実業家としての活動から縁のできた政府要人たちは、政治の重要な決定を呑象に占ってもらう。本書は易学の本ではないので、ごく一部の有名なものしか紹介されていないが、とくに伊藤博文の死にまつわるエピソードなどは、じつにドラマチックだ。易聖と呼ばれているのも納得できる。

実業家として、そして易学の大家として知られるこの高島嘉右衛門の伝記を執筆したのは、推理作家の高木彬光氏である。『刺青殺人事件』に始まる名探偵・神津《かみづ》恭介《きょうすけ》シリーズほか、数々の傑作を発表した本格推理の代表的作家だ。これからを語る占いと、起こったことの謎解きをする推理小説とは正反対のように思えるが、高木氏もまた占いには一家言ある作家だった。

高木氏が占いで驚かされたのは、旧制高校から大学に進もうかという時だった。父が死んで多額の借財が発覚する。自らの健康にも自信がなかった。進学できるだろうか？　そんな時、友人が手相を見て、無事学業を続けられるだろうと言ったのだ。そしてその通り、学費を援助してくれる人が現れ、京都大学に進学できたのである。

その大学時代に、運命学に興味を持って、いろいろな占いの方法を研究した。作家デビューする前の失業していた時には、易者になろうと真剣に考えたほどである。そして、易者から小説を書くことをすすめられ、「誰か大家のところに、原稿を送りなさい」と言われて江戸川乱歩に送った作品が、デビュー作の『刺青殺人事件』だった。

それからの作家生活でも、運命学的に興味深い出来事が何度もあったようだ。『占い人生論』（一九六二）に語られている。また、自らも易を研究し、『易の効用』（一九六三　別題『易占入門』）で詳しく論じていた。

その他、『占い推理帖　手相篇』（一九六三）、『占い推理帖　人相篇』（一九六六）、『高木彬光人相教室』（一九六九）、『方位学入門』（一九七一）、『相性判断』（一九七一）などの占い関係の著書がある。とりわけ大きな話題となったのは一九七四年刊の『ノストラダムス大予言の秘密』で、日本国中が大騒ぎした「予言」を鋭く分析していた。

本書は一九七九年七月、『大予言者の秘密　易聖・高島嘉右衛門の生涯』と題し、カッパ・ブックス（光文社）の一冊して刊行された。同題で一九八二年三月には角川文庫からも刊行されている。カッパ・ブックス版の「あとがき」の末尾では、「私はいま長年の宿題をかたづけられて、肩の荷の一つをおろしたような心境にある」と述べていた。占いを信用するか信用しないかは、人それぞれである。今もさまざまな占いが雑誌やテレビで行われている。毎朝の占いの結果に一喜一憂している人も多いだろう。その日だけならまだしも、人間の長い人生を占うことなどできるのだろうか。軽々に結論は出ないだろうが、『易の効用』に載っていた、海渡英祐氏が高木氏の人生を占った結果が、じつによく当たっていたのは間違いない。

本書の「プロローグ」に、何歳まで生きられるか、高木氏が占い師にたずねた結果が書かれている。一人の占い師は「七十五までは保証しますと言いきった」そうである。一九二〇年九月二十五日生まれの高木氏が亡くなったのは、一九九五年九月九日だった。昔ながらの数え年で計算すると、七十六歳の半ばで亡くなったことになる。たしかに七十五歳までは……もっとも、満年齢なら七十五歳の誕生日の直前なのだが。

長年の宿題だったからか、高木氏の筆はじつにはずんでいる。生き生きとしている。実業家として、そして易聖としてその名を歴史に刻んだ高島嘉右衛門の波瀾万丈の生涯は、冒険小説を読んでいるかのようだ。情熱の作家と言われた高木氏の、まさに情熱がひしひしと伝わってくるに違いない。

●本書は、一九七九年七月カッパ・ブックス（光文社）刊、一九八二年三月角川文庫刊の『大予言者の秘密　易聖・高島嘉右衛門の生涯』を改題し、再文庫化したものです。

光文社文庫

「横浜《よこはま》」をつくった男《おとこ》　易聖《えきせい》・高島《たかしま》嘉《か》右《え》衛門《もん》の生涯《しょうがい》

著　者　高《たか》　木《ぎ》　彬《あき》　光《みつ》

2009年9月20日　初版1刷発行
2019年4月25日　5刷発行

発行者　鈴　木　広　和
印　刷　新　藤　慶　昌　堂
製　本　ナ　シ　ョ　ナ　ル　製　本

発行所　株式会社　光　文　社
〒112-8011　東京都文京区音羽1-16-6
電話　(03)5395-8149　編　集　部
8116　書籍販売部
8125　業　務　部

ISBN978-4-334-74649-0　Printed in Japan

組版　萩原印刷